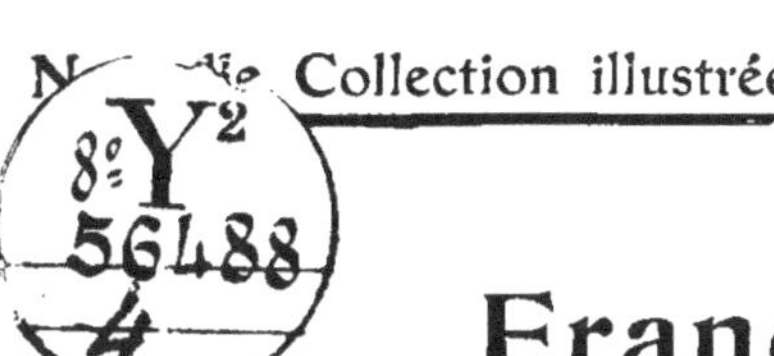

Nouvelle Collection illustrée. L'ouvrage complet **95** centimes.

François Coppée

DE L'ACADÉMIE FRANÇAISE

Le Coupable

Calmann-Lévy, éditeurs.

Le Coupable

A Fernand Dugniolle,
dont l'affection filiale m'est précieuse,
ce livre est dédié.

F. C.

Paris. — Imprimerie L. Pochy, 117, rue Vieille-du-Temple.

FRANÇOIS COPPÉE

DE L'ACADÉMIE FRANÇAISE

Le Coupable

ILLUSTRATIONS

DE

A. ROBAUDI

PARIS

CALMANN-LÉVY, ÉDITEURS

3, RUE AUBER, 3

—

Propriété de la Librairie Lemerre

I

Il pleut souvent dans le Calvados, et presque toujours, les clochers des belles églises de Caen ne montrent de leur doigt de pierre qu'un ciel gris où passent des nuées, entraînées par le vent d'Ouest. Mais Chrétien Lescuyer, le fils du vieux M. Lescuyer, conseiller à la Cour, avait mené, jusqu'à l'âge de vingt-deux ans, une vie tellement ennuyeuse, qu'il n'avait même pas joui des rares sourires du climat normand et que, pour cet infortuné jeune homme, il semblait qu'il eût plu à verse le jour de sa naissance.

La maison où il avait reçu le médiocre et discutable bienfait de l'existence, datait de son bisaïeul et avait été construite vers la fin du règne de Louis XV. Elle était bien la plus lugubre parmi les lugubres maisons de l'aristocratique rue des Carmes, qui, elle-même, exclusivement habitée par d'anciennes familles et le plus souvent déserte, est un phénomène de tristesse. En pleine canicule, les pavés y sont cernés de noir par l'humidité, les murs donnent le frisson. On respire ici à plein nez le spleen et le rhume de cerveau. Pourtant, à l'une des extrémités, dans la joyeuse rue Saint-Jean, grouille la foule paysanne des jours de marché, émaillée de bonnets blancs et de blouses bleues ; et, à l'autre bout, c'est l'animation du port, où les marins scandinaves à barbe jaune, agiles sous leur chemise de flanelle rouge, débarquent avec fracas les planches de sapin qui sentent si bon. Mais la rue des Carmes n'en veut rien savoir. Elle dédaigne ce travail populaire, ce mouvement de mauvais ton, ce bruit canaille. Elle tient closes de volets la plupart de ses fenêtres apparentes ; et ses hôtels, d'assez hautaine tournure, mais que dégrade mainte lézarde, [illegible]t songer à la physionomie d'un hom[illegible] fier et ruiné, plein de tenue et de sombre humeur.

Pour l'aspect bougon et renfrogné, le logis de M. Lescuyer père ne le cédait en rien à aucun de ses voisins. Séparé de la vie extérieure par un mur très élevé, un mur de prison, dans lequel s'ouvrait — ou plutôt ne s'ouvrait presque jamais — une énorme porte cochère, l'hôtel Lescuyer ne donnait accès au visiteur que par une petite porte, ménagée dans un des vantaux de la grande, et qui, lourde et massive, elle aussi, ne s'entre-bâillait qu'en rechignant. Lorsque vous aviez franchi cet huis inhospitalier, vous vous trouviez dans une cour, étroite et sombre, limitée par deux corps de logis en équerre, aux façades lépreuses, et par le mur de la maison mitoyenne, que tapissait un lierre funèbre et touffu.

C'ÉTAIT DANS CE CABINET...

Rien n'était plus rébarbatif que cette cour. Dans un coin, le vieux puits à poulie avait l'air d'être empoisonné. Les mascarons grotesques, sculptés au-dessus des fenêtres, vous faisaient la moue, comme à un importun ; et les marches du perron, aux dalles usées et disjointes, vous disaient clairement : « Ne soyez pas le bienvenu. »

Mais, à l'intérieur, c'était encore pis. Tout y respirait l'avarice provinciale et la morgue justiciarde; et, dès le péristyle, un manteau de glace vous tombait sur les épaules. La bronchite chronique flottait, menaçante, dans la salle à manger, où, cinq ou six fois l'an, M. le conseiller Lescuyer, veuf et ne pouvant recevoir de dames, offrait à ses collègues de la Cour des dîners servis chauds par la cuisinière, mais immédiatement glacés par l'accueil de banquise et la conversation polaire du maître de la maison; et, dans le salon, où vous guettait derrière la porte une mortelle fluxion de poitrine, les portraits des Lescuyer ancestraux, tous robins depuis plus d'un siècle et très férocement représentés en robe et en perruque, vous lançaient tout de suite un regard noir du fond de leurs cadres ovales, comme s'ils allaient procéder à votre interrogatoire et vous demander de prime abord : « Accusé, vos nom et prénoms ? »

Cependant, si, misérable plaideur, vous montiez au premier étage et pénétriez dans le cabinet de M. Lescuyer, brr! la sensation était encore plus sinistre. Rien que des corps de bibliothèque, bondés de livres de droit, depuis les recueils in-folio de « coutumes » moyenâgeuses sous leurs reliures flétries, jusqu'à l'interminable Bulletin des lois, habillé de chagrin noir à pièce rouge. Cette cohue de volumes, ce fatras de jurisprudence et de procédure, vous rappelaient immédiatement combien le droit et l'équité sont choses différentes, et quel mal, à peu près inutile, d'ailleurs, les hommes s'étaient donné, depuis l'origine des sociétés, pour combattre, avec des règles écrites, le fond de barbarie de leur nature. Vous vous mettiez à songer que les vieux bouquins dédorés, où étaient décrits des supplices surannés et des tortures abolies, n'étaient pas, après tout, beaucoup plus injustes et stupides que les codes modernes, qui, pour un procès de quatre sous, accablent le malheureux justiciable d'une trombe de frais, d'un cyclone de papier timbré, de nature à lui faire regretter la justice à coups de bâton des cadis orientaux ; et, eussiez-vous eu cent fois raison, votre affaire eût-elle été limpide comme l'eau des sources, vous commenciez à trembler devant cet amas de paperasses, persuadé d'avance qu'on y trouverait aisément, en fouillant un peu, mille raisons pour une de vous donner tort, et que rien n'était plus facile, avec un peu de patience, que d'y découvrir les éléments de votre ruine et de votre déshonneur.

C'était dans ce cabinet, parmi tous les témoignages imprimés de l'impuissance des humains à se mettre d'accord sur les questions les plus simples, que se tenait habituellement M. le conseiller Lescuyer, assis à son bureau, — assez beau meuble du XVIIIe siècle, orné de cuivres ciselés, — devant un encombrement formidable de dossiers. Ce magistrat exact, intègre, laborieux, mais borné d'esprit et sec de cœur, un peu abruti, du reste, par le métier, et dégénéré, à la longue, en vieille machine à considérants, venait d'atteindre, en 1866, au moment où commence ce récit, sa cinquantième année. Dévot, pratiquant et signalé au garde des sceaux comme clérical enragé et suspect de légitimisme, M. Lescuyer n'avait obtenu, pendant sa carrière déjà longue, qu'un lent et pénible avancement, et le ruban de la Légion d'honneur n'ornait même pas la redingote râpée et blanche aux coutures qu'il boutonnait sur sa maigreur et que, selon les habitudes parcimonieuses des provinciaux et leur manque d'amour-propre en fait de toilette, il faisait très bien durer cinq ou six ans. La seule parure à laquelle M. le conseiller attachait de l'importance était sa monumentale cravate blanche, qui semblait taillée dans un bloc de neige vierge et d'où émergeait, au bout d'un cou de vautour, une tête sèche et sanguine, très embroussaillée de cheveux, de favoris et de sourcils grisonnants. Cette figure en lame de couteau, avec ses yeux de haine et son rictus maussade à dents jaunes, était rendue plus désagréable encore par cette exagération du système pileux ; car du nez et des oreilles de M. Lescuyer s'échappaient ces touffes de poil noir, où le préjugé populaire veut découvrir la preuve d'un tempérament vigoureux et l'indice de la longévité. Tout, dans cette physionomie tyrannique, exprimait la dureté, l'orgueil, l'entêtement. Elle avait même quelque chose d'impitoyable ; et rien n'était plus naturel que de s'imaginer M. Lescuyer coiffé du chapeau à plumes tricolores et présidant le Tribunal révolutionnaire, ou bien encore impassible et raide sous un froc sombre, et assistant avec une tranquillité parfaite à quelque torture abominable, parmi la lueur pourpre des torches, dans un cachot de la très sainte Inquisition.

Le jeune Chrétien Lescuyer, qui venait de soutenir, d'une façon très brillante, devant la Faculté de Caen, sa thèse de licencié en droit, était donc né et avait grandi dans cette maison morose, auprès de ce père silencieux et farouche, qui ne lui inspirait qu'une respectueuse terreur. A vingt-deux ans, il n'avait pas un seul souvenir un peu doux. Excepté sa vieille bonne, — autrefois, avant l'emprisonnement au lycée, — excepté cette pauvre Phrasie, bègue et presque idiote, mais qui l'appelait « mon fi » et l'embrassait en riant de plaisir, il sentait bien que personne ne l'avait aimé. Sa mère? Elle était morte d'une fièvre de lait, quelques jours après l'avoir mis au monde. On n'avait même pas son portrait dans la maison. Son père? Ah ! parfois, le jeune homme s'accusait de manquer de cœur, d'être un fils ingrat et mauvais. Hélas ! il n'avait jamais paru devant le glacial M. Lescuyer sans un vague sentiment de peur, un instinctif mouvement de recul. Son excuse, c'était l'éducation qu'il avait subie, toute de rigueur, de discipline, sans un instant de confiance et d'abandon. Dans ses plus lointains souvenirs d'enfance, toujours il entendait la voix grondeuse et il revoyait les gros yeux de son père. Ah ! on les lui avait imposés de bonne heure, la tenue et le silence à table. Il ne se rappelait pas avoir grimpé sur les genoux paternels ; et, tout petit garçon encore, quand, avant de s'aller coucher, il venait souhaiter la bonne nuit à son père, celui-ci ne lui campait sur le front qu'un baiser rapide, à peu près comme si M. le conseiller — chose invraisemblable ! — eût joué aux jeux innocents et eût été condamné, pour reprendre son gage, à baiser le globe de la lampe ou la pomme de l'escalier. Du reste, aussitôt après la première communion, ces rares caresses étaient elles-mêmes supprimées. Supprimé aussi, le tutoiement puéril. Chez les gens bien élevés, on doit dire « vous » à ses parents. Puis au collège, tout de suite !

On ne saurait commencer trop tôt ses études. Chrétien en avait fait d'excellentes; mais, à chacun de ses succès d'écolier, il n'avait obtenu qu'un : « C'est bien » tout sec, qu'un froid compliment de pédagogue. Non ! il ne voulait pas être injuste. Raidi dans sa cravate et dans sa dignité, M. Lescuyer avait fait si souvent l'éloge, devant Chrétien, de la société romaine, du *pater familias* antique, de l'autorité du chef de famille, et tonné contre la perte du respect, les dangereuses familiarités, le relâchement des mœurs modernes. Peut-être aimait-il son fils, à sa manière? En tout cas, jamais le jeune homme ne pourrait lui résister, lui désobéir. Il était bien trop rempli de crainte pour cela. Mais comme un peu de tendresse eût mieux valu !

M. LE CONSEILLER LESCUYER.

Naturellement timide et peu expansif, dressé dès l'enfance à se tenir sur la réserve, Chrétien Lescuyer n'avait même pas contracté, pendant son séjour au collège, une de ces amitiés si absolues, si désintéressées, si généreuses, qui sont le charme et l'honneur de la jeunesse. Pourtant il y avait eu le petit Parisien, le boursier François Donadieu, orphelin de père et de mère, fils d'un pauvre capitaine sorti du rang et tué à Solférino, vers qui Chrétien, son camarade de classe jusqu'en troisième, s'était senti attiré par une violente sympathie. Oui, l'écolier irréprochable, le fort en thème toujours honoré d'une place au banc d'honneur et d'un couvert au banquet de la Saint-Charlemagne, le lauréat accolé et congratulé tous les ans par M. le Préfet en habit d'argent, sur l'estrade officielle, dans le tapage des bravos et du pas redoublé vomi par les cuivres de la garnison, oui, le sage et correct Chrétien avait eu tout de suite un goût pervers pour le condisciple qui offrait un parfait contraste avec lui. Tout lui plaisait dans ce François Donadieu, dans ce mauvais élève, dans ce gamin de

Paris, intelligent, paresseux et rebelle, toujours les poches pleines de fusains et de crayons, n'ayant de succès qu'au cours de dessin, « répondant » aux professeurs, faisant circuler leurs caricatures, et qui, sous une continuelle fusillade de pensums et de privations de sortie, redressait insolemment sa tête rousse et frisée, avec l'air d'un héroïque insurgé bravant la mitraille sur une barricade. Le bon sujet, le lycéen soumis, admirait, sans oser se l'avouer à lui-même, le tapageur et le révolté. Il se rapprocha du Parisien, fit des avances, auxquelles l'autre répondit volontiers, car il était affectueux et cordial. Ils devinrent même copains, se promenèrent en causant ensemble pendant les récréations, sous le regard surpris et mécontent des maîtres d'étude. Incapable d'un bas sentiment, d'un mouvement d'envie, le « cancre » menacé sans cesse d'expulsion était naïvement fier de sa camaraderie avec le premier de la classe. Mais, lorsque Chrétien, doucement, avec délicatesse, essaya de lui donner quelques conseils, de lui faire accepter la règle commune, François résista, fit des aveux tout crus. Le latin l'assommait, l'encre lui puait au nez. Il ne vivait que par les yeux, n'était heureux que le crayon à la main. Mais il en avait assez déjà, des plâtres et des bosses. Il sentait bien qu'il pourrait travailler d'après le modèle vivant. Oui, il voulait être artiste, sculpter ou peindre. Sculpter plutôt, reproduire des formes. Et il s'accusait de perdre son temps, de manquer de courage.

— Tiens ! disait-il parfois avec un reste de grasseyement faubourien, je devrais ficher le camp, m'enfuir de ce bagne, aller à Paris, me mettre chez un maître, fallût-il balayer l'atelier et cirer les bottes !...

Mais quoi? Il était un orphelin sans le sou. Sans doute, il avait bien encore la sœur aînée de son père, une vieille fille qui tenait un petit cabinet de lecture dans la rue Saint-Jacques. C'était chez elle qu'il passait ses vacances. Oh ! pas brillamment. Il buvait là de la boisson faite avec des raisins secs et il couchait dans une soupente. La bonne femme l'aimait ; elle ne le laisserait pas sur le pavé, bien sûr. Mais quand il lui parlait, dans ses lettres, de son dégoût du collège, de son désir d'apprendre à sculpter, la tante prenait peur, le suppliait de patienter encore, de continuer ses études. Ah ! s'il n'avait pas craint de faire trop de peine à la pauvre vieille fille!... Il enrageait. Pas même le moyen de se procurer un peu de terre glaise!

Le docile et mélancolique Chrétien ne roulait pas en lui-même de telles tempêtes. Pour lui, l'avenir était tout tracé, comme une route en plaine. Il ferait son droit, son stage d'avocat ; puis, comme ses aïeux, il porterait la toque galonnée et la robe à patte d'hermine. Son père en avait ainsi décidé et le lui avait dit cent fois, depuis qu'il avait l'âge de raison. Il voulait bien, il consentait. C'était tout naturel. Cependant, il se sentait comme pénétré d'un vague respect devant son camarade, devant cet enfant de quatorze ans, qui lui confiait, avec une énergie toute plébéienne, les tortures d'une vocation contrariée.

Mais, brusquement, l'amitié des deux jeunes gens était interrompue. Compromis dans une émeute de collégiens, dans un tapage nocturne au dortoir, d'où le pion sortait avec un œil poché, François Donadieu, le boursier, qui n'était pourtant pas le plus coupable, était mis à la porte du lycée. Il retournait à Paris, ne donnait plus de ses nouvelles ; et, dans l'esprit de Chrétien, le souvenir s'effaçait peu à peu de ce camarade préféré, de ce petit Parisien au regard franc, qui laissait, après chaque repas, sur la toile cirée du réfectoire, des oiseaux sculptés en mie de pain.

Très solitaire, très replié sur lui-même, après de longues, lentes, lourdes et fastidieuses années passées dans l'ennui du collège et dans l'ennui de la maison paternelle, Chrétien atteignit enfin l'âge d'homme. Pendant ses études de droit, il eut sans doute un peu plus de liberté, mais qu'en aurait-il fait? Bien que pourvu d'une très large aisance, M. le conseiller Lescuyer estimait que cinq francs par semaine constituaient une bourse de plaisir très suffisante pour un grand garçon à qui cependant le poil follet poussait déjà. Chrétien, entraîné par des étudiants dans deux ou trois parties de débauche provinciale, qui l'écœurèrent, et ayant dû avouer à son père une dette de quelques louis, fut semoncé par l'avare et rigoureux magistrat comme s'il se fût agi d'un vol avec effraction et escalade la nuit, dans une maison habitée. Profondément humilié, Chrétien évita toutes les occasions de dépense, se tint à l'écart de ses camarades, et, pour vaincre les troubles de la puberté, s'abîma dans le travail. Ses moins mauvaises heures étaient celles qu'il tuait dans d'énormes promenades, tout seul et l'âme rongée de rêverie. Car il avait pris en horreur le logis de la famille, le rhumatismal et lugubre hôtel de la rue des Carmes. Pour lui, les mascarons de la façade, verdis par l'humidité, exagéraient leur grimace inhospitalière ; le puits sinistre, dans un angle

SA VEUVE,... VIVAIT SEULE AVEC SA TOUTE JEUNE PETITE-NIÈCE...

de la cour, semblait offrir son eau pour s'y noyer et sa corde pour s'y pendre ; et, lorsque, dans la salle à manger catarrhale, assis au bas bout de la table, Chrétien assistait à l'un de ces dîners où la cravate de neige de son père luttait d'éclatante et frigide blancheur avec une douzaine d'autres cravates aussi glaciales, le malheureux jeune homme, éperdu de tristesse, se demandait avec épouvante s'il était condamné pour toujours à une pareille existence et se sentait monter à la gorge un sanglot de désespoir.

Tous les quinze jours, le dimanche, dans l'après-midi, M. Lescuyer faisait avec son fils une visite à madame Léger-Taburet, dans la belle maison de la rue des Chanoines, dont elle était propriétaire. Cette dame était la veuve d'un juge, avec qui M. Lescuyer avait fait son droit et même commis quelques farces d'étudiant ; car avant de se figer définitivement, comme un mammouth antédiluvien, dans le glacier de sa cravate blanche, le conseiller avait eu une espèce de jeunesse et, tout comme un autre, avait battu les rues de Caen à des heures indues pour attacher des casseroles à la queue des chiens errants et maçonner des boutons de sonnettes. Mais tout cela était très lointain et très oublié. Certaines gens sont jeunes à la façon dont un petit enfant a la rougeole ou la scarlatine. C'est une courte maladie dont on ne se souvient plus dès qu'on en est guéri. Chez les deux amis, la vingtième année n'avait été qu'une fièvre passagère, une éruption insignifiante. Tout de suite, ils s'étaient rangés, mariés ; et même M. Léger-Taburet, naguère le plus tapageur, avait sagement épousé une demoiselle beaucoup plus âgée que lui, mais possédant une grosse fortune. Après avoir, pendant vingt-cinq ans, lutté sans succès contre l'invincible sommeil de l'audience, le juge était mort subitement, vers la cinquantaine, sans laisser de postérité ; et sa veuve, maintenant une vieille femme, vivait seule avec sa toute jeune petite-nièce, mademoiselle Camille Letourneur, qui devait hériter d'elle et devenir ainsi un des plus beaux partis du Calvados.

Bien que l'économie, même sordide, soit généralement considérée, en Normandie, comme la première des vertus, madame Léger-Taburet était tympanisée, dans la société caennaise, pour son admirable ladrerie. On citait d'elle des traits dignes de Molière, et, depuis de longues années, — les anecdotes ne vieillissent pas en province, — on riait aux larmes, quand le nom de madame Léger-Taburet était prononcé dans les conversations, et l'on rappelait la célèbre « histoire du raisin ».

Ce raisin — de l'excellent chasselas — était le seul peut-être, dans tout le département, qui parvînt à maturité, grâce à la situation exceptionnellement favorable du jardin de madame Léger-Taburet, où la treille était exposée en plein midi, à l'abri du vent. La veuve était très fière de cette particularité, et, quand septembre commençait à dorer les grappes, elle ne manquait pas de demander à chaque visiteuse qui se présentait chez elle, le dimanche, après vêpres :

— Madame, avez-vous du raisin mûr dans votre jardin?

— Non, madame, lui répondait-on invariablement.

Alors, le maigre visage de l'avare, si jaune sous son « tour » de cheveux couleur de suie, s'éclairait d'un affreux sourire, et elle s'écriait toujours, d'un ton d'aigre triomphe :

— Eh bien, moi, j'en ai !

Mais jamais, au grand jamais, elle n'avait offert à personne un peu de ce raisin, qui, récolté avec amour et suspendu dans des sacs de gros tulle aux solives du grenier, constituait tout le dessert des repas jusqu'à Pâques.

Un jour pourtant, — jour mémorable! — comme la célèbre treille de la rue des Chanoines promettait, cet automne-là, une récolte exceptionnellement abondante et belle, la veuve sembla se départir de sa pingrerie accoutumée. Recevant la visite de « ces demoiselles Gentilhomme », deux vieilles sœurs très dévotes et condamnées au célibat, malgré leur honnête patrimoine, pour cause de laideur rédhibitoire, madame Léger-Taburet leur adressa la question ordinaire :

— Mesdemoiselles, avez-vous du raisin mûr dans votre jardin?

A quoi ces « demoiselles » répondirent selon l'usage :

— Non, madame.

— Eh bien, moi, j'en ai, reprit traditionnellement madame Léger-Taburet.

Mais, aussitôt, elle ajouta cette phrase absolument inattendue :

— Voulez-vous en goûter?

Le confesseur de ces « demoiselles » leur aurait ordonné, comme pénitence, de faire gras le Vendredi Saint, qu'elles n'auraient pas été plus stupéfaites. Elles s'écrièrent toutes les deux en même temps:

— Comment donc, chère madame?... Si nous voulons goûter de votre chasselas?... Mais avec le plus grand plaisir.

Alors madame Léger-Taburet se leva, disparut pendant quelques minutes dans son jardin, qu'on apercevait doré au soleil d'octobre, par la porte ouverte du salon, revint avec solennité et présenta dans le creux de sa main, à ces « demoiselles Gentilhomme »... deux grains de raisin !

C'était chez cette harpagonne que M. le conseiller Lescuyer menait son fils tous les quinze jours. Le triste jeune homme acceptait patiemment cette corvée, comme tous les autres ennuis de sa vie. Depuis l'âge de son premier pantalon, il avait vu passer du vert moisi au jaune pisseux le velours d'Utrecht des vieux meubles, qui, tous, affectaient la forme d'une lyre, comme si madame Léger, qui pourtant ne lisait que le *Journal de Caen* et la *Journée du Chrétien*, eût été une dixième muse. Chez la veuve, le « fi Lescuyer » — ainsi qu'on le désignait quelquefois dans ce monde de bourgeois normands, restés paysans au fond et patoisant encore — subissait avec résignation les entretiens de province, aussi monotones que les quatre ou cinq vieux airs qu'un orgue de Barbarie vient moudre, chaque semaine, sous la même fenêtre. Il entendait, dans une torpeur de marguillier au sermon, les banales réflexions, toujours pareilles, sur les décès, les mariages, les maladies. Il savait par cœur les jérémiades contre la pluie : «Si cela dure encore huit jours, les avoines sont perdues, » et les pronostics du temps : « Les hirondelles s'en vont de bonne heure, cette année. L'hiver sera rigoureux. » Dans ces dialogues de boétiens, seulement assaisonnés, de temps à autre, par de mesquines médisances, Chrétien gardait un mutisme dédaigneux, qui ne lui faisait d'ailleurs aucun tort et était pris par tous comme une marque de bonne éducation chez un jeune homme. A peine échangeait-il, et rarement, quelques insignifiantes paroles avec la petite-nièce de madame Léger-Taburet, fillette de seize ans, douce, timide, tenue sévèrement par sa tante et habillée comme un paquet.

Dans ce milieu étroit, dans cette froide atmosphère, mademoiselle Camille était le seul être pour qui Chrétien se sentît quelque sympathie. Sans beauté, elle avait le regard pensif et bon et une jolie grâce dans le sourire. Aussi, quand un jour, sortant de chez ces dames, M. Lescuyer fit comprendre à son fils la cause secrète de leurs visites assidues, Chrétien en fut agréablement ému.

— Sais-tu bien, avait dit le vieux conseiller, que mademoiselle Camille aura, tôt ou tard, dix-huit mille livres de rente en terres?... Et sa tante veut qu'elle épouse un magistrat... Le président du Tribunal civil, monsieur Gigolet de la Nouzière, pense à elle déjà pour son fils; mais Georges est un sot et vient d'être encore refusé à son troisième examen de licence... Toi, tu seras docteur dans deux ans, trois au plus. Si mal en cour que je sois à Paris, il me reste un ou deux vieux amis au ministère qui te feront nommer juge-suppléant. De plus, je m'aperçois que mademoiselle Letourneur ne te déplaît pas, et tu peux honorablement prétendre à sa main ; car, si tu n'as que très peu de chose du côté de ta mère, je te laisserai, moi, plus d'un minot de sel. Vous êtes trop jeunes encore, mademoiselle Camille et toi, pour que je tente de pressentir à ce sujet madame Léger, qui est une femme de tête et point facilement maniable... Mais enfin... Enfin, songe à ce que je te dis.

Ces paroles, où le vieux juge mettait pour la première fois un peu de sollicitude paternelle, furent, pour l'âme aride de Chrétien, une rosée délicieuse. Peu lui importaient ces calculs de dot et de fortune. La jeunesse est désintéressée. Mais il se voyait déjà fiancé à mademoiselle Camille, qu'il embellissait de son désir. On lui permettait d'aimer. Sa plate et insipide existence lui apparut ainsi transfigurée, parfumée par un sentiment. Et il rêvait un peu niaisement des joies d'une idylle innocente, de tendres regards et de serments échangés, de minutes passées auprès de la jeune fille, dans le jardin, sous la fameuse treille, où peut-être on les laisserait seuls quelquefois et où se toucheraient leurs mains timides.

Mais, bientôt après, M. Lescuyer manda son fils dans son cabinet.

Jamais, dans son cadre de vieilles collections d'injustices reliées en chagrin et en veau, le magistrat n'avait montré une physionomie plus sévère. Rien n'était rebutant comme son regard, au fond du maquis sauvage de ses sourcils ; et sa cravate blanche, encore plus glaciale que d'habitude, évoquait naturellement des idées de voyage au Pôle Nord et de chasses aux morses sur les icebergs.

— Mon fils, dit-il à Chrétien d'un ton qui fit probablement baisser le thermomètre de deux ou trois degrés, j'ai pris à ton égard une sérieuse détermination. Je désire que tu sois comme moi docteur de la Faculté de Paris, et je vais t'y envoyer, avec une pension convenable, pour passer tes examens et ta thèse. C'est l'affaire de deux ans, si tu travailles ferme. Je ne me dissimule pas tous les dangers que présentent, pour une nature comme la tienne, faible et entraînable, la liberté dont tu vas jouir et les tentations de la grande ville. Néanmoins je n'hésite pas devant les avantages que je vois dans ton séjour à Paris au point de vue de tes études et de ton avenir. Souviens-toi que, si je suis susceptible d'indulgence pour quelques étourderies, je serais impitoyable pour une faute grave de conduite. Loin de renoncer aux espérances dont je t'ai parlé l'autre jour, je compte toujours cultiver beaucoup ces dames en ton absence, et te ménager, pour ton retour, une union qui t'assurera une belle indépendance, indispensable, selon mon avis, à un magistrat. Nous voici à la fin d'octobre ; nous commencerons dès demain nos visites d'adieu, et tu partiras la veille de la Toussaint, pour être installé le 3 novembre, date de l'ouverture des cours. Je te donnerai des lettres d'introduction auprès des rares amis que j'ai encore là-bas, et notamment de notre concitoyen, le digne monsieur Lherbager, dont les intrigants de la place Vendôme viennent enfin de faire un conseiller de la Cour, après l'avoir usé pendant vingt ans dans les fonctions de juge instructeur où il s'est montré d'ailleurs admirable. Il te donnera d'excellents conseils, et tu pourras sans doute te lier avec ses deux fils, dont il me parle, dans ses lettres, comme d'honnêtes et pieux jeunes gens. Malgré les inconvénients du quartier Latin, je t'engage à loger près de l'École. Tu recevras chaque mois une somme de deux cent cinquante francs. Qu'elle te suffise. J'ai vécu jadis à Paris avec moitié moins. Voilà donc qui est convenu. Prépare-toi à partir et ne me remercie pas ; mais tâche de reconnaître toutes les preuves d'intérêt que je te donne, en restant, loin de moi, un laborieux sujet.

CHRÉTIEN SENTIT LE LENT GLISSEMENT DU WAGON...

Ayant prononcé cette allocution, avec à peu près autant de bienveillance et de cordialité que s'il avait lu un arrêt de mort, M. Lescuyer congédia son fils.

Chrétien sortit en chancelant du cabinet de son père. Quelle surprise ! Et quel enivrement ! Lui, libre ! Était-ce possible? Il allait être libre ! Il allait vivre à Paris ! Ce quartier Latin, qui fait travailler l'imagination de tous les étudiants de province, et dont il avait si souvent entendu parler par ses camarades comme d'une sorte de Terre Promise, de Ciel du Prophète, il l'habiterait ; il y serait son maître ; il y jouirait enfin de sa jeunesse avec insouciance, ayant sa clef dans sa poche et de l'argent dont il n'aurait à rendre compte à personne. Et son père lui annonçait cette nouvelle froidement, presque durement, comme on donne un ordre, avec l'indifférence d'un geôlier qui lève l'écrou d'un captif. Ah ! si le vieux juge avait eu alors non pas même un mot de tendresse, mais un tremblement d'émotion dans la voix, Chrétien lui eût sauté au cou, aurait fondu en larmes sur son cœur ! Mais il était écrit que jamais la confiance et l'affection ne s'établiraient entre ces deux êtres. Chrétien allait quitter la maison paternelle avec la joie d'un chien qu'on lâche, mais dont l'instinct sait bien qu'il faudra revenir tôt ou tard sous le fouet du maître; et, loin de son père, il ne devait penser à lui qu'avec un sentiment de dépendance et de crainte.

Jusqu'au jour du départ, le jeune homme vécut dans une trépidation, un énervement d'impatience. Rien de ce qu'il allait quitter ne lui inspirait de regret. Sous ce ciel pluvieux, entre les murs de cette morne maison de famille, dans cette ville où il ne se sentait pas un véritable ami, il s'était trop longtemps et trop cruellement ennuyé. Même, quand il alla prendre congé des habitantes de la rue des Chanoines, il songea presque avec déplaisir à ce projet de mariage qui l'avait d'abord charmé, et mademoiselle Camille, dont il ne remarqua pas le trouble au moment de l'adieu, lui parut décidément laide. D'ailleurs, une enfant encore. Était-elle destinée à devenir un jour sa femme ? A quoi bon s'inquiéter d'un avenir lointain, douteux? Ce qui était sûr, et tout proche, c'était son départ, sa délivrance. Sa malle fut faite huit jours trop tôt. Il n'en dormait plus.

Enfin, l'heure arriva. C'était par une sombre matinée, vraie veille de Toussaint, où le vent de mer tordait et bousculait les nuages. Après avoir reçu, sur le quai de la gare, la froide accolade de son père, Chrétien sentit avec délice — oui ! même en cette solennelle minute — le lent et faible glissement du wagon qui se mettait en marche ; et ce fut seulement quelques instants après, en voyant diminuer et pâlir dans la brume les flèches de Saint-Étienne et les tours massives de l'Abbaye-aux-Dames, que le jeune voyageur tomba soudain dans une tristesse poignante et se demanda, avec angoisse, s'il n'avait pas une pierre à la place du cœur, pour quitter si froidement cet homme devant lequel il avait toujours tremblé, mais qui, malgré tout, était son père, et cette ville où il ne laissait pas un seul bon souvenir, mais qui était, quand même, son pays natal.

Et, dans les nuages bouleversés, il crut alors distinguer vaguement des faces grimaçantes qui le faisaient songer aux hideux mascarons sculptés sur le logis paternel, et qui semblaient le suivre d'un regard de haine et lui souhaiter quelque mauvaise aventure.

d'une propreté douteuse, une douzaine de grands gars, frais et blonds, et trois ou quatre rastaquouères aux faces boucanées. Les Normands, en général fils de notaires et de « chicanoux », sont de mœurs relativement paisibles et rangées, prennent sagement leurs inscriptions, passent leurs examens avec régularité, se permettent seulement quelques orgies tarifées et — détail remarquable — portent encore, dans les derniers jours du mois, leur modeste chaîne de montre sur le solide elbeuf de leur gilet noir. Au contraire, le rubis ou la topaze qui ornait, à bord du transatlantique, la cravate mordorée des jeunes Américains, ne tarde pas à s'en aller chez « ma tante » ou chez le Juif du carrefour de l'Odéon; car les étudiants exotiques sont le scandale et — il faut bien le dire aussi — la source des bénéfices de l'hôtel.

II

L'hôtel de Bayeux et de la Plata, rue Racine, a, comme fond de clientèle, les étudiants de Basse-Normandie, et abrite aussi, mais exceptionnellement, quelques jeunes Argentins aux yeux de diamant noir et au teint de revers de botte. Sa table d'hôte, qui ne le cède en rien à ses rivales du quartier Latin pour le vin violet, les poulets phtisiques et les biscuits à la poussière, offre cette originalité de grouper, tous les soirs, autour de sa nappe

Eux seuls s'y montrent prodigues, boivent du bordeaux « supérieur »; et, si le matin une demoiselle dépeignée, en corset et en jupon, se penche sur la rampe de l'escalier pour crier au garçon de monter deux chocolats au « dix-sept », soyez sûr que le « dix-sept » est occupé par un citoyen de Buenos-Ayres. A l'*Hôtel de Bayeux et de la Plata*, Argentins et Bas-Normands vivent d'ailleurs en parfaite camaraderie. On a vu souvent, dans les monômes, alterner les visages sanguins et les têtes olivâtres, et même, certains soirs de grande noce,on a entendu, dans l'arrière-salle d'une brasserie, les organes vibrants des républiques du Sud et les lourds accents de Vire et de Falaise entonner en chœur les airs fameux de la « Pomponette » et de « Ah ! maman, ne pleurez pas tant ! »

Arrivé à la gare à la tombée du jour, Chrétien Lescuyer s'était fait transporter immédiatement rue Racine. Le garçon, favorablement impressionné par les deux

LE NOUVEAU COMMENSAL S'INSTALLAIT MODESTEMENT...

malles sanglées sur le fiacre à galerie, conduisit le voyageur au premier étage, ouvrit une porte et dit avec un aplomb superbe :

— Monsieur... Notre meilleure chambre.

Elle était hideuse. Tout en y faisant sa toilette à la lueur lugubre d'une bougie plantée de travers dans un chandelier de cuivre, Chrétien fut d'abord pris de dégoût devant l'édredon de soie bleue, graissé de taches ignobles, et devant le vieux canapé blessé à mort et perdant son crin par trois larges blessures. Mais cette impressoin ne dura qu'un moment. Le garçon reparut très empressé, changea l'édredon, cacha sous une housse d'indienne à petites fleurs la détresse du canapé, garnit les candélabres, alluma dans la cheminée une flambée joyeuse ; et Chrétien, ayant dépaqueté son bagage, rangé ses livres sur une étagère, enfin créé un peu d'intimité dans ce logis banal, se surprit à dire tout haut, avec un profond soupir de satisfaction :

— Chez moi !... Je suis chez moi !...

Alors, soulevant le rideau, il regarda dans la rue. Un grand salon de coiffure, tout flambant de gaz, illuminait le trottoir d'en face, et, à travers les glaces de la vitrine, Chrétien vit quatre ou cinq jeunes gens que coiffaient ou rasaient avec agilité des garçons en bras de chemise. Il supposa que c'étaient des étudiants qui, le soir même, devaient aller au bal, au théâtre, qui se paraient pour quelque fête. Bientôt il ferait comme eux, goûterait aux plaisirs de Paris. Et, dans sa joie d'être libre, il s'amusa de quelques ridicules ornements de sa chambre, de ses chenets que surmontait un double buste de Béranger, du sujet de sa pendule en zinc dédoré, où Cupidon sortait d'une rose, et surtout d'une mauvaise image coloriée du dernier siècle, échouée là on ne sait comment, qui représentait M. Lamoignon de Malesherbes, en habit cannelle, se promenant dans un paysage, au coucher du soleil, avec un de ses amis en habit vert-pomme, et lui déclamant — le geste l'indiquait — cet étonnant quatrain gravé sous l'estampe :

D'un cœur paisible et sans regret
Nous pouvons voir le jour s'éteindre.
Aujourd'hui nous n'avons rien fait
Dont la vertu puisse se plaindre.

Mais un son de cloche fêlée annonça que le dîner était servi, et Chrétien descendit à la table d'hôte. Les Argentins bronzés et les Bas-Normands aux joues fraîches y lampaient déjà la soupe avec un grand tapage de cuillers.

Intimidé par ces visages inconnus, le nouveau commensal s'installait modestement devant le seul couvert inoccupé, où le garçon, par une attention délicate, avait plié la serviette en forme de mitre d'évêque, quand, du fond d'une belle barbe blonde attablée en face, jaillit cette exclamation :

— Tiens !... Lescuyer !...

Et, après un moment d'hésitation, Chrétien reconnut, sous cette barbe opulente, un de ses anciens condisciples du lycée, un nommé Mulot, fils d'un riche éleveur des environs de Caen.

Les deux jeunes gens s'étaient à peine connus jadis. Mais Mulot, bon garçon de façons assez vulgaires, tutoya tout de suite le camarade retrouvé ; et Chrétien, satisfait, de se voir en pays de connaissance, se laissa faire.

— Alors,tu vas préparer ton doctorat?... Et c'est la première fois que tu viens à Paris?... Eh bien, on te pilotera au quartier.

La glace était rompue. Le « nouveau » fut présenté à toute la table, et, dès le bœuf aux cornichons, filandreux et sentant l'eau de vaisselle, la conversation s'anima.

Elle ne valait pas beaucoup mieux que la cuisine. Si Chrétien avait été moins novice, il se fût aperçu que ses jeunes compatriotes avaient la plaisanterie lourde et qu'ils abusaient des « queues de mots », telles que : « Je l'espère — de bottes » ou « Comment vas-tu? — yau de poêle », scurrilités déjà tombées en désuétude, à cette époque ; et que les rires de gong, les voix tonitruantes des Hispano-Américains auraient incommodé un sourd. Mais, bah ! tout cela était jeune, cordial, bon enfant, et Chrétien fut charmé de l'accueil de ses nouveaux compagnons. Il s'abandonna, fut aimable, plut à tout le monde.

Au dessert, composé de mendiants moisis et de poires caillouteuses, l'un des rastaquouères, pour souhaiter la bienvenue à Chrétien, offrit le « champagne » — une insipide tisane — et la gaieté redoubla. On fit des imitations. Un Argentin, venu des lointaines « pampas », simula le rugissement du jaguar dans une carafe vide ; un autre, au risque de se crever les poumons, reproduisit tous les vacarmes du chemin de fer, râles de la machine au départ, geignements des ferrailles, chocs et fracas sur les plaques tournantes, puis le train en marche et le « phut !... phut !... phut !... » régulier de la vapeur. Il obtint même un succès spécial quand,pour donner l'idée de l'arrivée à la station et du tapage des portières, il tira et repoussa violemment le tiroir du buffet, en criant : « Puteaux !... Puteaux !... » d'une voix affairée.

Mais le complet triomphe fut pour un gars de Saint-Lô qui, tournant le dos à la société et faisant le geste d'un menuisier qui rabote, reproduisit tous les bruits de l'instrument. C'était la perfection même. On croyait voir s'envoler les copeaux. Et des nuances ! Le brusque arrêt, l'effort de la varlope imaginaire rencontrant un nœud dans la planche. L'artiste poussait même la virtuosité jusqu'à dire les différentes espèces de bois qu'il était censé travailler : « Dans du chêne ! » criait-il... « Dans du sapin !... Dans du palétuvier ! » Enfin — et c'était le bouquet ! — il redoublait ses effets de sonorité, après avoir annoncé très sérieusement : « Maintenant, ça se passe dans une cathédrale, quand on raccommode les confessionnaux. »

Cependant, après le café — de la vraie lavasse — et une série de petits verres, que le seul Mithridate aurait pu absorber sans inconvénient, Mulot, qui exerçait à peu près les fonctions de major, à la table d'hôte, proposa d'aller prendre l'air. Mais c'était sans doute une façon de parler, car, à peine toute la bande avait-elle fait quelques pas dehors, qu'un des naturels de Buenos-Ayres se rappela que la bière était excellente dans une brasserie de la rue Hautefeuille, au premier, au fond de la cour.

Le lieu était célèbre, séditieux et littéraire. Au Deux-Décembre — il y avait treize ans de cela — le patron, vieux sac-à-vin à barbe de bon Dieu quarantehuitard, avait été arrêté pendant vingt-quatre heures ; et l'on montrait, avec émotion, dans la salle du fond, à gauche, la table où Murger avait mangé quelques choucroutes. Parfois, des étudiants de dixième année, des « politiques », généralement Francs-Comtois, s'y attardaient, assez avant dans la nuit, à pérorer et à réciter quelques poèmes des *Châtiments*.

Loin d'être excellente, la bière annoncée avait une odeur de buis. Mais qui donc se serait permis d'adresser une observation à une victime de l'Empire, à un conspirateur qui passait pour entretenir une correspondance avec Félix Pyat, alors réfugié à Londres? Chrétien Lescuyer et ses nouveaux camarades burent donc le détestable breuvage avec le respect dû à la bière d'un martyr politique.

Tout à coup, Mulot se frappa le front :

— Onze heures passées !... Et moi qui

2

ai donné rendez-vous à Clarisse, pour dix heures et demie, chez Léonie, dans le caboulot de la rue de la Harpe !

C'était bien simple. Il fallait y aller, tous en chœur, prendre un kirsch.

En 1868, les brasseries de femmes —

POUR TROUVER LE TROU D'UNE SERRURE...

qui devaient devenir, plus tard, une institution aussi solidement établie, en apparence, que le Tribunal de commerce et la Chambre des notaires, et, ensuite, tomber en décadence, comme toutes les institutions, — n'existaient qu'à l'état embryonnaire. Il n'y avait encore que de modestes établissements du même genre, généralement fondés par une « ancienne » ayant réalisé quelques économies et qui n'employait qu'une ou deux servantes.

Tel était le caboulot de la *Poignée de main*, où trônait au comptoir la jadis belle Léonie, devenue une grosse et brune commère à moustaches. Les étudiants natifs de la Nièvre et de l'Allier — Léonie était de Clamecy — s'y livraient à d'interminables parties de rams, et si passionnément que, vers minuit un quart, lorsque la patronne avait éteint le gaz et répétait d'une voix suppliante : « En voilà assez, mes enfants... vous allez me faire flanquer une contravention, » les obstinés Nivernais cartonnaient encore à la lueur de quelques allumettes.

Ce fut là que les commensaux de l'*Hôtel de Bayeux et de la Plata* arrivèrent en file indienne, pour assister d'abord à une scène atroce faite à Mulot par sa maîtresse Clarisse, une grande blonde, fadasse, furieuse d'avoir posé depuis trois quarts d'heure. Cependant tout s'apaisa; et la tournée de kirsch fut versée, puis suivie d'une distribution de bière, à laquelle succéda l'arrivée triomphal d'un nouveau plateau où flambait un punch.

A partir de ce moment, Chrétien, qui n'avait pas été familiarisé depuis l'enfance avec les toxiques, comme le célèbre roi de Pont cité plus haut, perdit l'exacte notion des choses. Il eut seulement l'idée vague que la bande joyeuse était mise à la porte du caboulot, au milieu des éclats de rire, par la grosse Léonie, qui répétait son refrain de minuit un quart : « Allons, mes enfants, en voilà assez ! » Il lui sembla confusément que, lui-même, une fois exposé à l'air froid de la nuit, se sentait tout à coup des jambes de coton et ne pouvait plus avancer qu'avec l'appui de deux camarades, malgré ses protestations déraisonnables et l'injurieux défi qu'il jetait à ses charitables amis de les rattraper à la course, si l'on consentait à le lâcher. Il eut assez incomplètement conscience d'une promenade dans les rues désertes, où les becs de gaz, quand on les regardait, se mettaient tout de suite à danser en rond, et d'un lent retour vers la rue Racine, accompagnés de cris d'animaux très bruyamment imités et d'entretiens très décousus dans lesquels il fut surtout question de décrocher l'enseigne d'une sage-femme et de la transporter au-dessus de la porte d'un pensionnat de jeunes demoiselles.

Enfin, à la suite d'une chute dans l'escalier de l'hôtel et d'efforts prolongés pour trouver le trou d'une serrure, la dernière lueur d'intelligence du jeune homme s'éteignit absolument ; et, le lendemain, après une nuit où il se crut le jouet du roulis et du tangage, à bord d'un navire travaillé par une tempête épouvantable, lorsque Chrétien se réveilla avec un sentiment de brûlure douloureuse à la racine des cheveux et un affreux goût de cuivre dans la bouche, il lui fut impossible de se rappeler pourquoi il s'était couché sur l'oreiller et sans avoir même ôté ses bottines.

Après dîner, les Normands emmenaient Chrétien à « leur » café, où ils avaient tous une pipe au râtelier et tenaient des conversations basses et triviales. Là, on s'entretenait surtout de la fortune connue ou supposée des gens du pays ; on se demandait ce qu'on pourrait bien « se faire », comme notaire, dans telle localité, comme avoué près de tel tribunal ; on s'inquiétait des grosses dots à coucher en joue, plus tard, pour payer son étude. Assommé, un peu dégoûté même par ces vulgaires entretiens, Chrétien tombait dans un silence hébété, et restait là cependant, par paresse, affalé sur la banquette de l'estaminet à côté de la grande Clarisse, qui, en attendant que Mulot, son amant, eût fini sa partie de billard, s'abîmait dans les journaux illustrés. Et c'étaient des heures vides, lourdes, fatigantes, où il écoutait stupidement l'épaisse voix de Mulot, dominant le tapage des dominos et du jacquet, crier dans le nuage du tabac :

— Ah ! trop fin !... Celui-là, j'aurais dû le chercher par le quatre-bandes... Ça, mon vieux, c'est un raccroc...

Les rastaquouères, que Chrétien jugea sans retard bruyants et prétentieux, l'entraînèrent une ou deux fois dans leurs parties de plaisir. C'étaient des viveurs. On dînait chez Foyot et l'on terminait la soirée à Bullier. L'aspirant docteur y fit la connaissance, en leur compagnie, d'une assez belle fille, qu'il reconduisit

III

Huit jours après cette charmante fête, dont le souvenir le rendait un peu honteux, le nouvel étudiant avait pris des habitudes. Naturellement laborieux, il suivait assidument les cours de l'École de droit, et passait même quelques heures chaque jour à travailler dans sa chambre sous l'œil approbateur du vertueux M. Lamoignon de Malesherbes. Quant à ses soirées, il les abandonnait à ses nouveaux camarades, qu'il ne tarda pas à trouver ennuyeux et médiocres, et avec raison.

chez elle. Mais elle disait « pour lors » et « je suis été », et fit horreur à son amant d'une nuit en lui avouant avec naïveté que, six mois auparavant, elle avait été fille de service dans une maison de bains d'où elle avait été chassée sur un soupçon de vol, et qu'elle regrettait beaucoup de n'avoir pas écouté le pédicure, qui lui faisait la cour pour le bon motif.

Alors, Chrétien se demanda si, en dehors de ce quartier Latin, qui a ses Colonnes d'Hercule au pont Saint-Michel et dont la statue du maréchal Ney est l'*Ultima Thule*, il n'y avait pas un autre Paris, plus conforme à l'idéal des jeunes gens qui ont lu Balzac et ne sont pas dénués de toute imagination. Mais comment pénétrer dans le monde supérieur où vivaient ces cavaliers qu'il avait déjà vus aux Champs-Élysées, caracolant, une fleur à la boutonnière, et saluant les élégantes bercées dans de souples voitures? C'étaient là, pour le pusillanime provincial, des régions impénétrables, qui lui rappelaient une vieille mappemonde découverte par lui dans le grenier de la maison paternelle, et sur laquelle cette devise menaçante : « *Hic sunt leones* » marquait les contrées inconnues. Néanmoins, il essaya d'étendre un peu le cercle de ses relations et fit usage des lettres de recommandation que son père lui avait données pour quelques anciens amis. Elles valurent à l'étudiant, dans le monde de la magistrature, trois ou quatre invitations à de mornes soirées, remarquables par la laideur des femmes et la rareté des rafraîchissements. Le jeune Caennais reconnut là, non sans épouvante, les physionomies au-dessous de zéro et les cravates frappées qui avaient gelé toute son enfance. Quant au vieux conseiller à la Cour de Paris, au « digne M. Lherbager », comme l'appelait M. Lescuyer père, il offrit à Chrétien le terrifiant aspect d'une tête de mort à favoris blancs et le pria paternellement de prendre part à un dîner de famille, qui fut à peu près aussi joyeux que les repas de bivouac de la Grande Armée, sur les bords de la Bérésina.

Dans un antique appartement, de l'Ile Saint-Louis, où il semblait qu'on eût établi, ce soir-là, un concours de courants d'air, Chrétien retrouva, encore une fois, la pire province, dans le bœuf du pot-au-feu, servi, après le potage, sur un lit de persil, et dans les cerises à l'eau-de-vie du dessert. Il fut consterné par le mutisme absolu de la sévère madame Lherbager, de qui la robe de soie puce ne devait certainement revêtir qu'un squelette, et, tout de suite, il sentit une secrète antipathie pour les figures sournoises des deux fils de la maison, qui levèrent à peine les yeux de leur assiette, parlèrent avec componction des conférences prêchées à Saint-Roch, pendant l'Avent, par un jésuite à la mode, et firent à Chrétien l'effet d'être deux parfaits cafards.

Découragé par sa malheureuse tentative d'aller dans le monde, fatigué de ses camarades normands, qui étaient des lourdauds, et de ses camarades exotiques, qui étaient des poseurs, l'étudiant s'isola, plongea dans le travail et, pendant plusieurs mois, ne donna que des sujets de satisfaction à l'excellent M. Lamoignon de Malesherbes en habit cannelle, dont l'image devait être charmée d'habiter, en plein quartier Latin, la même chambre qu'un jeune homme aussi vertueux. Mais Chrétien s'ennuyait à périr ; et, le cœur vide, les sens inassouvis, il promenait, sous les marronniers du Luxembourg, la même mélancolie et les mêmes désirs que naguère, à Caen, sous les ormes du cours Caffarelli.

Le printemps — ce printemps parisien, où, le soir, dans les faubourgs déserts, les lilas des jardinets répandent leurs parfums prématurés — vint encore augmenter le trouble physique et moral du jeune solitaire. Avec amertume, il se demanda ce qu'il faisait de cette liberté tant désirée. Pris du dégoût de l'étude, il s'épuisa en longues flâneries, traîna son ennui, chaque jour, pendant de longues heures, dans les poudreuses banlieues.

Un après-midi, vers quatre heures, au retour d'une course du côté de Montrouge, il se mêla machinalement, sur la place de l'Observatoire, à des badauds qui formaient le cercle autour d'un hercule forain.

En maillot d'un blanc crasseux, en caleçon de peau de tigre, un peu de fourrure aux pieds, un bracelet de cuir noir au poignet droit, l'homme — une assez belle brute — venait d'enlever un poids de cent kilos et le portait à bras tendu en faisant le tour d'un vieux tapis, au son d'un orgue poitrinaire qui toussait les débris d'une polka démodée.

Soudain, derrière Chrétien, une voix dit tout haut, claire et joyeuse :

— Superbes, les muscles de l'avant-bras !... Ça y est !... Je tiens mon mouvement !

Et, s'étant retourné, l'étudiant vit un beau diable de garçon, coiffé d'un feutre déformé, en veste tachée de terre glaise

EN MAILLOT D'UN BLANC CRASSEUX...

et dont la jolie barbe et l'abondante chevelure rousses semblaient pétiller au soleil.

— Mais, Dieu me pardonne ! s'écria tout de suite le grand gaillard, c'est le petit Chrétien !... Comment? Tu ne me reconnais pas ?... Donadieu?... François Donadieu, ton copain du bahut de Caen?

Si fait, Chrétien le reconnaissait, et il eut une secousse de joie au cœur. Dans un éclair de pensée, il évoquait son meilleur souvenir, sa seule amitié d'enfance.

— François ! mon cher François ! dit-il en tendant les deux mains au camarade retrouvé.

Mais l'autre le saisit brusquement par le poignet.

— Attention ! Le bonhomme va encore soulever son poids de deux cents... Dans un instant, mon petit Chrétien, je suis tout à toi... Mais regarde-moi donc ce biceps, cette épaule... Quel geste ! C'est héroïque ! Tout à fait ce qu'il me faut pour mon *Homme au Trophée*... Bravo, l'hercule !...

Et l'artiste, enthousiasmé, fouilla dans sa poche et jeta une poignée de sous au saltimbanque, qui, son tour de force exécuté, se carrait sur les reins, posait pour la galerie, de grosses gouttes de sueur au front, la nuque rouge, les pectoraux haletants sous son maillot de coton mal lavé.

— Messieurs et dames, c'est pour avoir l'honneur de vous remercier.

C'était fini. Donadieu avait chaleureusement passé son bras sous celui de Chrétien et l'entraînait.

— Comme on se retrouve !... Ce gentil petit Chrétien, le chouchou des professeurs, qui voulait faire de moi un bon élève, un cultivateur de racines grecques... Tu vois, ça ne pouvait pas réussir... J'ai suivi le conseil de Gavarni : « T'es propre à rien ! Fais-toi artiste »... Oui, mon cher... Sculpteur, élève de Carpeaux... Et le patron, un fier homme, va ! est venu, l'autre jour, voir ma figure, et m'a crié : « Mais ça va très bien, petit « saligaud !... » C'est ça qui vous encourage... Mais je suis bête, je ne te parle que de moi... Et toi, Et toi, qu'est-ce que tu deviens? Te voilà donc à Paris?...

— Oui, pour deux ans au moins... Je fais mon doctorat.

— Fameux ! On va tous deux être copains comme autrefois, n'est-ce pas?... Es-tu libre ce soir?

— Absolument.

— Alors on ne se quitte plus.

— Bien volontiers.

— Et, d'abord, viens voir mon *Homme au Trophée*, mon « bouleau » pour le Salon. C'est à un quart d'heure d'ici, dans Plaisance, rue du Terrier-aux-Lapins... Dame ! tu sais, l'atelier n'est pas bien reluisant, et encore, pour payer le terme et les modèles, on est souvent obligé d'aller faire des journées, comme un ouvrier, chez les marchands de bronze du Marais, et de ficeler des pendules et des candélabres à l'usage et selon le goût du bourgeois... Mais, n'importe ! j'ai mon coin où je travaille... Qui sait ! Peut-être fera-t-on plus tard le buste du chef de l'État et donnera-t-on des dîners avec des truffes sous la serviette et des larbins en gants de filoselle blanche, qui vous souffleront leur mauvaise haleine dans le nez en vous servant du clos-vougeot première tête ?... Je me disais ça ce matin à déjeuner, devant mes quatre sous de fromage d'Italie... Ce petit Chrétien ! Comme je suis content de te revoir !...

Devant cette gaieté d'artiste, cette insouciance en pleine misère, Chrétien se reprochait déjà tout bas ses tristesses vagues et sans raisons. Très affectueusement, il interrogea le sculpteur, lui fit raconter sa vie depuis qu'ils s'étaient perdus de vue.

Elle avait été rude, surtout après la mort de la tante, de la vieille « cabinet-de-lecturiste », comme Donadieu l'appelait dans son langage plein de hardis néologismes... A dix-sept ans, pauvre gamin de l'École des Beaux-Arts, il s'était trouvé sur le pavé de Paris, sans autre ressource que l'héritage de la bonne femme, d'horribles bouquins, des romans graissés par les doigts des cuisinières, qu'il « lavait » sur les quais, au fur et à mesure de ses besoins les plus urgents.

— Hein? Est-ce assez farce? disait le sculpteur en éclatant de rire. J'ai vécu de livres avariés pendant plus de six mois. Figure-toi que je me suis habillé, au Temple, des pieds à la tête, avec le produit d'un Paul de Kock. Il y avait certains de mes vêtements à qui j'avais donné, par blague, le nom des auteurs ou des ouvrages qui m'avaient permis de me les procurer. Ainsi, j'ai eu un chapeau mou que j'appelais mon « Marquis de Foudras », et une paire de souliers à clous que j'appelais mes « Mystères de Paris »... Mais mon capital sérieux, mon fonds de réserve, c'étaient les œuvres complètes d'Alexandre Dumas. Tu ne peux pas t'imaginer ce que *Monte-Cristo* et la série des *Mousquetaires* représentent de petits pains, de saucisses plates et de triangles de brie.

Tout en causant, les deux jeunes gens étaient arrivés rue du Terrier-aux-Lapins, une venelle alors presque champêtre, où l'on voyait, entre les planches des clôtures, verdoyer des jardins maraîchers, et Chrétien, amusé par l'étrange aspect de ce coin de banlieue, venait de lire machinalement, au-dessus d'une porte charretière, cette inscription : « Leflô, nourrisseur. Lait chaud matin et soir », quand Donadieu commanda :

— Par file à droite... Nous y sommes.

Ils entrèrent dans une assez vaste cour où s'effarait de la volaille et qui sentait le fumier et l'étable. L'artiste ouvrit une porte d'écurie, en disant :

— Mon atelier.

Il était pavé. Une persistante odeur de fourrage y flottait encore, et l'on n'avait même pas descellé les râteliers de la muraille. Quelques plâtres sur une planche, trois tabourets de paille, un poêle de fonte au long tuyau coudé, la table du modèle, et, sur la selle à sculpter, une grande figure voilée de linges humides. C'était tout. La froide lumière du nord, qui tombait là par une large baie, ajoutait à la tristesse de ce trou de misère.

— Tu vis là ! ne put s'empêcher de s'écrier, avec un accent de compassion, l'étudiant aisé qui avait toujours eu un tapis dans sa chambre.

— J'y couche même, ajouta gaiement l'artiste en découvrant un grabat caché par un paravent tout déchiré. On t'avait prévenu, jeune bourgeois, que le local manquait d'acajou massif. Mais ne me plains pas, va ! mon petit Chrétien. Je viens de toucher cent francs que j'ai gagnés à torcher une paire de flambeaux pour Beckmann, le bronzier de la rue Ménilmontant ; demain j'aurai modèle et je pourrai reprendre ma figure, dont le patron est déjà satisfait... Et je t'invite même à dîner ce soir, monsieur le capitaliste, avec ma connaissance, qui nous rejoindra tout à l'heure. Elle est tout simplement couturière, mais elle ressemble à la *Maîtresse du Titien*, qui est dans le Salon Carré, et comme nous sommes aussi pauvres l'un que l'autre, nous avons le droit de penser sans fatuité, pas vrai? que nous nous aimons pour nous-mêmes... Va ! mon vieux, exercer un métier qui vous plaît, aimer une bonne fille en espérant bien que c'est pour toujours, et être jeune par-dessus le marché, c'est tout ce que peut demander de bonheur un faible mortel, comme disaient les poètes du temps de Canova... Et, si je vis, si j'arrive, plus tard, quand je serai un vieux pompier de l'Institut, avec un catarrhe et un habit de perroquet, je rabâcherai comme

CHRÉTIEN OBSERVAIT AVEC ENVIE

les autres : « C'était le bon temps ! »... Mais, assieds-toi... Il faut que je démaillotte mon bonhomme et que tu me donnes ton avis.

Rapidement dépouillée de son enveloppe par les mains agiles de l'artiste, la statue de terre, d'un gris luisant et mouillé, apparut. C'était celle d'un barbare — Gaulois ou Samnite — au torse nu, à la chevelure fougueuse, portant à bout de bras, avec un geste de joie frénétique, un lourd trophée d'aigles et de faisceaux, dépouille des Romains vaincus.

Chrétien tressaillit devant cette œuvre puissante, où palpitait l'enthousiasme de la victoire, et qui devait rendre célèbre en une heure, à l'ouverture du Salon de 1867, le nom de François Donadieu. Ce seul et magnifique objet de luxe et d'art, triomphant au milieu du pauvre atelier, l'illuminait, y noyait dans son rayonnement tous les détails de misère, lui donnait quelque chose de la sévère beauté d'un temple.

— Admirable ! dit Chrétien avec une émotion vraie.

Mais le sculpteur, debout à quelques pas de sa statue, la regardait fixement, muet, un pli soucieux au front, tout en roulant une cigarette.

— Eh bien, non ! murmura-t-il enfin. Il n'est pas trop mal, mon « bouleau », mais ce n'est pas encore ça... Mon modèle n'est plus assez jeune... Il faudra que je demande au saltimbanque de me donner une séance... Trop mou, le bras... Il faut, vois-tu? il faut que tous les muscles crient victoire.

En ce moment, une belle fille de vingt ans à peine, un peu forte pour son âge, mais blonde comme le soleil, et, malgré sa pauvre toilette, fraîche comme la botte de giroflées qu'elle tenait à la main, entra sans frapper, le sourire aux lèvres.

— Ma camarade ! dit Donadieu qui l'embrassa rondement sur les deux joues. Héloïse, je te présente mon ami Chrétien. Nous nous sommes connus à l'époque de la croissance et des pantalons trop courts... Tu sais, ma chérie, j'ai touché les cent francs de Beckmann et je vous emmène tous deux dîner au *Moulin de la Vierge*.

— Ah ! je veux bien, mon petit « Dieu », s'écria la belle fille avec un rire charmant, un rire de joie et de bonté. Nous devinerons les rébus des assiettes à dessert, et tu commanderas une omelette aux confitures... Mais, d'abord, tiens ! ajouta-t-elle en donnant à son amant un petit paquet. Tu vois que j'ai pensé à toi.

— La belle cravate !... Merci, ma fille...

Et comme, pour s'en parer, il ôtait son veston :

— Ta manche est encore déchirée, dit Héloïse. Donne. Je vais te recoudre ça.

Lestement, elle ôta ses gants et son chapeau, s'assit, enfila son aiguille, et, tandis qu'elle réparait le vêtement et que le sculpteur remettait les linges mouillés sur sa statue, Chrétien observait avec envie cette scène pleine de bonhomie et de simplicité.

Les deux beaux et libres êtres ! Pauvres, oui, mais heureux quand même. Comme ils savaient vraiment jouir de leur jeunesse ! Et comme ils s'aimaient ! A chaque instant, ils échangeaient un regard, et leurs visages s'animaient aussitôt d'un sourire confiant et joyeux.

Ils allèrent dîner tous les trois au *Moulin de la Vierge*, cabaret à tonnelles et à balançoires, non loin des fortifications. Après le café, les deux amis parlèrent gaiement, longuement, les coudes sur la table, de leurs souvenirs de collège, et il était tard quand Chrétien se sépara de l'aimable couple, à la porte de la maison où logeait la grisette ; puis il rentra se couch,er, seul soudain redevenu tout triste enchanté d'avoir retrouvé François, mais souhaitant de rencontrer, lui aussi, une bonne fille qui l'aimerait comme Héloïse aimait son « petit Dieu ».

Le surlendemain, l'étudiant rendit sa politesse au sculpteur et le régala chez Magny, en compagnie de la jeune fille. humble enfant des faubourgs de Paris, qui fut saisie d'une émotion respectueuse devant les velours et les ors du restaurant et qui connut, pour la première fois de sa vie, le potage à la bisque.

Chrétien fit alors de quotidiennes visites à l'atelier de la rue du Terrier-aux-Lapins, où l'attirait un charme de bohème, de fruit défendu. Il apportait son trouble. ses curiosités de jeune homme chaste dans ce misérable coin où resplendissaient l'art et l'amour.

Un jour, après le départ de l'hercule forain qui posait maintenant chez Donadieu pour l'*Homme au Trophée*, Chrétien. resté seul avec l'artiste rêveur devant sa statue terminée, dit tout à coup, avec la brusquerie des timides :

— Que tu es heureux, mon cher ami, d'avoir une si charmante maîtresse !... Et, dis-moi, peut-on te demander si tu as été son premier amant?

Le sculpteur fit un haut-le-corps, et, jetant une dernière boulette qu'il roulait entre ses doigts :

— Pour qui me prends-tu? répondit-il très vivement. Pour un débaucheur de filles ! Pardieu ! je n'ai le droit de faire de la morale à personne. Mais les vierges, vois-tu? pour moi, c'est sacré ! Chasse réservée, mon cher... Quant à Héloïse, elle m'a raconté, en pleurant, son passé de misère. Ce n'est pas bien joli, va ! ce qui se passe dans les maisons d'ouvriers... Je tâche de lui faire oublier son affreuse enfance, à la pauvre créature, maintenant qu'elle a pour compagnon un bon garçon qui l'aime et qu'elle fait bien d'aimer... Et voilà tout.

— Très sérieuse alors, la liaison, murmura Chrétien, avec un sentiment de prudence bourgeoise.

— Qui sait? reprit l'artiste. Nous sommes trop pauvres, elle et moi, pour songer à l'avenir... Le jour où j'aurai assez de pièces de cent sous à la fois pour acheter des meubles et louer un petit logement, nous vivrons comme mari et femme ; et ça pourrait peut-être bien finir par un tour à la mairie... Après que nous aurons marché comme ça, pendant quelques années, bras dessus bras dessous... Pourquoi pas?...

Cette absence de préjugés, cette large et généreuse façon de comprendre la vie impressionnèrent l'étudiant. Pourtant, toute son éducation et aussi une certaine délicatesse de nature protestaient au fond de lui-même. Par un jeu rapide de son imagination, il se vit auprès d'une compagne bien aimée, dont il aurait éprouvé le cœur depuis longtemps... Aussitôt, l'image de son père, du terrible M. Lescuyer, lui apparut. Le vieux magistrat accourait, les sourcils hérissés, tremblant de colère ; il chassait l'intruse, la concubine, ordonnait la rupture.

Secoué d'un frisson de peur, sentant que, dans une situation semblable, il céderait, obéirait sans résistance, Chrétien répondit enfin au « Pourquoi pas? » de Donadieu :

— Oui... Mais tu es libre, toi... Tu n'as pas de famille.

Et, ce jour-là, Chrétien Lescuyer, malgré les désirs qui le dévoraient, rentra chez lui, reconquis par la sagesse provinciale, épouvanté par la pensée de prendre une maîtresse.

Huit jours après, il en avait une.

IV

La rencontre eut lieu de la façon la plus banale.

Ce soir-là, Chrétien Lescuyer avait accompagné les Normands à « leur café », et Mulot venait d'exécuter un magnifique quatre-bandes, lorsque la maîtresse du caramboleur, la grande Clarisse, survint avec une camarade.

Jolie? Pas pour tout le monde, notamment pas pour ces jeunes lourdauds, paysans mal dégrossis, qui aimaient à retrouver, sur les joues de leurs bonnes amies, les couleurs de la pomme à cidre en septembre. Mais Chrétien fut charmé tout de suite par cette brunette au fin profil, au teint pâle, coiffée de bandeaux bien sages, et ayant, dans sa décente robe noire, quelque chose d'une hirondelle.

Tandis que Mulot, qui était en verve, enlevait une série de massés et d'effets rétrogrades, Chrétien offrit un rafraîchissement à ces dames et leur tint courtoisement compagnie.

Devant les trois sodas, la grande Clarisse, sans se préoccuper autrement du jeune homme, continua de décrire à sa compagne un certain corsage « tout garni de ruches, tu comprends, ma chère », qu'elle était en train de se confectionner. Mais la brunette avait plus de savoir-vivre et, pour rendre la conversation générale, demanda sans transition à Chrétien de quel pays il était. La question n'avait rien de bien piquant, mais elle fut faite d'une voix douce et dans une intention de politesse qui plurent à l'étudiant.

On causa. A son tour, il interrogea la jeune personne et il apprit qu'elle était

Parisienne, orpheline et fleuriste, qu'elle s'appelait Perrinette Forgeat et qu'elle avait eu vingt-deux ans aux derniers lilas. Tout cela dit avec un gentil sourire nullement effronté, mais qui n'avait pourtant rien de décourageant. En vain Clarisse, toute à son idée fixe, essaya de revenir à son fameux corsage : « tu sais, ma chère, à la zouave, comme dans la dernière photographie de l'Impératrice ». Sa camarade ne l'écoutait que d'une oreille distraite. Or la grande Clarisse était pleine d'expérience et de sagesse. Elle était persuadée que deux seuls sujets d'entretien peuvent intéresser une femme : la toilette et l'amour. Pour que Perrinette répondît par tant d'indifférence à une question de chiffons, il fallait, à coup sûr, qu'elle fût prise d'un soudain caprice pour l'étudiant. Bonne fille, Clarisse n'y voyait, d'ailleurs, aucun mal. Tout au contraire, elle céda sur-le-champ à l'irrésistible instinct de son sexe, qui pousse les dames les plus respectables et les plus qualifiées à unir les amoureux. Quand la duchesse douairière de Château-Branlant s'aperçoit que le vicomte de la Houstepilière a fait danser trois fois de suite mademoiselle de la Tour-prends-garde, immédiatement elle songe à manigancer ce brillant mariage et voit déjà son vieil ami, l'évêque *in partibus* de Seringapatam, bénissant les jeunes époux devant tout le faubourg Saint-Germain empilé dans Sainte-Clotilde. La grande Clarisse se trouvait à peu près dans le même état d'âme — comme on dit aujourd'hui — quand elle s'écria d'un air bon enfant :

— Dites donc, les petis amis, il est plus d'onze heures... Je connais Mulot, il ne lâchera le billard que lorsque le patron éteindra le gaz d'autorité... Aussi, monsieur Chrétien, vous seriez bien gentil de reconduire Perrinette, qui loge au diable, tout en haut de la rue d'Ulm...

— Comment donc?... Avec le plus grand plaisir... Si mademoiselle le permet.

— C'est moi qui suis très reconnaissante, monsieur... Mon quartier est si désert.

Il s'était levé, plein d'empressement ; elle remettait ses gants, les yeux modestement baissés. Mais, devant leurs façons réservées, la grande Clarisse avait eu un sourire goguenard ; et, quand ils sortirent ensemble du café :

— Ces bébés! murmura-t-elle avec un petit haussement d'épaules indulgent e pour ainsi dire, nuptial.

Au fond, ce n'était pas si loin que ça la rue d'Ulm. Les deux jeunes gens n'a vaient qu'à monter la rue Monsieur-le Prince et la rue Soufflot. Mais ils mar chaient lentement, heureux d'aller bra dessus bras dessous, le long des boutique fermées, dans la tiède nuit de juin, et il se mirent à bavarder. Mais vous n'aure pas, j'espère, l'indiscrétion de prétendr que je vous répète leur conversation Du reste, elle ne vous intéresserait pas Ce que se disent les amoureux est char mant pour eux seuls, et, en général assez médiocre. Si Chrétien fut très touch de la première question de Perrinette « Alors, comme ça, monsieur, vous étu diez pour être juge? » c'est parce qu'ell la lui adressa en levant vers lui de joli yeux qui brillaient de sympathie, au clai de la lune. Et si le cœur de Perrinett palpita doucement quand l'étudiant lu répondit : « Oui, mademoiselle, je vai passer mon premier examen de doctorat, c'est que la voix du jeune homme fu prise alors d'un tremblement d'émotion que ne justifiait en aucune façon ce détai biographique sans importance.

Ce qu'ils se dirent? Les étoiles des firmaments d'été doivent en avoir les oreilles rebattues, depuis le temps qu'elles regardent passer de jeunes couples ; mais il faut croire que, pour celui-ci, l'entretien était bien passionnant tout de même, car les deux jeunes gens oublièrent leur chemin, et, arrivés sur la place du Panthéon, se mirent à tourner, en marchant à tout petits pas, autour de l'énorme monument. Ce qu'ils se dirent? A coup sûr, cela devenait très intime et très tendre, car devant la mairie du Ve, le bras de Chrétien enveloppa la taille de Perrinette. Quelques instants après, les vieux bâtiments du lycée Henri IV virent la tête de la jeune fleuriste s'incliner sur l'épaule de l'étudiant. En face du portail de Saint-Etienne-du-Mont, leurs bouches se rencontrèrent pour la première fois ; et ils avaient échangé déjà des baisers aussi nombreux que les noms d'écrivains illustres inscrits sur la façade de la bibliothèque Sainte-Geneviève, lorsque l'heureux Chrétien, en présence des sévères colonnes de l École de Droit, vainquit les derniers scrupules de la grisette et l'entraîna — oh ! bien vite, à présent —

ers son logis de la rue Racine, où cette uit-là, — et les nuits suivantes, — le nsible M. Lamoignon de Malesherbes, n habit cannelle, et son vertueux compa-non, en habit vert-pomme, furent ter-blement scandalisés.

Donc Chrétien Lescuyer avait une naîtresse. L'aimait-il? Oui, avec toute la orce, avec toute l'ardeur de ses dé-irs longtemps refrénés et inassou-is ; et chez un jeune homme qui 'est point un brutal, il n'y a pas de oie sensuelle sans qu'un peu de ten-resse s'y mêle. Le cœur est dupe lors et se croit pris. Même après les eures chaudes, Chrétien la trouvait dorable et tait tout fier le la voir sau-iller à son bras,

IL SAVAIT MURMURER A L'OREILLE DE LA JEUNE FILLE...

cette fillette aux vivacités d'oiseau, ignorante mais sans sottise, toujours mise décemment, et ayant gardé, malgré sa folle existence, un peu de gentille pudeur. L'aimait-il? Il le lui disait, de très bonne foi ; et il savait murmurer à l'oreille de la jeune fille des paroles douces et sincères — pour le moment — qui lui gonflaient le cœur d'une délicieuse émotion. Mais, elle-même, Perrinette? Était-elle vraiment amoureuse de Chrétien? Beaucoup plus assurément que des autres amants — déjà la demi-douzaine, hélas ! — avec qui elle avait gaspillé sa jeunesse. Il était si caressant, si délicat. Même pour une armoire à glace — ambition suprême ! — elle ne l'aurait pas trompé. Cependant il y avait chez elle l'absence d'illusion, l'expérience précoce de la fille du peuple qui s'est donnée à un jeune bourgeois. Elle savait bien que ces bonheurs-là ne durent qu'un temps, rarement bien long. Elle prévoyait la séparation à bref délai, sans même s'en attrister par avance, avec l'insouciante sagesse des âmes élémentaires. Certes ! elle aimait Chrétien, autant qu'elle pouvait aimer. Quand ses camarades, à l'atelier, la voyaient sourire silencieusement et lui demandaient ! « A quoi penses-tu ? » elle répondait : « A rien ! » mais c'était à lui qu'elle pensait. Pourtant.

que vaut un sentiment qui n'a point la certitude, pas même l'espoir de la durée?

Ils se réunirent presque tous les soirs et, le dimanche, ils prirent l'habitude de courir les environs de Paris, d'abord en tête à tête, puis avec François Donadieu et sa maîtresse, à qui Chrétien présenta la sienne. Les deux femmes se plurent. La blonde Héloïse, grande et forte, à qui sa relation sérieuse avec le sculpteur donnait plus d'assurance, se montra bonne et maternelle, prit sous sa protection la frêle Perrinette, intimidée d'abord. Ce furent alors des parties carrées dans les canots de louage, près des saules du Bas-Meudon et sous les tonnelles à fritures, où des fourmis courent sur la nappe; de longues flâneries le long des blés mûrs, où les femmes cueillaient de gros bouquets des champs, tandis que les hommes, en bras de chemise, la veste sur l'épaule, les souliers blancs de poussière, allaient devant, sur la route brûlée de soleil; des retours nocturnes à travers les bois, en chantant en chœur du Murger; et, à la gare, l'assaut des impériales de wagons où grimpaient des robes claires et où des gens s'appelaient vainement de loin : « Ohé! Louis! » dans le vacarme cuivré des cors de chasse.

Le petit provincial, le fils du sévère magistrat de province, était tout à fait émancipé.

Non qu'il fît des folies. Il avait en Perrinette une maîtresse désintéressée. Elle était une de ces fées parisiennes — il y en a des milliers — qui gagnent, avec leurs doigts d'artiste, tout ce qu'il faut à ces fées-là : un peu de toilette et beaucoup de charcuterie. L'ouvrière passant toutes ses journées à l'atelier, Chrétien avait le temps de travailler et travaillait. Ni coûteuse, ni gênante, la petite fleuriste. Parfois pourtant, songeant qu'il avait une maîtresse, que son père pourrait le savoir, Chrétien, élevé dans une atmosphère de crainte, frémissait, et il se sentait redevenir petit garçon, tout petit garçon, à la pensée qu'il pourrait voir apparaître, un matin, dans sa chambre d'hôtel, encombrée par les jupons épars de Perrinette, le terrible conseiller avec sa cravate sibérienne et ses sourcils de condamnation à mort.

Naïvement, il avait avoué sa peur à Donadieu, qui s'en moquait sans vergogne.

— Gare! Voilà papa! s'écriait le sculpteur, quand ils étaient installés tous deux, avec leurs bonnes amies, à la terrasse d'un café du boulevard Saint-Michel.

Et, devant le brusque sursaut de Chrétien, devant ses yeux soudain dilatés, c'étaient des éclats de rire.

Cependant le temps des vacances arriva. Elles rappelaient, pour trois mois, l'étudiant dans sa ville natale. Il devait revenir à la Toussaint et passer encore un hiver à Paris.

— Au revoir! dit-il en embrassant Perrinette, qui l'avait accompagné jusqu'à la gare.

Mais, une fois seul dans le wagon, il fut en proie aux sentiments les plus contradictoires. Pouvait-il attendre de sa maîtresse trois mois de fidélité? Allons donc! il n'était pas si naïf. Elle l'aimait bien, pourtant. Si franche, point coquette, lui avait-elle jamais inspiré le moindre soupçon? Mais trois mois d'absence, que c'était long! Il était inquiet à la pensée qu'elle le tromperait peut-être, triste aussi, car elle lui était chère; et, souffrant à la fois dans sa sensibilité et dans son amour-propre, au fond, tout au fond de lui-même, il acceptait tout de même, il souhaitait presque cette solution — qu'elle le trahît, qu'elle l'oubliât, qu'il ne la revît plus jamais, — repris qu'il était par ses préjugés de bourgeois correct et pusillanime, par ses scrupules de fils respectueux et terrorisé.

A Caen, Chrétien retrouva choses et gens parfaitement conservés dans l'immobilité de la province. La maison de la rue des Carmes était plus moisie et plus rhumatismale que jamais.. Les mascarons des façades firent au jeune homme leur pire grimace de mauvais accueil; surtout la tête d'homme barbu sculptée sur la porte du perron, qui lui tira sa langue de pierre avec un dégoût et une malveillance manifestes. Au milieu de ses recueils d'iniquités légales, le vieux conseiller, hivernant dans sa cravate blanche comme un navire pris par les glaces du pôle Nord, daigna pourtant se lever à l'arrivée de son fils et lui mit au front un baiser qui lui donna la chair de poule. Le soir-même, en l'honneur de l'étudiant, M. Lescuyer offrit un lugubre dîner à quelques-uns de ses collègues, qui félicitèrent Chrétien avec des sourires maussades sur des dents gâtées, et qui semblaient réunis, tant leurs visages étaient sinistres, plutôt pour présider un supplice que pour manger une dinde truffée.

Sous les bourrasques d'un pluvieux mois de septembre, Chrétien reprit ses anciennes habitudes, arpenta, chaque jour, le cours Caffarelli, accompagna, tous les dimanches, son père aux offices, à l'église Saint-Jean, où il retrouva les longs nez de « ces demoiselles Gentilhomme » et le catarrhe de M. Gigolet de la Nouzière. Chez madame Léger-Taburet, à qui MM. Lescuyer rendirent, comme autrefois, leurs devoirs périodiques, le velours d'Utrecht des meubles en forme de lyre était un peu plus fané que l'année dernière, et mademoiselle Camille n'avait pas embelli. Chrétien, à sa première visite, ne fit pas attention à la rougeur dont se couvrirent les joues de la jeune personne, et, par la suite, ne s'enquit même pas, auprès de son père, du mariage projeté. Il entendit, aux réceptions de la vieille avare, dire les mêmes riens que jadis, blâmer les toilettes tapageuses et le « genre » de la préfète, déplorer les maigres espérances que donnait la récolte des pommes.

Pendant ces trois mois de continence et d'ennui, le jeune homme revécut par le souvenir son existence, assez monotone d'abord, mais libre pourtant, du quartier Latin. Il se rappela les bons moments passés dans l'atelier de Donadieu, à fumer des cigarettes et à écouter les amusantes et pittoresques improvisations auxquelles s'abandonnait l'artiste tout en jetant de vifs coups d'œil sur le modèle nu et en roulant sa boulette de terre glaise. Il regretta surtout Perrinette.

A ce point qu'il lui écrivit, et ce fut avec un battement de cœur — oui ! pour de bon — qu'il reçut la réponse de la fleuriste. L'écriture et l'orthographe étaient celles des notes de blanchisseuse. Mais comme Perrinette exprimait naïvement et gentiment sa joie de n'être pas oubliée ! Elle avait eu beau négliger l'*s* du pluriel pour les « mille baisers » qui terminaient sa lettre, ils enflammèrent le sang et troublèrent le sommeil de l'amoureux en exil, qui se mit à compter les jours.

Aussi, le soir du retour à Paris, quand Chrétien et Perrinette, qui s'étaient rejoints à la gare, se furent enfermés au « vingt-trois » de l'*Hôtel de Bayeux et de la Plata*, quelle étreinte ! Ah ! M. de Lamoignon de Malesherbes et son digne ami en entendirent et en virent de belles, aussitôt que la grisette eut coiffé de son chapeau fleuri le Cupidon en zinc dédoré de la pendule.

— Bien sûr?... Tu ne m'as pas fait d'infidélités? demandait l'étudiant. Tu as été sage?... Tu me le jures?...

Elle le jurait, — et c'était vrai, par exception grande. — Et lui, crédule, était attendri, pleurait presque.

Le lendemain matin, ils allèrent inviter à déjeuner François Donadieu, qu'ils trouvèrent, dans son écurie-atelier, sans feu, malgré le froid de novembre, en train de tripoter une esquisse, et fort mélancolique.

Son *Homme au Trophée* avait obtenu, à la dernire exposition, un succès marqué, mais tout platonique, L'artiste était dans une passe de misère noire. Pourtant l'administration des Beaux-Arts venait de lui commander, à titre d'encouragement, pour décorer une salle de la Cour des Comptes, un bas-relief allégorique sur ce sujet peu excitant : « Le Contentieux ».

— Et j'ai accepté ! dit rageusement à Chrétien le statuaire en secouant ses mains qu'il venait de laver dans un seau d'eau. Je devais deux termes... Et ma pauvre Héloïse, qui a quitté son atelier pour me poser ma *Danaé* du prochain Salon, et qui, le soir, la brave fille, se perd les yeux jusqu'à minuit sur des confections pour le *Bon Marché*, ma pauvre Héloïse porte encore du jaconas à la Toussaint... J'ai accepté... Mais qu'est-ce qu'ils veulent que je fiche avec leur Contentieux ! Apparemment un monsieur tout nu qui aura l'air très embêté?... Et il faudra que ça soit exprimé dans ses biceps et dans ses rotules... Ah ! chien de métier !

En ce moment Héloïse survint, dans sa vieille robe d'été, mais si vaillante d'aspect, avec tant de bonté dans les yeux, que la mauvaise humeur de l'artiste se dissipa tout à coup.

— Bonjour, mamzelle la Gaieté ! cria-t-il à la belle blonde dès qu'elle parut sur le seuil. Bonjour, mamzelle l'Espérance ! Pas besoin d'aller chercher, ce matin, le litre à seize et les côtelettes à la sauce. C'est monsieur qui régale, et dans un restaurant chic, s'il vous plaît, avec une petite vache imprimée sur les ronds de beurre, et des bouteilles de vin vieux, sincères et véritables, dont la moisissure n'est pas imitée avec des morceaux d'éponges et d'où ne s'envole pas une mouche quand on enlève le bouchon.

L'artiste avait retrouvé sa verve. On déjeuna joyeusement dans un cabinet, et à chaque nouvelle saillie de son petit « Dieu », la bonne Héloïse riait aux éclats. Mais, au dessert, Chrétien, dont la sentimentale Perrinette retenait une main dans les siennes, et qui se croyait, en ce moment-là, très épris de la fleuriste, se dit en lui-même qu'ils étaient bien bruyants et bien gais pour des amoureux, le sculpteur et sa camarade, et jugea son sentiment, à lui, d'une nature bien plus fine, bien plus distinguée. Cela l'énervait, à la longue, de voir cette grosse blonde pouffer en se tapant les cuisses devant la dernière charge de Donadieu, qui venait de se planter tous les cure-dents dans la barbe et imitait la grimace d'un dieu de sauvages. Tout à l'heure, ne s'étaient-ils pas donné sur les deux joues de gros baisers de nourrice? Fi donc! Et l'étudiant serrait, tendrement et amicalement, sous la table, la main de sa petite amie.

Et, tout de même, ce qu'il prenait pour de l'amour, le jeune homme raisonnable, au cœur un peu sec, ce n'était qu'une sorte de reconnaissance voluptueuse, que l'épanouissement de la chair satisfaite. Ceux qui s'aimaient pour de vrai, c'étaient ces deux braves êtres, qui, sans serment, sans phrases, s'étaient donnés l'un à l'autre, probablement pour toute la vie, et qui s'aidaient mutuellement à porter leur fardeau de misère avec un simple et joyeux courage. Un peu communs, soit ; mais le cœur y était. Tandis que vous, monsieur l'étudiant tiré à quatre épingles, qu'est-ce que vous ferez de Perrinette, quand vous aurez soutenu votre thèse ?

V

L'hiver se passa sans incident. Chrétien piochait ferme ; deux ou trois fois par semaine, la visite de la fleuriste offusquait les deux vertueux personnages de la vieille gravure, qui pouvaient contempler sans remords le coucher du soleil ; et il y avait toujours, au « vingt-trois » de l'*Hôtel de Bayeux et de la Plata*, des épingles à cheveux qui traînaient sur le marbre de la cheminée.

Le printemps et les premiers mois de l'été revirent les deux amoureux flâner à travers les paysages suburbains et faire la dînette dans les guinguettes à balançoires. Mais la fin du roman approchait. Devant les mandarins en robe rouge, Chrétien avait coiffé le bonnet de docteur. Il fallait retourner à Caen ; il fallait rompre avec Perrinette. Le vieux M. Lescuyer, enchanté des succès de son fil devant la Faculté, avait eu un accès de générosité et lui avait envoyé une paire de billets de mille francs, prévoyant, malgré tout, quelques frasques de garçon à liquider, après deux ans de séjour à Paris. Mais ce père, toujours obéi, s'impatientait déjà, dans ses lettres, exigeait un retour immédiat.

Elle lui faisait gros cœur, à Chrétien Lescuyer, cette rupture ; mais elle était inévitable, et, de plus, acceptée d'avance par la fleuriste.

— Que veux-tu? avait-elle dit à son amant quand il l'avait pressentie à ce sujet. Que veux-tu?... J'en aurai bien de la peine... Mais c'est impossible autrement, n'est-ce pas?... ».

Et il n'avait pu que répondre :

— Hélas ! oui.

Bah ! la petite se consolerait, prendrait un autre amant. Il n'était pas le premier, après tout, Mais l'instant de la séparation approchant de plus en plus, il s'aperçut que la jeune fille avait mauvaise mine, devenait silencieuse, ne répondait aux caresses, aux tendres paroles, que par un sourire faible et douloureux. Comment? Elle l'aimait donc à ce point? Et, flatté, il retardait son départ, s'oubliait dans le

L'ÉTUDIANT ERRA DANS LES RUES. .

quartier Latin presque désert du mois de septembre, et promenait sur les terrasses du Luxembourg, parmi les précoces tourbillons de feuilles mortes, une mélancolie où il y avait un peu de fatuité.

Mais le dernier soir qu'ils devaient passer ensemble, devant les malles ouvertes de l'étudiant, à moitié faites déjà, Perrinette s'abandonna sur l'épaule de Chrétien dans une explosion de sanglots :

— Pardon! pardon!... J'aurais dû t'en parler plus tôt... Je n'ai pas osé, et puis je n'étais pas sûre, je ne voulais pas croire... Mais je ne peux plus en douter, maintenant... Je suis enceinte!

Ah! ce n'est pas toujours bien joli, le cœur humain! Il ne fallait que cette épreuve pour convaincre ce jeune égoïste qu'il n'aimait pas la pauvre fille. Elle était enceinte! Quel accident! Il la regarda, stupide. Ce visage tout bouffi de larmes, enlaidi déjà par la grossesse, lui causa de la répulsion. Les deux ans de plaisir qu'elle lui avait donnés; tant d'heures de volupté jeune et saine, même de douce émotion; son désintéressement de bonne et laborieuse grisette gagnant par son travail ses repas de pommes de terre frites, et si contente d'un coupon de robe ou d'une paire de bottines, — il ne s'en souvenait même pas. Abêti, il ne songeait qu'à une chose, c'est que Perrinette était grosse. Oui, il avait fait un enfant à cette fille, dont il n'était pas sûr, qui avait eu d'autres hommes, peut-être en même temps que lui, — que sait-on? — Et, toute sa vie, sans doute, il serait encombré de ce bâtard. Et, à la pensée qu'il pourrait y avoir un jour, une heure, une minute, où, seul devant les sourcils froncés de son père, il serait forcé de lui révéler cela, Chrétien se sentait glacé par un frisson de terreur.

Cependant, devant l'aveu de la pauvre fille, qui lui parlait naïvement de sa maternité comme d'une douleur et d'une honte, Chrétien eut recours à la ressource des âmes faibles. Il dissimula, il sut consoler la malheureuse par de vagues promesses, par une hypocrite pitié. Puis ils se couchèrent, et elle finit par s'endormir sur l'oreiller humide de ses pleurs. Et, pendant cette nuit, — oh ! la dernière, il se le jurait bien, qu'il passait aux côtés de sa maîtresse, — ce misérable enfant, dont le cœur était pourtant sans méchanceté, qui avait appris l'Évangile étant petit, mais qui ne possédait sur la morale et sur la vie que les idées basses et médiocres de la plupart des heureux, se lamenta piteusement sur lui-même.

Le lendemain matin, Perrinette partit, comme d'habitude, pour son atelier. Elle devait retrouver Chrétien, à huit heures du soir, à la gare, où ils dîneraient ensemble pour la dernière fois.

Alors l'étudiant erra dans les rues, obsédé par son idée fixe. S'il acceptait la paternité de son enfant, c'en était fini de son avenir. Il ne pourrait pas se marier. La situation sociale d'un magistrat jeune, en province, restant garçon, connu pour élever un bâtard, serait intolérable. On le montrerait du doigt ; sa carrière serait entravée. Tout cela pour une amourette de quartier Latin. Et avec qui ? Avec une bonne enfant, point perverse, soit, mais qui, de son propre aveu, avait eu déjà bien des aventures. Tranchons le mot, presque une fille, qui lui avait cédé dès la première rencontre. Que savait-il de sa conduite, en dehors des heures qu'elle lui consacrait? Il ne l'avait même jamais interrogée à cet égard, ne lui faisant pas l'honneur d'être jaloux d'elle. S'il lui avait dit quelquefois : « Est-on sage, au moins? » c'était pour rire. Et la réponse de la fleuriste ; « Méchant ! » — et tout de suite un baiser — ne signifiait rien. Il la laissait libre, en somme. Elle ne s'était sans doute pas gênée pour le tromper. N'allait-elle pas à Bullier sans lui, avec une de ses camarades? Que cet enfant ne fût pas de lui, c'était très possible. Toute son existence manquée, pour le bâtard d'un autre, voilà qui serait un peu violent, par exemple. Et puis, — raisonnons, — il n'avait contracté aucun engagement avec Perrinette. On s'était plu, on s'était pris, avec la certitude de se quitter d'un moment à l'autre. Bonjour, bonsoir. On ne se connaîtrait plus. La chose était, implicitement, mais parfaitement convenue; et, en bonne justice, il ne devait rien à Perrinette, sinon une aide momentanée, un secours matériel. Parbleu ! cela allait sans dire ; — car elle se trouvait dans l'embarras, la pauvre fille, et il n'était pas un monstre.

Et, déjà, il se félicitait, le garçon rangé, le petit provincial économe, d'avoir encore, sur la somme envoyée par son père, sept ou huit billets de cent francs, qu'il n'aurait qu'à mettre sous enveloppe et à glisser dans la main de la fleuriste, au moment de la séparation.

De temps en temps, le jeune homme se sentait bien envahi tout à coup par une secrète angoisse. Sa conscience lui disait nettement : « Tu vas commettre une infamie, mon bonhomme. » Mais aussitôt l'intérêt personnel protestait : « Grands mots ! Sottise ! » Et, dans le ménage très troublé que font cette dame-là et ce monsieur-ci, c'est rarement la femme qui porte les culottes.

Tout en ruminant ces mauvaises pensées, Chrétien arriva devant la porte de François Donadieu, qu'il voulait voir encore une fois avant son départ. La clef n'était pas sur la serrure, et le sculpteur n'ouvrit qu'au bout d'un moment. Héloïse, qui lui posait sa *Danaé*, était allée se cacher, à l'arrivée du visiteur, derrière le vieux paravant.

Mais Chrétien s'arrêta, dès le seuil, ébloui.

Presque achevée, la figure de terre glaise gardait encore pourtant le charme de l'ébauche et la trace des mains qui l'avaient amoureusement modelée. Robuste et gracieuse, tout le corps tendu, vibrant d'amour, mais sans indécence dans son abandon, la Danaé se livrait, s'ouvrait à la pluie d'or.

— Hein ! Ce n'était pas commode, dit l'artiste flatté par la muette contemplation de son ami. Tu vois... Voluptueux, et pas obscène pour un sou, n'est-ce pas?... On a tâché de retrouver le truc du nommé Titien... Et comme cela serait amusant à caresser dans un beau marbre blanc, avec trois ou quatre grosses pièces d'or éparses... De l'or en coquille, bien entendu... Il y en aurait pour trois francs cinquante... Mais ces cornichons des Beaux-Arts me feront-ils la commande ?

— Sois donc tranquille, mon petit « Dieu », interrompit Héloïse, qui reparut en boutonnant son corsage. C'est ce que tu as fait de mieux, ta *Danaé*... Je parie pour une première médaille.

Et la belle blonde, dont les légers vêtements laissaient deviner l'admirable corps, s'assit devant une machine à coudre, dans un coin de l'atelier, et se mit à piquer un caraco.

Car, maintenant, elle vivait tout à fait avec son amant. Ils avaient pris d'abord ce parti, par économie, et maintenant ils étaient enchantés d'être toujours l'un près de l'autre. D'une olympienne beauté, la couturière offrait au sculpteur un modèle parfait pour sa déesse, ce qui ne l'empêchait pas, la brave fille, de travailler un peu, dans les intervalles des séances de pose. On ne gagne pas grand'chose dans la confection faite en ville. Trente, quarante sous par jour, tout au plus, Mais quoi? Donadieu devait piocher sa figure pour le prochain Salon, faisait moins de journées chez les bronziers du Marais. Et, sans les quarante sous d'Héloïse, on aurait quelquefois déjeuné et dîné par cœur, rue du Terrier-aux-Lapins.

— Et tu pars toujours ce soir? dit François à son ami en allumant une pipe. C'est drôle, je ne peux pas me faire à l'idée, mon petit Chrétien, que, l'hiver prochain, tu siégeras en jupon noir avec une peau de lapin sur l'épaule... Enfin, dans ta famille, c'est comme dans l'Égypte des Pharaons, on est magistrat de père en fils... Je sais bien qu'il en faut, des juges. Autant toi qu'un autre, car tu es un bon enfant... Mais c'est égal, ils m'étonnent toujours, les chats fourrés. J'ai vu une fois la correctionnelle... Il y avait là un petit vieux à favoris de garçon de café qui vous distribuait les condamnations, vlan, vlan, vlan, comme on donne les cartes au whist... Et cela avec l'air détaché, le ton d'indifférence d'un commissaire-priseur... Oui, tout à fait ça... Trois mois, six mois de prison... C'est bien vu. Personne ne dit mot... Adjugé,.. Je me croyais à l'Hôtel des Ventes... Ah çà ! j'espère que, là-bas, tu ne vas pas te visser à ta chaise curule et qu'on te reverra au moins de temps en temps.

— J'y compte bien, répondit le nouveau docteur en droit, qui regrettait Paris.

Alors Héloïse, sans lever les yeux de son ouvrage et manœuvrant toujours sa pédale, demanda soudain, avec un accent de sympathie, presque de pitié :

— Et Perrinette?

Les deux femmes se connaissaient peu, en somme, ne se voyaient que dans leurs parties de plaisir avec leurs amoureux. Assurément, la fleuriste n'avait pas dû faire des confidences à Héloïse. Néanmoins la question, qui rendit à Chrétien tous ses soucis, lui fut désagréable. Il ne sut que dire assez sèchement :

— On se quitte. Il le fallait bien.

— Tout naturel, reprit le sculpteur après avoir échangé un regard d'intelligence avec sa maîtresse. L'amour de ces enfants-là logeait en garni, tandis que le nôtre s'est mis dans ses meubles... Car, tu sais, mon petit Chrétien, j'aurai l'honneur, un de ces jours, de te faire part du mariage de monsieur François Donadieu, statuaire, avec mademoiselle Héloïse, même maison... Elle ne l'a pas volé, la camarade... si bonne, si dévouée !... Sans sa machine à coudre, je n'aurais pas pu faire mon « bouleau »... Elle est sûre de mon cœur, mais je veux qu'elle ait aussi la considération de la fruitière et du portier... Seulement, il faut encore attendre que nous ayons de quoi payer la noce. Pas vrai, madame?... Oh ! sans faste... Pas de coupé de la mariée, avec des fleurs d'oranger aux oreilles des chevaux, ni de festin au Palais-Royal, où il faut se boucher le nez avec de la mie de pain pour manger le saumon, tant il sent fort, et où un vieux monsieur se lève au dessert pour chanter des polissonneries... Non. Mais encore faut-il offrir un bon déjeuner aux amis qui nous serviront de témoins... Dès que ma *Danaé* sera prête pour le mouleur, j'irai bâcler une garniture de cheminée chez Beckmann, — cinq cents francs, s'il vous plaît, — et tout de suite le sacrement... Ce sera pour la fin d'octobre.

Ayant pris congé du sculpteur, Chrétien Lescuyer revint chez lui et boucla ses malles, plus troublé que jamais. Donadieu épousant son modèle, la première fille rencontrée sur son chemin, lui paraissait un peu ignoble et lui inspirait en même temps une secrète envie. Mais, parbleu ! il était libre d'agir à sa guise, il se moquait du qu'en dira-t-on, le bohème sans famille. Tandis que le fils de M. Lescuyer, conseiller à la Cour de Caen, le descendant de tant d'austères magistrats, de tant de jupons noirs, comme disait ce blagueur de François, ne pouvait pas — quand même il l'eût voulu — se permettre une pareille folie. Il devait, comme ses aïeux, prendre femme dans la bonne et sévère bourgeoisie, choisir quelque jeune fille pieusement élevée. Il y a des nécessités de situation, qui sont aussi des devoirs. Oui, l'action du sculpteur, rendant l'estime du monde à sa compagne de jeunesse et de pauvreté, pouvait se défendre, passer même pour généreuse. Mais le sacrifice, toute réflexion faite, n'était pas grand. François pourrait, sans doute, devenir un artiste célèbre, mais resterait toujours un homme de ton et de mœurs populaires. Il n'y aurait pas, entre lui et sa femme, une telle différence d'éducation. Et, malgré tout, qui sait si, plus tard, il ne rougirait pas d'elle? D'ailleurs, est-ce qu'il existait aucun rapport entre les relations de François et d'Héloïse — la vie en commun, les obligations réciproques, presque le ménage — et sa liaison, à lui, Chrétien, avec Perrinette? Aucun rapport. Il n'avait eu pour elle, et elle n'avait eu pour lui, qu'un caprice qui s'était un peu prolongé, voilà tout. Encore une fois, il ne lui devait rien. Rien, qu'un peu d'argent, — oui ! — à cause de cette malencontreuse grossesse, dont il ne se reconnaissait nullement — oh ! mais nullement ! — responsable. Plus tard, il aviserait. Cet enfant?... Était-il, seulement, destiné à vivre?... Enfin, si cet enfant vivait, il s'en occuperait, bien sûr. Et ce serait encore bien bon de sa part, convenons-en. Car cet enfant serait, en définitive, celui d'une petite malheureuse, qui tenait de quatre amants différents ses deux bagues, sa broche et ses boucles d'oreilles.

Il la prenait en haine, la pauvre fille ; et la pensée que, le soir même, il lui faudrait dîner avec elle et subir des explications, des adieux, des larmes, lui fut odieuse. C'était à huit heures qu'il devait la rejoindre à la gare, l'express de nuit partant à dix. Il se rappela qu'il y avait un autre train pour Caen à quatre heures. Il avait le temps de le prendre.

— Tant pis, se dit-il, devenu tout à coup brutal et cruel. J'ai horreur des scènes.

Il sonna.

— Ma note et un fiacre... Vite...

Il écrivit alors un méchant bout de lettre, fit un mensonge, à peine vraisemblable : une maladie de son père, une dépêche l'obligeait d'avancer de quelques heures ce départ qu'il retardait depuis un mois. Pas une allusion à l'état de la jeune fille. Il donnerait bientôt de ses nouvelles. Et le « Je t'embrasse » tout sec, écrit sur ce papier qui enveloppait quelques billets de banque, était pire qu'un soufflet.

Il fit porter la chose, par un commissionnaire dont il était sûr, à l'atelier de Perrinette, sans souci de l'émotion qu'un pareil envoi pourrait causer à la fleuriste, devant ses camarades. Et, une heure après, Chrétien Lescuyer se rencognait dans un wagon le cœur froid, la bouche aride, avec la petite fièvre de sa mauvaise action et une sorte de joie amère d'avoir commis cette lâcheté.

VI

Ordinairement, cela tourne au tragique, l'aventure d'une pauvre fille abandonnée en pleine grossesse. Une femme seule, vivant de son métier, à Paris, est déjà dans la gêne étroite. Accablée par la dépense d'un accouchement, des mois de nourrice, la voilà dans la complète misère. C'est parmi ces malheureuses que la basse prostitution, ayant pour conséquences rapides la maladie, l'hôpital et la mort, fait presque toutes ses recrues.

Par exception, la destinée ne se montra pas si rigoureuse pour Perrinette.

Très douce de nature, après le gros coup de douleur que lui donna le brusque départ de Chrétien, elle accepta son infortune. Ses amants, d'abord le voisin de palier, l'ouvrier joli-cœur qui l'avait débauchée, puis les autres, des étudiants, des petits commis peu sentimentaux, ne l'avaient pas habituée à des procédés meilleurs. Tous l'avaient prise seulement comme une compagne de plaisir, quittée, quand elle leur devenait incommode. L'avant-dernier, même, un carabin rencontré à Bullier, l'avait congédiée après une seule nuit, en lui donnant vingt francs comme à la dernière des filles. Elle en avait gardé comme un dégoût de l'amour pendant deux mois, jusqu'à sa rencontre avec Chrétien. Sur celui-ci, elle s'était donc encore une fois trompée, voilà tout, en le croyant plus gentil que les autres. Sans doute, c'était bien mal de l'abandonner d'une façon si brutale, quand elle était enceinte de lui. Il avait pourtant promis de donner de ses nouvelles, de s'occuper de l'enfant, s'il vivait. Mais elle n'y comptait guère. Elle devinait bien que Chrétien devait avoir conçu des doutes sur sa paternité, et, quoiqu'elle eût été sage pendant tout le temps de leur liaison, se rappelant son vilain passé, elle trouvait ces soupçons assez naturels. Enfin il lui avait laissé de quoi faire ses couches, subvenir aux premiers frais. Et elle l'excusait presque, ne lui en voulait plus, se disait : « Bah ! tout s'arrangera, » ayant du reste l'admirable fond de résignation et d'insouciance des pauvres gens.

Néanmoins sa vie était bien attristée. Ses camarades, qui la jalousaient comme la plus jolie et la mieux mise, s'aperçurent de son état, et, loin de la plaindre, la taquinèrent de plaisanteries méchantes. Il y en avait une surtout, une perverse gamine de vingt ans, qui la blaguait devant tout l'atelier et, quelquefois, dans les coins, lui soufflait d'odieux conseils, osait lui parler de breuvages, de pratiques mystérieuses. Cependant la « première », une bonne fille qui avait passé par là, consola un peu la pauvre Perrinette et lui donna, en temps opportun, l'adresse d'une maison d'accouchement, pas chère, dans le haut de la rue de Vaugirard, où elle serait très bien soignée.

Sur son enseigne, au-dessus de la boutique d'un charcutier, madame Lagasse, sage-femme de première classe, était représentée en robe de soie noire à douze volants, avec un mantelet de visite et un chapeau fermé, portant sur ses bras un superbe poupon emmaillotté de dentelles blanches et traversant un plant de choux épanouis d'où surgissaient des têtes de bébés. Mais, en réalité, madame Lagasse ne ressemblait nullement à son portrait symbolique et n'avait rien de commun avec une femme du monde. Coiffez un vieux bouledogue d'un bonnet à coques et vous aurez devant vous la parfaite image de cette estimable dame, qui, par bonheur, cachait, comme le boule-dogue, quelque bonté sous sa féroce physionomie. Pour les pauvres créatures, lourdes d'un bâtard, qu'elle hébergeait sans trop les exploiter, elle était rude, mais pitoyable. La mère Lagasse — une sexagénaire à moustaches, qui fait brûler du cognac sur sa demi-tasse, mérite d'être appelée la mère Lagasse — avait trouvé moyen d'établir une dizaine de lits dans un appartement de cinq pièces, sans compter le matelas roulé, dans la cuisine, sur lequel couchait la bonne ; et depuis trente ans que la matrone exerçait son art dans son logis encombré, mais si proprement tenu que la fièvre puerpérale y faisait peu de ravages, plusieurs milliers de Français des deux sexes avaient poussé là le premier cri de douleur et d'effroi par lequel se manifeste d'abord, chez tous les humains, la joie de vivre. S'ils avaient eu des armoiries, tous ou presque tous ces nouveau-nés auraient eu le désagrément de les voir flétrir par la barre d'illégitimité; mais ils étaient exemptés d'avance de cette humiliation aristocratique, étant issus, les trois quarts du temps, d'une jeune ouvrière qui était rentrée trop tard du magasin chez ses parents ou d'une

ET LEUR TIRAIT OBLIGEAMMENT LES CARTES

servante campagnarde qui avait eu le malheur de s'asseoir, sur un banc de jardin public, à côté d'un militaire natif du même département qu'elle. La mère Lagasse, qui, répétons-le, avait bon cœur, se montrait vraiment maternelle pour ces jeunes filles-mères. Une fois payée d'avance, — cela, elle y tenait, par exemple, — elle faisait tous ses efforts pour leur rendre supportable la douloureuse captivité ; et, dans les moments de calme à la maison, — assez rares, il faut en convenir, — la sage-femme réunissait même dans sa chambre quelques-unes de ses pensionnaires, grosses à pleine ceinture ou pâles encore de la récente délivrance, et leur tirait obligeamment les cartes, qui toujours prédisaient, bien entendu, qu'un monsieur blond — le roi de cœur — ou qu'un jeune homme brun — le valet de trèfle — n'avait pas cessé d'aimer, malgré les apparences, la dame de pique ou celle de carreau, et que, après toutes sortes de difficultés, il finirait par réparer ses torts.

Ce fut dans cet hôpital privé que Perrinette, six mois après le départ de Chrétien Lescuyer, dont elle était toujours sans nouvelles, donna le jour à un enfant mâle bien constitué. Ayant mis son bonnet monté et sa pèlerine de velours à franges, et non pas la toilette de cérémonie annoncée sur son enseigne, la mère Lagasse porta le bébé à la mairie et offrit une prise de tabac, selon son habitude, à l'employé préposé aux naissances. Conformément à la loi, ce modeste fonctionnaire s'assura du sexe du nouveau-né et l'inscrivit au registre de l'état civil sous le nom de Chrétien Forgeat, fils de Perrine Forgeat et de père inconnu, — cela en présence des deux témoins, toujours les mêmes, amenés par l'accoucheuse, à savoir le commissionnaire du coin et le charbonnier d'en face, qui, sur-le-champ, allèrent chez le plus prochain marchand de vins et transformèrent en demi-setiers la légère gratification accordée à leur complaisance.

Perrinette avait appelé son fils Chrétien, n'ayant pas perdu tout espoir que le père se préoccuperait tôt ou tard de son enfant et serait touché par le choix de ce prénom. Elle écrivit même à Caen pour annoncer la naissance du petit bonhomme. Mais en vain l'accouchée, dans son peignoir de convalescente, se pencha sur les cartes fatidiques de la mère Lagasse ; en vain elles lui promirent qu'un beau brun — valet de trèfle — se disposait à faire un voyage — trois carreaux de suite, — qu'elle recevrait bientôt une lettre — as de carreau, — et que, malgré la mauvaise volonté d'un autre brun — roi de pique, — elle triompherait — grande réussite de cœur, — Perrinette ne reçut aucune réponse.

Et la pauvre fille, si incapable qu'elle fût de haine et de rancune, avait les yeux sombres, quand elle pensait à Chrétien.

Heureusement pour elle, ses couches s'étaient faites le mieux possible. Elle put, assez vite, quitter la maison de la sage-femme, retourner à l'atelier. Il lui fallait maintenant travailler plus que jamais; car le reste de l'argent laissé par Chrétien avait à peine suffi pour payer trois mois d'avance à la nourrice sèche, chez qui Perrinette mit son bébé, à Palaiseau.

Elle y allait tous les dimanches. Dans la cabane sordide, que quatre ou cinq berceaux occupés remplissaient de vagissements, elle était reçue, avec une mielleuse politesse, par la nourrice et son mari, paysans à grimace hypocrite, très avides, très carottiers, à qui elle devait toujours laisser quelque monnaie pour diverses dépenses, pour du sucre, du café, surtout pour du savon, bien que la dégoûtante malpropreté du couple nourricier et du logis rendît invraisemblable l'abondante consommation de ce produit chimique. Mais Perrinette donnait de bon cœur la pièce de quarante sous péniblement économisée sur sa semaine ; car le nouveau-né se portait bien, tetait ferme au biberon.

Cependant, trois mois après, lorsqu'elle dut prendre sur son maigre salaire l'argent du nourrisson, la fleuriste fut extrêmement gênée. Ses humbles bijoux allèrent au Mont-de-Piété ; elle épargna sur sa nourriture, elle qui ne mangeait guère plus qu'un oiseau, et se résigna — ce qui était dur — à porter de la chaussure au rabais, à user jusqu'au bout ses vieilles robes. Elle fut héroïque, la Parisienne ; elle consentit à sortir dégantée. Et, malgré tant de privations, elle ne parvenait pas à équilibrer son budget minuscule. Au bout du mois, il lui manquait toujours dix francs ou cent sous. Déjà, elle était un peu en retard avec la nourrice, qui le lui rappelait tous les dimanches, avec une nuance de menace dans sa voix traînarde. Perrinette, la folle et légère Perrinette, portait maintenant en elle une inquiétude qui lui faisait continuellement sauter le cœur. Que faire? Comment s'en tirer? Il fallait pourtant qu'elle élevât son enfant. « Prends quelqu'un qui t'aide, » lui dit un jour une de ses camarades, à qui elle conta ses peines. Mais non, par exemple ! Elle les connaissait, maintenant, les hommes. Tous des égoïstes et des trahisseurs, Encore un amant, pour qu'il vous plante là, quand il en aura assez, n'est-ce pas? Et peut-être avec un second bébé. Pas de ça, Lisette !... D'ailleurs, elle ne pensait plus à la bagatelle. Fini, l'amour. La maternité l'avait calmée, assagie. Car elle adorait son petit Chrétien, ne vivait plus que pour ce poupard, que, tous les huit jours, elle prenait dans ses bras, s'extasiant de le voir suivre, de ses yeux bleu-faïence, sérieux comme ceux d'un vieillard, le doigt qu'elle lui présentait.

Pour faire le petit voyage de Palaiseau, Perrinette prenait une voiture publique, qui coûtait quelques sous de moins que le chemin de fer. Or, un dimanche de la fin de septembre, à la tombée du jour, en allant vers cette voiture pour revenir à Paris, la pauvre fille était affreusement triste. A la suite d'une légère maladie de l'enfant, la nourrice avait présenté une liste de médicaments et de menues dépenses, qui était bien, au propre et au figuré, une note d'apothicaire ; et Perrinette, toujours à court d'argent, avait dû demander, implorer même un délai, qu'on ne lui avait accordé qu'avec des jérémiades à n'en plus finir et des « Vous savez, ça ne peut pas durer comme ça ». Elle s'en retournait, le cœur navré. Vraiment, l'avenir n'était pas rose.

L'intérieur de la voiture publique étant complet, elle dut monter sur la banquette et fut aidée dans cette ascension par un voyageur qui lui tendit complaisamment la main et lui fit place à son côté. C'était un grand et solide gaillard d'environ trente-cinq ans, portant le costume traditionnel des compagnons charpentiers, avec le pantalon bouffant en vieux velours à côtes et le mètre replié sortant à demi de la pochette spéciale.

Perrinette n'était déjà plus l'élégante grisette qui, naguère, faisait se retourner bien des passants. Avec sa toilette fanée et ses mains nues, elle n'intimida point l'ouvrier, qui entama sans façon la conversation avec sa voisine, sur les soirées qui devenaient fraîches, sur la nuit qui arrivait tout de suite.

Elle le considéra. C'était un roux, à la moustache militaire, l'œil franc et dur, le front traversé d'une ride sévère, ayant, en somme, l'air d'un ouvrier rangé, d'un honnête garçon. Au bout d'une demi-heure, il avait raconté toute sa vie à Perrinette. Il était Lorrain, avait fait ses sept ans au 1er du génie et pris son congé comme caporal-sapeur, et travaillait maintenant chez M. Baschaud, un gros entrepreneur du quai Valmy, où il gagnait sept à huit francs par jour. A Palaiseau, il avait sa sœur aînée, mariée à un maraîcher, et quelquefois, le dimanche, il leur poussait une visite, histoire de prendre l'air. Tout cela dit d'un ton rond et rude, avec une subite confiance en sa compagne de voyage, qu'il appelait « mademoiselle », en lui jetant, de temps à autre, un regard de côté, rapide et bienveillant.

— Et vous venez souvent à Palaiseau, mademoiselle? demanda-t-il. Je vous ai déjà remarquée plusieurs fois, au départ de la voiture... Est-ce aussi des parents que vous venez voir ?

— Non, répondit-elle sans trop songer à ce qu'elle disait. J'ai ici mon petit garçon en nourrice.

— Pardon, madame, reprit le charpentier. Moi qui vous disais « mademoiselle »... Mais vous êtes si jeune. Il n'y a pas d'offense.

Perrinette était encore tout émue des menaces de la nourrice. La malheureuse avait besoin de se plaindre.

— Hélas ! dit-elle, appelez-moi comme il vous plaira... J'ai un enfant, mais le père m'a abandonnée... L'histoire de tant d'autres, n'est-ce pas?...

Et, les yeux baissés, d'une voix qui geignait, elle fit à l'ouvrier toute sa confidence. Il l'écoutait, l'air attentif et sérieux, et murmurait parfois, dans sa moustache fauve :

— Pauvre fille !

Il n'était guère éloquent, le compagnon. Quand la jeune fille se tut, il se contenta de grommeler :

— Oui... Pas toujours drôle, l'existence.

Et Perrinette sentait là un peu de pitié. Devant l'Observatoire, elle dit au cocher d'arrêter ; car elle demeurait encore rue d'Ulm. Bien qu'il logeât très loin de là, au canal Saint-Martin, le charpentier sacrifia le reste du trajet de l'omnibus, descendit le premier, et, pour aider Perrinette, la prit à deux mains par la taille, l'enleva, leste et robuste, et la déposa sur le sol. Puis, soudainement intimidé, il ôta son feutre.

— Irez-vous à Palaiseau dimanche prochain? dit-il, d'une voix troublée.

— Bien sûr... Au revoir, monsieur.

— Au revoir, mademoiselle.

Le dimanche suivant, ils firent de nouveau le voyage ensemble et causèrent comme une paire de vieux amis. Là-haut, sur la banquette de la voiture, dans l'air frais du soir, devant le ciel verdâtre de septembre où s'éteignaient au loin les derniers rubis du crépuscule, la fleuriste se sentait à l'aise, presque heureuse, auprès de ce vigoureux homme qui adoucissait sa voix pour lui parler. Elle devinait qu'il aurait bien voulu lui faire la cour, mais qu'il n'osait pas. A la bonne heure, ce n'était pas un effronté, celui-là, comme les mauvais sujets qu'elle avait connus et qui, tous, l'avaient mal quittée, après s'être amusés d'elle. Lorsque Prosper Aubry — c'était le nom du charpentier — dit à Perrinette, d'un air embarrassé, qu'il gagnait de bonnes journées, qu'il avait déjà plus d'un millier de francs à la caisse d'épargne, qu'il s'ennuyait de vivre seul et que, pourtant, il restait garçon, n'ayant pas encore trouvé son affaire, la jeune fille fut prise d'une mélancolie. Ah ! si elle avait eu la chance, jadis, quand elle était sage, de rencontrer dans la vie, d'épouser, un homme de sa condition, un brave garçon de ce genre-là ! Cela lui coûtait assez cher d'avoir eu des amoureux en redingote, d'avoir voulu porter des chapeaux, comme une dame. Quand Prosper la prit par la taille, comme l'autre fois, pour descendre de voiture, elle s'abandonna, confiante, à ces mains calleuses qui l'enlevaient si légèrement ; et quand l'ouvrier, s'enhardissant, lui proposa de boire un verre de bière, elle accepta, sans faire de cérémonies.

Ils s'attablèrent derrière les ifs d'un petit café, au coin du boulevard Montparnasse, et, tout de suite, d'une voix sourde et très émue, Prosper Aubry fit sa déclaration.

Jamais aucune femme ne lui avait plu comme elle lui plaisait. Depuis l'autre dimanche, il n'avait fait que penser à elle. Elle avait été si franche avec lui. Il lui en savait gré, et, malgré tout, malgré l'enfant, il lui aurait offert de l'épouser s'il avait pu. Mais voilà. Il n'était pas garçon... Il était marié, oui, avec une coquine, qu'il avait pourtant prise dans sa famille, celle-là, et avec sa fleur d'oranger, mais qui, après deux ans de misère, l'avait tout de même lâché pour faire la vie. Heureusement, il n'avait pas eu d'enfant de cette gueuse... Cocotte à Bordeaux, à cette heure... Enfin, depuis cinq ans, il était comme veuf ; et, si Perrinette voulait, on se mettrait ensemble. Il la donnerait comme sa femme, et, quand le petit reviendrait de chez la nourrice, il passerait pour leurs fils à tous les deux.

— Allons, voulez-vous? disait ardemment l'ouvrier. Ce serait si gentil !... Et pas difficile... J'ai quelque argent de côté, je vous l'ai déjà dit. Je rachèterais des meubles et vous seriez ma petite ménagère. Et je vous donne ma parole d'honneur que je ne vous parlerais jamais du passé... Et je tâcherais d'aimer le gosse comme s'il était le mien.

Un peu confuse, la tête basse, arrangeant avec un doigt les plis de sa robe sur ses genoux, Perrinette le laissait dire. Mais son silence consentait. Une tendresse soudaine lui amollissait le cœur. Il y avait si longtemps qu'on ne lui avait parlé d'amour !

VII

Ils s'installèrent tout en haut du faubourg du Temple, au cinquième étage. La belle vue ! Au delà d'un océan de toits et de cheminées, triomphaient les tours de Notre-Dame et le dôme du Panthéon. Ce n'étaient que deux chambrettes, chauffées par un petit poêle de faïence. Mais ce que cela tient peu de place, le bonheur ! Elle adora son Prosper au bout de huit jours, l'amoureuse Perrinette. Tout ce qu'il y avait de « peuple » en elle s'était réveillé. Sans regret, elle quitta l'atelier, travailla chez elle. Le salaire était moindre, mais qu'importe ! Le charpentier gagnait bien sa vie, et celle de sa femme, et les mois de nourrice du bébé. Et puis, ma foi ! flûte pour la toilette ! L'essentiel, n'est-ce pas? c'est que le ménage soit proprement tenu, que l'homme trouve sa soupe chaude en rentrant. Et Perrinette fit elle-même ses savonnages, fut heureuse en bonnet de linge. Son Prosper avait toutes les qualités. Pas une seule fois en ribotte, même le lundi ; rapportant sa quinzaine intacte. Et avec cela, très délicat. Jamais un mot qui rappelât à sa femme qu'elle avait été bien folle autrefois. Il ne l'accompagnait pas, c'est vrai, quand elle allait voir le petit à Palaiseau. Mais, voyons, il ne fallait pas se montrer trop exigeante. Et la nourrice était payée *recta*. Sans doute, Prosper devait avoir ses défauts, comme tout le monde. Par exemple, la ride profonde qui lui traversait le front montrait bien qu'il ne devait pas être commode, quand on le mettait en colère. Mais, avec sa petite femme, un véritable agneau, lui parlant doucement, ne la touchant qu'à peine avec ses grosses mains, comme s'il avait peur de la casser, ayant pour elle des caresses de gros chien jouant avec un petit enfant. Et puis, Perrinette éprouvait aussi des satisfactions d'amour-propre. On la croyait mariée. Les voisines, les boutiquières chez qui elle allait faire son marché, l'appelaient « madame Aubry », gros comme le bras. Voilà qui était flatteur.

Cependant le petit Chrétien, enfin sevré, fut apporté par sa mère au logis. Le charpentier fit bon accueil au bébé, le prit à bout de bras, l'embrassa même et dit en riant aux éclats :

— Superbe, le moutard!

Mais Perrinette trouva que Prosper riait trop fort, fut inquiète, dès le premier jour. « Je tâcherai d'aimer le gosse comme s'il était le mien, » avait promis le brave homme. Était-ce possible?

La pauvre mère eut du tact, fut prudente, ne laissa pas trop éclater, devant Prosper, son amour, son admiration pour son fils, qui était vraiment beau et qu'elle adorait. Prosper, lui aussi, se contraignit, dissimula la sensation pénible qu'il éprouvait en présence du bébé. Mais il aimait trop Perrinette pour n'être pas jaloux d'elle, pour pardonner à cet enfant, qui lui rappelait constamment le vilain passé. Quand il revenait de son travail, l'ouvrier baisait au front le petit ; mais la mère sentait bien qu'il s'y obligeait, qu'il le faisait par devoir. Devant les cris, les pleurs du bébé, devant les petites incommodités dont il était cause dans l'étroit logement, Prosper réprimait, toujours à temps, son mouvement d'humeur, le mot d'impatience qu'il avait sur les lèvres. Mais son effort n'échappait pas à Perrinette. Et lorsque, emportée par l'instinct maternel, elle embrassait passionnément son enfant, elle voyait aussitôt, sur le front de Prosper, se creuser la mauvaise ride, le pli de courroux.

« Il ne l'aimera jamais, » songeait-elle, pleine d'une tristesse profonde, en berçant le petit.

Du temps, bien du temps passa, sans faire cesser, sans atténuer même cet état de choses. Entre Prosper et Perrinette, cet enfant était toujours une gêne, un obstacle. Bien soigné par sa mère, il grandissait cependant ; les traits de son visage commençaient à se former. Mais ils rappelèrent à Perrinette ceux de l'homme qui l'avait abandonnée, Elle en eut du chagrin et une sorte de dégoût. Déjà le bébé mangeait à table, assis sur une chaise haute. Une fois qu'elle s'oubliait à le considérer, l'esprit plein de souvenirs flottants, Prosper jeta tout à coup cette phrase d'une voix malveillante :

— Hein !... Il n'y a pas à dire... Il ne te ressemble pas.

— Pauvre petit ! ce n'est pas sa faute, répondit-elle en rougissant.

Elle était bien sûre, à présent, que la vue de l'enfant devenait peu à peu un supplice pour Prosper ; qu'elle perdait, chaque jour, à cause de cela, un peu de la confiance et de la tendresse de son homme. Désormais la paix du ménage était empoisonnée ; il était gâté, le bonheur populaire et pot-au-feu dans lequel la pauvre fille avait été si heureuse de se réfugier.

Une idée lui vint : s'informer de ce qu'était devenu le père de Chrétien, lui écrire, lui dire toute la vérité, le supplier de se charger du petit. Elle l'aimait bien, pourtant ; elle souffrirait beaucoup de se séparer de lui. Mais, après tout, c'était dans l'intérêt de l'enfant. Cette tentative offrait bien peu de chance de succès. Néanmoins, Perrinette osa confier ce projet à son amant.

Dès les premiers mots, l'ouvrier entra en fureur :

— Es-tu folle? s'écria-t-il. Qu'espères-tu de ce sale bourgeois, qui t'a lâchée avec ton gosse?... Et puis, je te défends, entends-tu bien? je te défends d'écrire à ce monsieur... Si, par hasard, il se repent de sa mauvaise action, tant pis pour lui... Il a perdu ta trace et celle de son fils, tant mieux... Je serais trop heureux de savoir qu'il vous cherche, qu'il ne vous trouve pas, et qu'il en souffre... Ça me vengerait de lui... Car je le déteste, cet homme que je n'ai jamais vu et de qui je ne veux même pas savoir le nom... Oui, je le déteste, quand je pense qu'il était plus jeune que moi, mieux éduqué que moi, et qu'il t'a eue avant moi, et qu'il t'a fait cet enfant... Il mentait en te parlant d'amour, mais je suis certain qu'il savait mieux t'en parler que moi, qui suis sincère... Tiens, tu as eu tort de me rappeler tout ça... Car j'avais tenu ma promesse, jusqu'à présent, je ne t'avais jamais dit un mot du passé... Mais, puisque tu me forces à la franchise, eh bien, oui ! cela me fait mal de voir toujours entre nous deux l'enfant d'un autre... Je m'étais dit d'abord que je finirais par m'y habituer, par m'attacher même à ce petit... Je n'ai pas pu... Ce n'est pas sa faute, je le veux bien, mais ce n'est pas non plus la mienne... Je ne l'aimerai pas, voilà tout. Nous vivrons comme ça... Est-ce que je te défends de l'aimer, toi, d'être une bonne mère?... On vivra comme ça, te dis-je... Mais ne me parle plus jamais, entends-tu? du père de ce gosse-là, parce que ça pourrait mal tourner et que je finirais par le prendre en haine.

Hélas ! c'était fait depuis longtemps. Bientôt le charpentier manifesta son antipathie en mainte circonstance. Il fut sévère, injuste même, pour l'enfant. A la moindre faute, c'étaient des yeux menaçants, des « Chrétien ! attends un peu ! tu vas voir ! » lancés d'une voix terrible. Par malheur, le bébé — trois ans à peine — n'était pas d'un caractère très docile. Déjà, il avait une figure volontaire, avec d'épais et noirs sourcils — les sourcils des Lescuyer — et l'air plus vieux que son âge. Il « répondait », faisait tête aux gronderies. « Mais, papa !... » C'était son mot. Et ce nom de « papa » exaspérait Prosper Aubry. Tous les jours, une scène : « Comme cet enfant mange salement !... Qu'il se tient mal !... Quoi, neuf heures, et pas encore couché !... Quand il dira merci, ce môme-là !... » Et la méchante ride se creusait sur le front du charpentier. Un soir, à table, le petit lui ayant répondu peu poliment, il lui lança un soufflet.

— Oh ! Prosper ! s'écria Perrinette épouvantée.

— Eh bien, quoi? dit grossièrement l'ouvrier. Est-ce qu'on ne doit plus enseigner la civilité aux enfants?... Si mon père ne m'avait pas envoyé une gifle de temps en temps, j'aurais été un joli cadet... Tâche de ne plus pleurer, toi, le moutard, ou je recommence.

Dès le lendemain, il recommençait. Et le petit Chrétien, brutalement corrigé pour des peccadilles, devint sombre, eut un mauvais éclair dans les yeux, quand il les levait sur celui qu'il croyait son père. Chaque fois, la maman essayait d'intervenir. Mais, d'un regard, Prosper la médusait, lui imposait silence. Elle était bien malheureuse, la pauvre Perrinette, gâtant son fils en cachette, toujours pleurant dans les coins. Elle aimait son petit, voulait le défendre ; mais elle était toujours amoureuse de son homme, aussi, et l'excusait de haïr l'enfant étranger.

PORTANT LE FLINGOT DU GARDE NATIONAL...

Brusquement la misère vint, aggravant tout, comme de juste. La guerre, le siège de Paris, réduisirent le ménage aux trente sous par jour. Tandis que Perrinette, qui, depuis longtemps, avait perdu toute coquetterie, n'était déjà plus jolie, et sortait dans la rue en camisole, tandis que la grisette déchue allait faire la queue devant la boucherie de cheval, Prosper, portant le flingot du garde national, se dépravait dans l'inaction, sifflait des petits verres sur les remparts, rentrait au logis, la face échauffée, l'allure violente. Quant au petit Chrétien, forcément négligé, il tournait au gamin de trottoir, au traîne-ruisseau.

Pendant toute cette horrible époque, jusqu'à la fin de mai, — car Prosper, pour toucher la paie, resta dans les bataillons de la Commune, — ce fut l'enfer à la maison.

Cependant, ayant jeté dans un coin, en temps opportun, son képi et sa vareuse de fédéré, l'ouvrier retrouva du travail, revint à la vie régulière. Un peu d'ordre et d'aisance reparut dans le ménage. Perrinette reprit quelque empire sur Prosper. Mais, décidément, il ne pardonnait pas au petit Chrétien. Il ne lui adressait la parole que sur le ton bref et dur du commandement, levait la main sur lui à propos d'un rien. Elle ne retombait pas toujours pour frapper, la main menaçante, arrêtée par un regard suppliant de Perrinette. Mais l'enfant, toujours rudoyé, maltraité parfois, vivait dans la terreur, avait, à chaque brusque appel de son soi-disant père, un sursaut de tout le corps, levait le bras comme pour parer un coup.

Enfin un malheur — le pire des malheurs — accabla le pauvre petit.

Un soir, il revint de l'école la face rouge, se plaignant d'un mal de tête, et, dans la nuit, il eut le délire. C'était une fièvre scarlatine. Sa mère le soigna, prit son mal, fut enlevée en trois jours. — Pauvre Perrinette ! A peine une âme ! Mais pardonnée, n'est-ce pas, Seigneur, n'est-ce pas, Dieu de justice et de miséricorde, pardonnée? — Le petit Chrétien guérit et survécut. Il avait alors six ans.

Maintenant, la seule présence de l'enfant affolait Prosper Aubry de douleur et de rage. Par amour pour une femme, il avait accepté, supporté ce bâtard ; et la femme était morte à cause de lui, tuée par lui ! Et ce monstre restait à sa charge, à lui, Prosper, l'appelait papa, s'étonnait sans doute de n'être point aimé ! Ça, par exemple, c'était un peu trop raide ! Après tout, ce petit misérable était tout à fait un étranger pour lui. Il avait le droit de lui montrer la porte, de lui dire : « File ! » de le jeter dans la rue. Ah ! sans le souvenir de la mère !...

Une voix secrète murmurait bien quelquefois encore, au fond de la conscience de Prosper : « C'est un innocent. » Par un vague scrupule, il gardait l'enfant auprès de lui, quand même, s'occupait de ses vêtements, de sa nourriture... Et les voisines plaignaient ce pauvre veuf, qui avait l'air si triste, l'arrêtaient dans l'escalier pour lui parler de son cher petit garçon.

Il l'exécrait.

Ah ! rien ne l'empêchait plus de frapper, à présent, la lourde main, la dure main du charpentier. Accablé de coups et de bourrades, Chrétien avait le dos rond, l'œil inquiet des chiens battus.

Le pauvre petit était chargé de préparer le repas du soir. « Ce drôle !,.. C'est bien le moins qu'il me serve, » s'était dit Prosper. Et le retour de l'ouvrier, toujours en retard et souvent excité par deux ou trois tournées d'absinthe, — car il buvait depuis la mort de sa femme, — était un moment redoutable pour l'orphelin.

Dès la première cuillerée de soupe :

— Qu'est-ce que c'est que ça?... Est-ce que je marche à quatre pattes pour qu'on me fiche de la pâtée?...

— Mais, papa... Je t'attends depuis une heure...

— Hein? Quoi?... Je suis peut-être aux ordres de monsieur...

Ou, si l'enfant, terrifié, gardait le silence :

— Répondras-tu, nom de D...? au lieu de me regarder d'un air cafard...

Et les calottes de pleuvoir.

L'enfant était désespéré. Songez à tout ce qu'il y a d'horrible dans l'accouplement de ces deux mots : l'enfance et le désespoir. Il devint muet, sauvage. A l'école communale, l'instituteur, qui était un sot, prit en grippe ce silencieux, ce farouche ; il se moqua de Chrétien devant ses camarades, qui, lâchement, firent de lui leur paria, leur souffre-douleur.

L'école lui devint odieuse. Une fois, pris de dégoût sur le seuil, il n'entra point, erra jusqu'au soir, et fut, pour cette absence, sévèrement puni par le cuistre et battu comme plâtre par Prosper Aubry. Mais, à la longue, il devenait insensible aux coups. Il récidiva.

C'était si bon, ces heures dans la rue, dans la foule, loin du pédagogue méchant, des écoliers cruels, du père féroce ! Seulement, elles passaient trop vite, les heures de liberté ; et la certitude du châtiment prochain les empoisonnait.

VIII

Un soir, — un chaud et calme soir de juillet, — Chrétien, qui avait manqué la classe et flâné toute la journée, s'attardait sur le quai Jemmapes, au bord du canal Saint-Martin. C'était l'heure douce, l'heure lasse, où le soleil tombant enveloppe tout d'une poussière d'or. Avec cet instinct du voyage, ce goût du lointain, qui s'éveillent si vite dans l'imagination de tous les enfants, le petit homme admirait un lourd chaland, un bateau à gros ventre, qui était venu là, sans doute, du fond de la Flandre, très lentement, avec des escales à toutes les écluses, et qui s'était enfin accosté à l'autre bord du canal. Le pont était désert. Seul, un chien blanc aux oreilles pointues y courait, affairé. La porte de l'habitacle, où logeaient les mariniers et dont la cheminée fumait, était ornée de capucines grimpantes. Très propre, récemment repeint en jaune et en vermillon, de l'étrave à l'étambot, le chaland, baigné dans la lumière encore ardente qui craquelait ses flancs goudronnés, avait un aspect engageant et confortable, un charme d'hospitalité. Le petit Chrétien, dans sa rêverie enfantine, songeait confusément qu'on devait être heureux sur ce beau bateau, s'y voyait embarqué comme mousse, aimé par le chien du bord, et s'en allant, sur l'eau dormante des canaux, loin de tout ce qui le faisait souffrir, là-bas, ailleurs !...

— Hein?... Chouette, le bateau, n'est-ce pas?... dit soudain une voix grêle, tout près de lui.

Chrétien se retourna et vit un garçonnet d'une dizaine d'années, vêtu de haillons, dont le plus remarquable était une vieille veste d'homme, beaucoup trop longue et trop large, qui lui tombait jusqu'au bas des mollets et dont il avait dû retrousser les manches pour conserver l'usage de ses mains. Mais, malgré sa toilette négligée, ses cheveux jaunes en désordre et son teint de vert-de-gris, ce gamin avait dans ses yeux vifs et dans son nez retroussé une expression courageuse et gaie, un air bon enfant, qui plurent tout de suite à Chrétien.

— T'aimes aussi à voir passer les bateaux, reprit le petit bonhomme à veste de géant. Comment que tu t'appelles?... Moi, je m'appelle Natole.

Bien que cette présentation ne fût pas faite selon les règles de l'étiquette britannique, Chrétien n'en fut nullement choqué et se nomma.

— Un drôle de nom... Chrétien... J'ai encore jamais connu personne qui s'appelle comme ça... T'es dans ta famille, parions... Ça se voit... T'as des bons souliers.

Et, ayant ainsi prouvé son génie d'observation, Natole se mit à siffler l'air : *Charmant' Joséphine, arrêt' la machine*, que les cafés-concerts avaient mis alors à la mode. Puis il ajouta :

— Viens donc jusqu'à l'écluse... Je crois qu'on va l'ouvrir... C'est amusant de voir la cascade.

Et Chrétien le suivit. Un attrait singulier se dégageait pour lui de ce petit bohème. Après avoir admiré ensemble le jaillissement de la chute d'eau, les deux enfants étaient déjà camarades. Ils bavardèrent. Natole sut que Chrétien avait « calé » l'école, et qu'il n'était pas pressé de rentrer à la maison, parce qu'il y recevrait sa volée.

— Connu ! murmura le précoce philosophe. Chez toi, c'est ton père qui cogne... Chez nous, c'est belle-maman... Et ce qu'elle est mauvaise !... Mais j'en ai soupé, des paires de gifles... Voilà huit jours que j'ai pas rappliqué à la boîte... Et c'est pas la première fois...

— T'as pas rentré?... s'écria Chrétien plein d'un étonnement où il y avait un peu d'admiration. Comment que t'as fait?

— Bah ! répondit Natole avec un insoucieux haussement d'épaules. On cherche sa vie et on la trouve... Il n'y a qu'à se méfier des roussins... On ouvre les portières, on va chercher un sapin pour le bourgeois, à la sortie du spectacle... Et puis, le matin, à la Halle, on aide à décharger les légumes... Le plus difficile, c'est un coin pour dormir, je sais bien... Mais je connais des chantiers, des maisons qu'on bâtit. Seulement, faut pas se laisser refiler par les « vaches »... Voilà tout.

— Et t'as déjà vécu comme ça?.. Souvent?... demanda Chrétien, haletant d'émotion.

— Bien sûr...

— Mais on t'a repris, des fois, dis... On t'a ramené chez tes parents... Et alors?

— Alors, j'en ai encore reçu, des raclées !... Ah ! c'est pas rigolo, la maison... Toujours des coups... Papa qui se pocharde et sa gueuse de femme qui me déteste et qui, pour un rien, démanche son balai... Pour n'être pas rossé tout le temps, je recommence toujours à me cavaler, turellement... Zut ! on n'est bien que dans la rue.

En ce moment, six heures sonnèrent à une horloge voisine, et Chrétien tressaillit. Son père allait revenir au logis, ne trouverait pas le dîner prêt, aurait un accès de rage. Chrétien voyait déjà se lever sur lui le poing terrible. Une tentation lui venait, irrésistible, de ne pas « rappliquer à la boîte », comme disait le gamin trop largement vêtu, d'aller vivre au hasard, lui aussi, d'être libre. Mais il n'osait pas se lancer, seul, dans l'aventure. Il avait encore un peu peur. Ah ! si ce Natole, intrépide sous ses loques, plein de hardiesse et d'expérience, ce Natole qui lui apparaissait comme un héros, consentait à l'accepter pour compagnon !...

— Et, comme ça, dis donc? interrogea Chrétien, retenu quand même par un reste de prudence. Où que tu coucheras, ce soir?

— Dans un bateau à charbon, près du pont de la Tournelle... On ne le garde pas, la nuit, et il y a des toiles goudronnées avec quoi on se couvre... On est très bien... Le chiendent, c'est qu'il faut se lever au petit jour... Ils arrivent de bonne heure, les charbonniers, et il fait frisquet sur la berge... Mais, tant pis ! on se secoue et l'on file aux Halles, pour l'arrivée des maraîchers... Le bateau ne sera pas déchargé avant trois jours et mon logement est assuré jusque-là, comme si j'avais ma clef et mon bougeoir numérotés à l'hôtel... Et ce qui est encore plus chic, c'est que, ce soir, on a de quoi dîner,

— ajouta Natole en faisant sauter quatre sous dans sa main. — Pain et fromage, v'là le menu... Et, si tu veux, je t'invite... Avec ça que je ne devine pas que t'en as assez, toi aussi, des calottes du paternel, et que tu meurs d'envie de tirer une bordée...

Chrétien ouvrait de grands yeux, fasciné.

— Vrai?... Tu veux bien, tu m'emmènes !...

— Pardi !...

Ce soir-là, en revenant du chantier,

ON REGARDAIT FILER LES BATEAUX-MOUCHES.

Prosper Aubry ne trouva pas l'enfant au logis.

— Ah ! sale môme ! grommelait-il en préparant lui-même le repas. Tu vas me payer ça, sois tranquille.

Une heure, deux heures s'écoulèrent. Personne.

— Tant pis pour lui... Il couchera dehors, se dit le charpentier, qui, très fatigué, se mit au lit et ne fit qu'un somme.

Mais, le lendemain matin, il fut inquiet, tout de même. Il descendit dans la loge de la portière, où la nouvelle que l'enfant avait disparu réunit bientôt quelques voisines.

— Un mauvais drôle, un sournois, un paresseux dont je ne peux rien obtenir ! criait l'ouvrier. Et voilà qu'il découche, à présent !...

— S'il lui était arrivé malheur? dit une jeune femme à l'air malheureux, aux yeux bons, qui portait sur son bras un bébé maladif.

— Allons donc ! reprit Prosper. Je suis sûr qu'il est allé vadrouiller... Il manque l'école à chaque instant...

— Pourtant, monsieur Aubry, reprit la jeune mère... Ce pauvre enfant !... Il avait souvent les yeux rouges... Je sais bien, les mioches, ça n'est pas toujours raisonnable... Mais peut-être que vous avez la main trop lourde, aussi?...

Le charpentier devint pourpre de colère.

— Dites donc tout de suite que c'est un petit martyr, et qu'il me fuit, et que je l'ai chassé de la maison... Ah ! comme le monde est injuste !... Eh bien, je vas vous dire les choses... Nous n'étions pas mariés, moi et ma défunte ; et ce gosse qui vous intéresse tant est le fils de je ne sais qui, et je ne l'ai gardé que par bonté d'âme... Et voilà tout ce que j'en retire d'agrément !... Ah ! malheur !...

Et, quand Prosper Aubry sortit pour aller faire sa déclaration au commissariat de police, toutes les commères admiraient ce pauvre homme, qui était si mal récompensé de sa bonne action.

Toute une semaine, on fut sans nouvelles du petit Chrétien. Que devenait-il, cependant? Un vagabond.

Et, tout d'abord, il faut le dire, cela lui parut charmant. Dans l'enfant, il y a du sauvage. Il trouve naturel de vivre de sa chasse, de coucher à la belle étoile. C'était par un été splendide, et les nuits étaient très douces. Ils dormaient bien, Natole et Chrétien, à bord du bateau à charbon, enveloppés dans un vieux prélart. On avait toujours les quelques sous indispensables pour déjeuner d'un cornet de « frites » ou dîner de quelques fruits vendus à la charrette. Il suffisait de rôder, le soir, aux abords des restaurants, des théâtres, des bals publics ; car les viveurs, les gens en partie de plaisir ont le pourboire et l'aumône faciles. Natole, qui connaissait son Paris comme un garde-chasse connaît sa forêt, savait les bons coins où il y a de la pièce de deux sous. Et, tout le jour, chose délicieuse, on flânait! On allait au Jardin des Plantes voir les bêtes ; on suivait les bas-ports de la rivière, en regardant filer les bateaux-mouches, en admirant les baignades de chevaux, qui se cabrent et ruent dans une poussière d'argent ; on faisait la sieste dans les terrains vagues, sur l'herbe rare où poussent de grands pavots ; et Natole, l'étonnant Natole, n'avait pas son pareil pour pousser de l'épaule la planche mal jointe d'une clôture. D'ailleurs, la peur d'être pris, c'était encore le plus amusant. Dépister les sergots, les cognes, les roussins, les vaches, les flicques, — car Natole avait tout un chapelet de mots haineux et farouches pour les désigner, — voilà un jeu plus passionnant que les barres ou le chat-perché. Sans doute, il y eut bientôt de mauvais moments. Un gros orage éclata. Les deux gamins durent rester, pendant trois heures d'averse, sous l'arche d'un pont. La monnaie se fit rare. On n'eut pour souper, une fois, qu'une poignée de pruneaux chipés par Natole à la devanture d'un épicier. Qu'importe ! On vivait de miettes, mais librement, comme les souris. Et il en a plein sa cale, de ces souris-là, le navire symbolique que Paris porte dans son écusson.

Pourtant, au bout du cinquième jour, tout se gâta. Le temps devint mauvais. Il pleuvait beaucoup et souvent, surtout la nuit. Plus d'asile assuré. Le bateau s'était débarrassé de sa cargaison et les deux gamins, tout attristés, avaient vu leur domicile, traversé par la chaîne du remorqueur, repartir pour la Bourgogne. La police, soudain plus sévère, leur fit les gros yeux au seuil des lieux de plaisir. Ce fut très dur de dormir sur l'aire, dans la cave ouverte à tous les vents d'une maison en construction. Les sous manquèrent, décidément. Les deux petits vagabonds, mouillés, piteux, la mine longue, les yeux cernés, essayèrent de tendre la main devant les terrasses des cafés, d'où les garçons les chassaient à coups de serviette. Ils eurent faim pour de bon.

— Eh bien ! quoi? dit Natole à Chrétien qui pleurait. Tu flanches?... T'en as assez?... Qu'est-ce qui te retient?... T'es libre, tu peux retourner chez papa... T'auras de la soupe et des gifles...

Et Chrétien le suivait toujours, épouvanté par la pensée de reparaître devant son père, retenu aussi par un instinct confus d'amour-propre, par une sorte de généreux point d'honneur. Il aimait son compagnon, son protecteur, ce Natole si brave, si ingénieux pour trouver de quoi vivre ; et il ne voulait pas l'abandonner. Pourtant, dans son intelligence enfantine, déjà mûrie par cette existence d'aventure et de misère, il s'alarmait vaguement. Mendier lui répugnait, et Natole, dans une heure de gêne, ayant encore chipé des figues à la porte d'une épicerie, Chrétien ne put s'empêcher de lui dire d'une voix basse et honteuse :

— Mais dis donc?... C'est défendu, ça... C'est mal... C'est voler.

Alors l'autre se récria :

— Voler ?... Pourquoi que tu les manges alors, les figues?... Voler?... C'est l'épicier qui vole, quand il donne le coup de pouce ou quand il colle un morceau de fromage, comme par hasard, sous le plateau de sa balance... Tu sais, pas de ça, mon petit, ou nous nous fâcherons... Comment, je ramasse ce qui traîne pour que tu boulottes, et tu m'appelles voleur!... En voilà une sévère !... Veux-tu pas que je nous laisse crever de faim, espèce de jobard?...

Et le malheureux enfant sentait, hélas ! s'évaporer ses scrupules, tant son énergique camarade avait pris d'autorité sur lui.

Cependant, elle leur devenait bien pénible, aux deux gamins, leur longue école buissonnière. Il pleuvait toujours. Natole, nu-tête sous l'ondée, dans sa veste gigantesque, marchait d'un pas moins délibéré, et Chrétien, dont les souliers prenaient l'eau, tirait la jambe, positivement. Il y avait maintenant sept nuits et sept jours qu'ils erraient, les pauvres petits !...

Mais, diable ! méfions-nous de l'attendrissement. Natole et Chrétien sont de grands coupables. Vite, un Code !... Coucher dehors, importuner un bourgeois qui digère en lui demandant la charité, dérober pour deux sous de fruits secs à un honorable négociant, blanchi dans la vente à faux poids, c'est abominable, c'est prévu par la loi ! Cela s'appelle vagabondage, mendicité, vol ! Dans cet ordre d'idées, il y a des nuances, bien entendu, qu'une société policée n'a pas de peine à distinguer. Cet explorateur qui, sous prétexte d'apporter aux nègres la bonne parole de l'Europe, leur prend leur ivoire en échange d'excellents boutons de culottes et, à force d'exactions et de brutalités, finit par se faire massacrer et laisse en héritage à son pays une expédition lointaine qui coûte un argent fou et dans laquelle des milliers de soldats meurent comme mouches de la fièvre jaune et de la diarrhée cholériforme, — ce n'est pas un vagabond, — C'est un intrépide pionnier de la civilisation. Ce député, qui use les escaliers des ministères à solliciter des places et des faveurs de toutes sortes pour une bande de piliers de cafés, chargés, dans son arrondissement, de chanter ses louanges entre deux parties de manille, — ce n'est pas un mendiant. — C'est un esprit politique, qui se plie aux justes exigences du suffrage universel. Ce ministre, cousu de dettes avant d'arriver au pouvoir, qui, depuis ses deux ans de portefeuille, n'a cessé de protester de son désintéressement, à la tribune, en se donnant de grands coups de poing dans le creux de l'estomac, et qui est tout de même à la tête de deux petits millions d'économies, prudemment déposés à la Banque d'Angleterre, — ce n'est pas un voleur. — C'est un homme d'État, qui ne veut répondre à d'odieuses calomnies que par le dédain.

Mais des malfaiteurs de dix ans à peine, qui dorment dans les bâtisses inachevées, qui soutirent de l'argent aux passants, qui dépouillent audacieusement les étalages ! Voilà une monstruosité. Voilà ce qui s'appelle un véritable danger pour l'ordre public ! Au secours, messieurs les gendarmes ! Heureusement que nos législateurs sont là, qu'ils nous protègent, et que nous avons un article au budget, voté tous les ans, pour l'entretien des bagnes spéciaux à l'usage de ces précoces scélérats !

IX

Donc la société veillait ; et les deux criminels qui nous occupent furent enfin réveillés en sursaut, à quatre heures du matin, dans la cave qui les abritait, et virent devant eux la Loi dans toute sa majesté, sous la forme d'un agent en bourgeois, que ni vous ni moi, je vous prie de le croire, n'aurions aimé à rencontrer au coin d'un bois, et d'un sergent de ville, le sabre au flanc, dont l'haleine empestait la vieille futaille.

Natole et Chrétien se levèrent d'un bond, comme pour fuir. Mais, déjà, le policier à mine patibulaire avait empoigné Natole par le bras droit, et le sergot tenait Chrétien dans sa pince.

— Quand je vous le disais, Laroze, dit le pékin à l'homme en uniforme, lequel aurait dû plutôt s'appeler La Vinasse, quand je vous le disais que nous en trouverions par ici, de cette racaille-là.

Et, s'adressant aux enfants :

— Allons, oust ! la vermine... Au poste, et plus vite que ça.

Ils y furent traînés en quelques minutes, et, tout d'abord, jetés dans le « violon », un trou sans air, infecté par un immonde baquet. Par une chance rare, ils y étaient seuls. Pour la première fois, Chrétien entendit le bruit sinistre des verrous de prison.

Écroulé sur le banc de bois appliqué au mur, l'enfant fondit en pleurs. Mais Natole, les yeux secs, les bras croisés sur la poitrine, arpentait le violon, à pas rageurs.

— Dis donc, Natole, finit par murmurer Chrétien, qu'est-ce qu'on va nous faire?

— C'est juste, répondit l'autre, tu ne connais pas encore l'ordre et la marche... Le panier à salade, le Dépôt, le Petit Parquet...

Ces mots inconnus firent peur à Chrétien.

— Qu'est-ce que c'est que tout ça? fit-il, plein d'anxiété.

— Va, tu le sauras assez tôt... C'est pas drôle, mais on n'en meurt pas.

— Et après? interrogea de nouveau le petit avec angoisse.

— Après?... On fera venir nos parents pour leur demander s'ils nous réclament... Moi, papa me reprend toujours... mais ce que je vas être botté !...

Chrétien frémit. Il était certain, lui aussi, d'une correction impitoyable. Et ses larmes redoublèrent.

A sept heures, les verrous grincèrent de nouveau. Le mouchard à la physionomie de brigand — il en avait aussi l'âme, n'en doutez pas ! — parut sur le seuil, lança pour la seconde fois son « Allons, oust ! la vermine, » et poussa devant lui les deux gamins jusque dans le bureau de M. le Secrétaire du commissariat.

C'était un noir et vilain jeune homme aux moustaches cirées, avec une cravate prétentieuse sur une chemise sale, et de qui les cheveux très épais et taillés en brosse semblaient ronger le front comme une maladie. Assis devant une petite table, il était alors en proie à un violent accès de pituite.

— Eh bien, ça ne va donc pas, monsieur Hector? lui cria le mouchard avec un sourire obséquieux qui était bien la chose la plus dégoûtante qu'on pût voir... On s'est couché trop tard, je connais ça, et, le matin, il faut ramoner son tuyau.

— Que voulez-vous? répondit, entre deux quintes, le personnage à la tête feutrée. J'entre tous les soirs au café avec la ferme résolution de ne prendre que très peu de chose, mon mazagran, mon verre de fine et deux ou trois bocks. Mais des camarades arrivent, et l'on est encore là passé minuit, devant les colonnes de soucoupes... Tout ça, parce que chacun se croit obligé de payer sa tournée... Ce qui perd l'homme, voyez-vous, Martinot, c'est la politesse.

Ayant émis, dans une dernière expectoration, cette pensée judicieuse, M. le Secrétaire se mit en devoir d'interroger les deux gamins arrêtés.

Mais, dès l'éternelle réponse, hélas ! presque toujours vraie : « On me battait trop à la maison... Je me suis sauvé... » l'homme aux cheveux envahisseurs eut un sourire incrédule.

— Graine de Dépôt, n'est-ce pas?... dit-il d'un air détaché, après un regard vers l'agent. Eh bien, la voiture est là. Expédions-les.

Remis, avec quelques paperasses, à un soldat de la garde républicaine, et secoués, pendant une demi-heure, dans les cellules ambulantes du panier à salade, les petits vagabonds arrivèrent dans la cour du Dépôt de la Préfecture de police, au moment où tous les quartiers de Paris y déversaient, par charretées, les immondices humaines de la nuit.

Devant le porche écrasé, dont la grille ne s'ouvre que par un étroit guichet, les sinistres omnibus, aux volets toujours clos, s'arrêtaient l'un après l'autre et vomissaient, comme un égout se dégorge, leurs horribles voyageurs, mendiants, rôdeurs de nuit, ivrognes, prostituées. On voyait tour à tour sortir de la voiture un vieillard couvert de haillons sordides et une fille en chapeau fleuri. Il y avait là des vieilles à cheveux gris qui avaient du fard sur les joues et des hommes pâles qui avaient du sang sous les ongles. Certains adolescents à accroche-cœur semblaient des femmes déguisées. Presque tous ces misérables chancelaient sur le marchepied du panier à salade et n'en descendaient que soutenus par le municipal, ceux-ci parce qu'ils succombaient de fatigue et de faim, ceux-là parce qu'ils étaient saouls ou épuisés de débauches. La police les avait ramassés, de une heure à cinq heures du matin, dans les cabarets nocturnes, dans les garnis à lanternes, et aussi dehors, sur les bancs et dans les ruisseaux où ils s'étaient laissés choir, les uns avec l'espoir d'y mourir, les autres pour cuver leur vin. Indigents ou scélérats, lamentables ou infâmes, la plupart étaient hideux, avec des yeux de fous et des profils d'animaux. Seule, une toute jeune fille, arrêtée dans un chantier de démolitions où elle entraînait un homme ivre, une enfant de quinze ans, chaussée de savates, vêtue d'un jupon en loques et d'une camisole tachée de boue, avait un visage d'ange et était fraîche comme une fleur.

Au seuil de la prison, les gardiens, ignobles soldats sans armes, en vestes à boutons de fer blanc, saisissaient, happaient, pour ainsi dire, les arrivants, et, dans la vaste et sombre antichambre, sous les ordres de leur chef, — sorte de monsieur en veston râpé, ayant la hure d'un sanglier roux sous un képi galonné d'argent, — ils distribuaient, avec une hâte brutale, les prisonniers par catégories, jetant les pochards sur un banc, au fond, épaule contre épaule, mettant les voleurs

LE DÉPOT.

avec les voleurs, les filles avec les filles. Le chef, qu'on appelait M. l'Inspecteur, courait d'un groupe à l'autre, très affairé. Le Paris nocturne venait de vider sa hotte et classait son butin d'ordures, comme un chiffonnier, rentré dans son taudis, fait des tas d'os, de ferrailles, de vieux linges. Tout ce remue-ménage était très bruyant. Malgré les « Silence, donc ! » hurlés à chaque instant par l'inspecteur, c'étaient pes traînements de pieds, de rauques murmures, des cris d'ivrognes, un tumulte à ne pas s'entendre. Les femmes surtout faisaient du tapage, riaient effrontément entre elles ; une vieille, qui avait un tablier de fruitière et qui était en ribotte, bourdonnait un refrain obscène. Et, près du groupe des filles publiques, se tenait la doyenne des sœurs de Saint-Joseph, toute en bleu, impassible et les mains sous ses manches. Dans un coin, cinq ou six gamins, amenés là comme vagabonds, ne pleuraient pas, regardaient de tous leurs yeux ce spectacle d'horreur et de dégoût.

Et, toujours, au dehors, on entendait s'arrêter devant le porche d'autres voitures qui amenaient de nouveaux prisonniers ; et l'entrée de quelques-uns, particulièrement étranges et scandaleux, soulevait une longue rumeur. C'était un fou furieux, dont quatre robustes gaillards pouvaient à peine contenir l'agitation d'épileptique et qu'on enlevait enfin par les bras et par les jambes, pour le jeter au fond du Dépôt, dans le cabanon matelassé. C'était un bonhomme à barbe blanche de vieux modèle, bavant et idiot, et tellement couvert de vermine que les deux gardiens qui l'entraînaient à bout de bras s'éloignaient de lui autant que possible. Mais il y avait peu d'abominations aussi savoureuses, et le défilé des monstres ordinaires reprenait son cours : filles des rues, presque toutes en taille et nu-tête, cochers de fiacre encore débraillés par quelque batterie, blêmes voyous en bourgeron et en casquette collée sur le crâne, avec le regard poltron et furieux du malfaiteur pris sur le fait ; et, quelquefois aussi, un bohème au bout de sa misère, coiffé du cadavre d'un chapeau haut de forme et boutonnant un habit noir à l'agonie sur sa maigreur d'affamé.

Cependant, M. l'Inspecteur, autrement dit l'homme à la hure de sanglier et au képi d'argent, avait fini par mettre un peu d'ordre dans le tri de toute cette canaille. Chrétien et Natole, mis de côté avec un demi-quarteron de jeunes drôles de la même espèce, furent alors brutalement poussés par un des gardiens dans une sorte de cachot, sommairement meublé d'une table et de deux bancs, où leur fut servie, dans du fer-blanc, une soupe au pain et à la graisse qui n'eût été déplacée dans aucun chenil.

Deux heures après, on les conduisit au Petit Parquet.

L'institution du Petit Parquet est bonne en soi et fort simple. Chaque matin, tous les enfants ramassés par la police sur le pavé de Paris comparaissent devant un juge d'instruction spécialement désigné à cet effet. Il renvoie aux tribunaux compétents ceux qui ont atteint leur quatorzième année et sont considérés, aux termes de la loi, comme responsables de leurs actes. Les autres sont confrontés avec leur famille, s'ils en ont une, en présence du magistrat, qui, la plupart du temps, hélas ! a le devoir d'adresser une admonestation aux parents. Car, presque toujours, le petit vagabond est un enfant négligé, maltraité, sinon abandonné tout à fait. Puis l'enfant est rendu à sa famille, à moins qu'elle ne consente pas à le reprendre. Dans ce dernier cas, comme dans le cas où le jeune délinquant n'a point de parents, le juge du Petit Parquet est forcé de l'expédier dans un établissement pénitentiaire, pour qu'il y reste — *jusqu'à sa majorité!!!*

Disons-le bien vite, le juge du Petit Parquet exerce ses fonctions dans un esprit charitable et paternel. On choisit pour cette délicate besogne un homme de bien, un de ces magistrats intègres, pénétrés de la grandeur de leur mission, qu'on traite de naïfs au ministère, sur lesquels on ne peut compter pour les procès politiques et qui n'auront pas d'avancement. Le brave homme fait de son mieux. Mais que peut-il? Ou rendre le petit malheureux à ses parents qui, neuf fois sur dix, ne lui ont donné et ne lui donneront que les pires exemples, — ou l'envoyer, pour de longues années, dans une colonie agricole, c'est-à-dire dans un bagne d'enfants, afin qu'il achève de s'y corrompre. Et cela pour une peccadille, pour un délit dont il n'est pas responsable, aux yeux mêmes du législateur.

Depuis quelque temps, je le sais, des œuvres philanthropiques, fondées et dirigées par des gens de grand cœur, sont intervenues. On ne saurait assez admirer et bénir ces bienfaiteurs de l'enfance. Ils réclament l'enfant coupable, se chargent de son sort, le placent dans d'honnêtes familles, l'y suivent et l'encouragent dans son relèvement moral. Mais à l'époque où se passent ces événements, de pareilles œuvres n'existaient qu'à peine, et, encore aujourd'hui, elles sont rares, pauvres, n'ont qu'une action insuffisante et bornée.

D'ailleurs, la loi est là, quand même, et elle est effroyable !

Si l'enfant a plus de quatorze ans, on le juge, on le condamne comme un homme. Le voilà repris de justice. Plus tard, soldat, il portera le flingot en Afrique, dans les bataillons d'infamie. Il est flétri pour toujours.

Et, s'il a moins de quatorze ans, — hein? quel redoutable criminel ! — c'est presque pire encore. On fait de lui, *jusqu'à sa majorité*, un petit forçat !

Il paraît que ces monstruosités sont indispensables et que, sans elles, la société s'écroulerait comme un château de cartes. Soit. Mais je demande la permission de ne pas m'extasier devant cette société si peu solide, et je commence à croire que le « Progrès » n'existe guère que sur l'enseigne des cafés de province.

Le juge par lequel Chrétien fut interrogé avait peu de prestige, il faut en convenir. En lui, un observateur superficiel n'aurait vu qu'un petit vieux, de chétif aspect, fort mal mis et installé devant un méchant bureau d'acajou. Mais cet homme était intelligent et bon, et la pitié brillait dans ses yeux pensifs. Non loin de lui, assis à une petite table, un autre *minus habens*, qui était le greffier, se rongeait les ongles de la main gauche comme s'ils eussent constitué la plus succulente des friandises.

Chrétien, amené par un municipal, Chrétien en haillons, tremblant de peur, reniflant ses larmes, ne payait pas de mine Mais, dès le premier regard, le juge vit qu'il n'avait pas affaire à l'un de ses clients

PROSPER ENTRA EN COSTUME DE TRAVAIL...

ordinaires, voyous gangrenés de vices dès l'enfance et bien à plaindre, eux aussi, hélas ! D'ailleurs, un instant auparavant, le juge du Petit Parquet venait de confesser Natole et de le restituer à son respectable père, un ébéniste pochard, veuf remarié à une mégère qui détestait et giflait à toute volée le fils du premier lit. Le magistrat savait donc que Chrétien avait été entraîné par son camarade, qu'il s'était enfui, pour la première fois, du logis paternel.

Il rassura l'enfant, sut lui donner confiance, obtint de lui sa banale et triste histoire, sentit qu'il ne mentait pas.

Alors, se tournant vers son huissier:

— Le père a été convoqué ; il est là, n'est-ce pas? demanda le juge.

— Oui, monsieur.

— Qu'on l'introduise.

Et, voyant le petit garçon, au seul nom de son père, au souvenir de tant de coups reçus, se blottir avec épouvante dans un coin de la chambre, le vieux juge, bien qu'habitué à de tels spectacles, eut une moue de compassion.

Prosper Aubry, qu'on était allé querir à son atelier, entra, en costume de travail, les yeux sombres, sa mauvaise ride au front.

— Asseyez-vous, lui dit le juge. Voici votre fils, qui s'est enfui de chez vous depuis quelques jours. Je sais que vous en avez manifesté de l'inquiétude et que vous avez signalé sa disparition au commissaire de votre quartier. Je dois ajouter aussi que les renseignements recueillis sur votre compte sont favorables. Mais cet enfant prétend que vous le corrigiez avec une extrême brutalité. Est-ce vrai?

Le charpentier lança sur Chrétien un regard haineux.

— Si c'était un effet de votre bonté, monsieur le juge, répondit-il, vous feriez sortir le petit une minute... J'aurais à vous dire sur son compte quelque chose de particulier.

— Soit, fit le magistrat.

Et, sur son ordre, Chrétien fut mené dehors par le garde.

— Eh bien?

— Eh bien, monsieur le juge, reprit Prosper Aubry en tirant de sa poche un papier timbré, — lisez cet acte de naissance... Chrétien Forgeat, fils de Perrine Forgeat et de père inconnu... Ce gosse ne m'est rien de rien. C'est l'enfant d'une femme avec qui j'ai vécu maritalement, voilà tout... Elle est morte. J'ai gardé le petit par humanité... Allez-vous encore me reprocher de lui avoir envoyé une calotte quand il la méritait?...

— Un orphelin, pas aimé, alors? murmura le juge, qui, décidément, connaissait toutes ces misères.

— Si vous voulez, répondit l'ouvrier d'une voix dure. Ce qu'il y a de sûr, c'est que la présence de ce vilain môme m'a rappelé tout le temps que ma maîtresse avait fait la vie, et que, après la mort de sa mère, j'ai eu tort de m'encombrer du gosse, et que c'est un petit « feignant » qui me dégoûte, et que vous pourrez en faire ce qu'il vous plaira, et que je ne veux plus entendre parler de lui... Est-ce mon droit, oui ou non?

Un prêtre, que dis-je? le plus humble des chrétiens inspiré par l'esprit de charité aurait pu dire non. Mais le vieillard à qui s'adressait Prosper Aubry ne pouvait parler qu'au nom de la justice.

— C'est votre droit, dit le juge d'une voix sévère et attristée, c'est votre droit strict... Considérez cependant, je vous en prie, qu'il s'agit du fils d'une femme que vous avez aimée, qu'il n'a que vous au monde, que vous avez été peu indulgent pour lui, que sa faute est excusable... Soyez généreux jusqu'au bout, gardez-le près de vous, Si sévère que soit votre tutelle, elle vaudra mieux que celle de l'État... Le seul asile que je puisse lui ouvrir est funeste... Il y entrera innocent. Peut-être en sortira-t-il à jamais perdu... Vous êtes responsable de l'avenir de ce pauvre petit... Voyons, vous êtes un brave homme... Abandonnerez-vous ce malheureux enfant?

Mais Prosper Aubry laissait dire, baissait un front dur et fermé, où se creusait toujours plus la ride impitoyable.

— Oui ou non, répéta-t-il, en ai-je le droit?

Et, comme le magistrat se taisait en baissant les yeux, l'ouvrier salua, sans ajouter un mot, et sortit.

— Faites le nécessaire, dit à son huissier le juge du Petit Parquet, dont la voix tremblait un peu.

Et, le soir même, Chrétien, l'orphelin et le bâtard, fut envoyé à la Colonie agricole du Plateau, dans le département de Marne-et-Oise.

X

— A vos rangs !... Fixe...

Ce commandement militaire est lancé d'une voix de tête, — une voix de quinze ans, qui n'a pas encore mué, — par le contremaître de l'atelier de brosserie, jeune colon portant les galons jaunes de caporal ; et brusquement le travail est suspendu. M. le Directeur de la Colonie agricole du Plateau va faire sa tournée quotidienne. Et les petits forçats, fronts rasés, faces mornes, ayant tous ce teint bis qui ne s'obtient que dans les prisons, restent immobiles devant leurs établis, dans la position du soldat sans armes, le petit doigt sur la couture de leur pantalon de toile.

Car elle n'est pas exclusivement agricole, la Colonie, et les soi-disant colons y apprennent et y exercent toutes sortes de métiers.

A l'époque de sa fondation, l'établissement devait, en effet, être rural, et rien que rural. Tous les gros bonnets, dont on n'imprime le nom dans les journaux qu'avec l'épithète d'éminent ou de distingué, — des économistes qui étaient arrivés à l'Institut pour avoir visité toutes les geôles de l'Europe et des deux, Amériques, des statisticiens qui vous auraient dit, à un haricot près, ce qui se consomme dans les bagnes du monde entier, — tous les gens graves et compétents étaient d'accord sur ce point que, pour transformer en petits saints les enfants voleurs et vagabonds, il n'y a rien de tel que la vie pastorale, que les travaux de la campagne. On avait publié, sur ce sujet, des charretées de lourds rapports, de mémoires indigestes, où, parmi les accolades et les tableaux synoptiques, circulait un parfum d'idylle. Théocrite, Virgile, et même l'abbé Jacques Delille, bien qu'un peu suranné, y étaient même cités çà et là. Une vérité officielle, et par conséquent incontestable, c'est qu'on ne redevient vertueux qu'en binant des pommes de terre et que rien ne réveille mieux le sentiment de l'honneur que d'arracher des betteraves.

Partant de ce principe, l'administration

acheta plusieurs centaines d'hectares de terre de labour, sur un plateau du département de Marne-et-Oise. Le site était très élevé et très découvert, et il soufflait là, presque par tous les temps, un vent à décorner Ménélas et Georges Dandin. Mais les gros bonnets de la Commission d'étude se frottèrent les mains de satisfaction. Le grand air, excellente chose. Pour l'acquisition du terrain et la construction des bâtiments, quelques pots-de-vin furent offerts et acceptés, *sicut decet*, et l'on fonda la Colonie. Un grand nombre de pâles et chétifs enfants des faubourgs allèrent, chaque jour, par escouades, en habits de vinaigre, sur le Plateau glacé, manièrent la bêche et la pioche, pesèrent de leurs maigres mains sur le double manche des charrues. Mais le résultat fut pitoyable. Le fameux « grand air » envoya d'abord une douzaine de ces pauvres petits diables mourir phtisiques à l'infirmerie, et l'on dut bientôt reconnaître que la pratique du jeu de bonneteau et le commerce des contremarques sont une préparation insuffisante à l'agriculture.

Les fonctionnaires à rosette rouge n'avouèrent pas qu'ils s'étaient trompés. Quand vous verrez un de ces importants messieurs reconnaître modestement son erreur, venez me le dire, mon cher ami, et je paie une tournée, mais, vous savez, une tournée de tout ce qu'il y a de plus distingué en fait de consommations. Donc les gros bonnets restèrent ou feignirent de rester convaincus qu'il est très aisé de métamorphoser un voyou de Paris en paysan, et l'un de ces personnages hauts sur cravate publia même, sur la Colonie agricole du Plateau, un fort in-octavo à sept francs cinquante, qui prouvait, une fois de plus, à grand renfort d'accolades et de tableaux à deux entrées, que la guérison morale des enfants vicieux et la culture intensive des carottes sont choses adéquates. Sans doute, le volume fut peu lu, osons le dire, peu coupé. Mais son auteur y gagna, quand même, une solide réputation d'homme sérieux, et fut nommé, à cette occasion, je ne sais plus quoi de la Légion d'honneur.

On ne renonça pas au système, mais on fut forcé d'y introduire quelques tempéraments. Les plus vigoureux, ou, pour mieux dire, les moins anémiques des petits colons, continuèrent, crottés jusqu'aux oreilles, par les pires vents d'hiver à mener, sur le Plateau mortel, leur existence géorgique. Mais, pour les autres, on installa dans les bâtiments de la Colonie une série d'ateliers, afin de leur y enseigner des travaux manuels. Une forge retentit, des varlopes sifflèrent, le léger marteau du cordonnier battit le cuir.

L'idée était bonne. « Nous te coffrons pendant toute ton enfance, mauvais sujet ; mais, quand tu sortiras d'ici, tu auras dans les mains un outil dont tu sauras te servir. Si tu veux travailler et vivre en honnête homme, tu le pourras. »

Par malheur, cela n'est rien, une bonne idée, quand elle n'est pas appliquée avec persévérance et désintéressement. Comme les petits Parisiens n'étaient pas maladroits, l'administration, qui trouve moyen de payer les choses trois fois plus qu'elles ne valent tout en faisant des économies de bouts de chandelles, rêva de tirer parti du travail des jeunes détenus. Elle accepta pour eux des commandes de brosserie, de jouets d'enfants. Ils n'apprirent plus des métiers véritables, susceptibles de leur faire plus tard gagner leur pain, ne fabriquèrent que de la camelotte. Puis les choses se compliquèrent d'adjudications véreuses, de sales tripotages. Le Directeur de la Colonie était alors un raté de la politique, qui, jadis, au quartier Latin, avait bu d'innombrables bocks avec deux ou trois futurs ministres. Ils l'avaient plus tard placé là, comme dans une sinécure. Ce fruit sec était un peu fripon. Il se laissa graisser la patte par les soumissionnaires des travaux exécutés à la Colonie, et aussi par les fournisseurs. Les enfants mangèrent de la carne, ce dont personne ne se soucia ; mais l'État fut par trop volé et finit par s'en émouvoir. Un scandale éclata. Il y eut enquête, interpellation à la Chambre. Plusieurs messieurs, à l'air important et avantageux, accoururent à la Colonie, très échauffés, en faisant les gros yeux. Mais le Directeur avait été prévenu à temps. Il leur montra une comptabilité pure comme l'eau des sources et les mena à la cuisine, où ils goûtèrent la soupe, — excellente, ce jour-là, — avec des airs de Napoléon au bivouac. Les enquêteurs revinrent à Paris, après un bon déjeuner, dans un état voisin de l'attendrissement. Rassuré par eux, le ministre traça devant la Chambre un tableau de la Colonie agricole du Plateau qui rappelait les plus suaves bergeries de Florian ; et les députés qui, sous prétexte de conseils généraux, devaient filer le lendemain dans leurs départements et ne songeaient qu'à la meilleure façon de peloter leurs électeurs, votèrent tout ce qu'on voulut. Pourtant le Directeur, qui se sentait compromis et qui n'était pas une bête, alla voir quelques anciens camarades de brasserie et se fit nommer à un autre poste, mieux rétribué, bien entendu, dans l'Indo-Chine, loin des regards jaloux. Il y mourut, d'ailleurs, peu de temps après, victime de ses appointements.

Malgré tout, la Colonie ne marchait pas. On y mourait comme mouches. Les récoltes étaient dérisoires; et, des fameux ateliers, il ne sortait que des mazettes. Chose extraordinaire ! on s'en inquiéta, à la Chambre, au Ministère, autour des tables vertes des commissions.

— Tout le mal, dit un des gros bonnets, vient de l'absence de direction. Il faudrait là une main de fer.

Pour ma part, je n'ai encore vu de mains de fer que celles qui servent d'enseigne aux boutiques de gantiers, et encore ne sont-elles qu'en fer-blanc peint en rouge ; mais, depuis que j'ai l'âge de raison, j'entends toujours réclamer une main de fer, à la moindre anicroche, pour toutes les affaires publiques ou privées Il n'y a pas de république ni de principes libéraux qui tiennent. Une main de fer, un homme à poigne, tout est là.

Pour ramener l'ordre et la prospérité dans la Colonie décadente, on le chercha donc, cet homme à poigne, et on le découvrit presque tout de suite. Il obtint même la place sans être protégé, pour ainsi dire. Tout au plus lui fallut-il la recommandation de quatorze députés et de huit sénateurs, sans tenir compte d'une heureuse coïncidence par laquelle il se trouvait être le beau-frère du concierge de la maîtresse d'un ministre.

Le capitaine Caillou, qui avait quelque chose dans le genre de son nom à la place du cœur, venait de prendre sa retraite après vingt-cinq ans de bons et loyaux services en Afrique, dans les compagnies de discipline. Il n'avait répandu son sang sur aucun champ de bataille ; mais il excellait à envoyer un biribi au silo à la moindre faute, ou à le mettre à la crapaudine en plein soleil, par des températures à faire éclore les poulets tout rôtis. Cet ex-négrier à épaulettes avait la main de fer désirée. Sans retard, il la fit peser, et très lourdement, sur les petits colons. Le prédécesseur, paisible parasite du budget, avait été, en somme, assez doux. Cet écornifleur administratif laissait aller les choses, soucieux seulement de toucher

LA COLONIE AGRICOLE DU PLATEAU

son traitement, avec un petit pourboire par-ci par-là, et de ne rien faire entre ses repas. Le capitaine Caillou fut terrible parce qu'il était un homme de devoir. On l'avait placé là pour qu'il y déployât de l'énergie, et il voulait que l'administration en eût pour son argent. C'était par conscience que, pour la plus légère infraction au règlement, il infligeait à un enfant la chambre de discipline, et il croyait faire acte d'intégrité en abusant du cachot et de la camisole de force.

Cette brute, qui était une espèce d'honnête homme, avait sous ses ordres une trentaine de drôles subalternes en képi et en veste de drap gris-bleu à passepoil jaune, envers qui il se montrait à la fois très rigoureux et très indulgent. Pour une pomme de terre volée au rata de la Colonie, le capitaine Caillou eût mis à pied tous les gardiens ; mais quand l'un d'eux, dans un mouvement de vivacité, avait à moitié assommé un enfant, le capitaine fermait les yeux, tant était profond chez lui le respect du principe d'autorité.

Assurément, les jeunes pensionnaires de la Colonie n'étaient pas commodes à mener. Victimes de quelque hérédité fatale ou d'une horrible éducation, ils étaient, pour la plupart, vicieux et rebelles. On ne pouvait rien obtenir d'eux que par une ferme discipline. Pourtant, le sentiment de la justice existait dans leurs âmes obscures. Endurcis aux mauvais traitements, ils acceptaient les punitions les plus sévères. Mais l'arbitraire et la tyrannie étaient odieux à ces petits révoltés. Or, certains d'être toujours soutenus, approuvés par le directeur, les gardiens multipliaient aggravaient sans raison, avec iniquité, tous les châtiments; et l'existence des malheureux enfants, déjà si cruelle, devenait insupportable.

Soyons justes. Où les choisit-on, où peut-on les choisir, ceux à qui l'on confie l'enfance abandonnée? Parmi les pires déclassés. De l'ancien sous-off, trop obtus pour distribuer des lettres ou pour contrôler des tickets de chemin de fer, on fait un geôlier, en qui, souvent, s'éveille un bourreau. Mais comment trouver mieux? Un homme très supérieur par l'intelligence et par le cœur suffirait à peine à cette tâche si pénible et si délicate de surveiller, de réformer l'enfant perverti. Pour se faire écouter, obéir, aimer, de quel tact infaillible, de quelle patience inaltérable, de quel esprit de justice et de bonté devrait être sans cesse animé l'éducateur? Un saint, oui ! un saint, enflammé de charité sublime, y suffirait à peine. Il faudrait des Vincent de Paul. On n'a que des gardes-chiourme.

— A vos rangs !... Fixe !...

En civil, c'est-à-dire en vieille et sale redingote, mais coiffé du képi galonné d'argent, insigne de ses fonctions, le rotin sous le bras, un vague grondement sous sa moustache rude et grise, M. le capitaine Caillou, directeur de la Colonie, vient de paraître sur le seuil de l'atelier nº 6. Il est suivi du gardien-chef.

La douzaine d'enfants, à qui l'on forme ici l'esprit et le cœur en leur faisant confectionner, par grosses, des brosses et des étrilles, — un fichu métier, entre parenthèses, — a pris immédiatement la position militaire, L'immobilité est irréprochable. Pas un muscle ne bouge sur ces faces ternes. A peine, de temps à autre, un battement des paupières sur les yeux rigides. Le capitaine n'obtenait pas mieux de ses biribis, autrefois, dans le Sud algérien, sur la route de Laghouat.

M. le Directeur promène alors sur les jeunes colons et arrête tour à tour, sur chacun d'eux, un regard terrible, un regard, comme on dit dans le peuple, à tout avaler. Ce n'est pas que M. le Directeur soit plus mécontent que d'habitude. M. le Directeur est toujours mécontent. Non, le regard furibond fait partie de son système d'éducation, voilà tout. D'ailleurs il aurait aussi bien fait de ne pas le lancer, son fameux regard. Personne n'a pu en recevoir le choc. Tous les enfants ont les yeux fixés à quinze pas devant eux, ainsi que l'exige la « théorie ».

— Chrétien Forgeat... Louis Râfle... Avancez à l'ordre, commande le Directeur de sa voix éraillée par vingt-cinq ans d'absinthes avant le repas et de petits verres après le mazagran.

Et les deux colons interpellés sortent du rang et s'arrêtent devant M. le Directeur, à trois pas.

Voilà six ans que Chrétien Forgeat a été arrêté pour vagabondage et envoyé à la Colonie du Plateau. Il a maintenant quatorze ans. Il est noté comme bon sujet; il a fait ses études primaires. Jugé trop faible pour les travaux agricoles, on l'a mis aux ateliers. Malgré la flétrissure du bagne, il n'est pas laid, le bâtard, le fils de l'amour. Ses traits sont fins, ses dents belles. On ne voit pas, dans ses yeux noirs, cette expression de basse sournoiserie qui dégoûte chez presque tous ses compagnons ; et il y a déjà une énergie virile dans la barre de ses épais sourcils, — les sourcils des Lescuyer, — ceux de son père. ceux de son aïeul, dont il ignore l'existence. Bien fait et grand pour son âge, il aurait presque bonne mine, le petit forçat, sans sa pâleur d'enfant mal nourri. Seulement, il boite un peu.

Il y a trois ans, un gardien lui a cassé la jambe d'un coup de pied. L'homme, cette fois, en fut quitte pour un blâme ; mais, peu de temps après, on surprit cette brute obscène et féroce qui tentait de violer un enfant. Pour éviter un scandale — qui eût été cependant bien nécessaire — on étouffa l'affaire, — que l'on aurait dû crier sur les toits, — et l'on se contenta de congédier le misérable. Chrétien, lui, est demeuré estropié, légèrement, mais pour toute la vie.

Louis Râfle, l'autre colon, que vient d'appeler M. le Directeur, est un gars massif et farouche d'une quinzaine d'années. Un crâne en pain de sucre, des

AH! VOUS VOILA, MES GAILLARDS!

mains énormes, borgne, le cou rongé d'écrouelles.

— Ah ! vous voilà, mes gaillards ! s'écrie M. le Directeur.

Et la laryngite du vieil alcoolique explique suffisamment pourquoi il a encore, dans un café d'Oran, une ancienne dette qu'il éteint en envoyant dix francs par mois, — ce qui est même une des causes de sa mauvais humeur chronique.

— Eh bien ! qu'est-ce que m'apprend M. le gardien-chef?... Encore des batteries. Il paraît que vous avez voulu vous manger le nez, hier soir, à la récréation?

C'est la vérité. Louis Râfle hait Chrétien Forgeat. Il le hait d'une haine d'idiot, de monstre, ce camarade qui a de l'intelligence, un peu de grâce enfantine, qui essaie de se bien conduire, qui a l'espoir de devenir plus tard un homme comme les autres, sauvé, libre ; tandis que, dans son épais cerveau d'imbécile, Louis Râfle sent confusément qu'il est pour toujours un gibier de prison et de bagne, un damné. Louis Râfle hait Chrétien. Hier, il l'a encore injurié : « Va donc, espèce de *pante !* » Et les deux enfants s'étaient déjà sauté à la gorge, quand le gardien les a séparés.

— Vous n'espérez pas, reprend le capitaine Caillou, que je vais vous demander pourquoi vous vous êtes empoignés... Vous me dégoiseriez un tas de mensonges... Mais je n'admets pas de pareils désordres dans la Colonie... Et, bien que Chrétien Forgeat soit assez bien noté, vous me ferez tous les deux un jour de chambre de discipline... Ça vous calmera... Et, si ça recommence, gare au cachot !... Rompez !

Et, tandis que M. le Directeur continue sa tournée, les deux enfants sortent de l'atelier à la suite du gardien-chef, qui leur fait signe d'un clignement d'œil, pour aller subir leur punition.

Ils y vont, côte à côte, l'air indifférent ; car ils ont l'habitude des châtiments, et des châtiments injustes, infligés au hasard. Pourtant, sur les grosses lèvres de Louis Râfle, s'ébauche un ignoble sourire de triomphe, et, à voix basse, il grommelle, près de l'oreille de son compagnon :

— Tu vois bien, monsieur le cafard, que ça ne sert à rien d'être un *pante*... On écope tout comme les *mariolles*,..

Car il y a deux camps parmi les petits colons, deux camps ennemis.

Le *pante*, en argot ordinaire, c'est la dupe, la victime. Le *mariolle*, c'est le malin, celui qui sait se tirer d'affaire. Donc, à la Colonie, le *pante* et le *mariolle* sont tout simplement le bon et le mauvais sujet. Le *pante*, flétri de ce nom par les autres comme d'un ridicule et d'une infamie, se soumet sans résistance à la dure discipline, tâche de faire de son mieux, est laborieux et obéissant. Il est rare ; et, parfois, il faut le dire, le *pante* n'est qu'un hypocrite, qui fait le chien couchant auprès des gardiens, dénonce et trahit ses camarades. Cependant quelques enfants ont assez d'énergie et de raison pour accepter la terrible et longue épreuve des établissements de correction, pour lutter contre la contagion du mal qui les menace et les environne, pour fermer l'oreille aux mauvais conseils, les yeux aux mauvais exemples. Chrétien Forgeat s'efforçait d'être un de ceux-là. Répétons-le, il y en a bien peu. Malgré d'heureuses réformes, le système actuel d'éducation des enfants pervers — hélas ! on n'ose accoupler ces deux mots sans un serrement de cœur ! — est encore si barbare! Pourtant quelques honnêtes gens sont sortis du cloaque moral des pénitenciers. J'en sais un qui est officier dans l'armée. Un autre, personnellement connu de celui qui écrit cette page, gagne difficilement et vaillamment sa vie. On ne saurait avoir trop d'estime et de respect pour ces anciens *pantes*.

Quant aux *mariolles*, ce sont les indomptables, les incorrigibles. Pareils aux fruits véreux que l'entassement achève de corrompre, ils sont entrés vicieux dans le bagne ; ils en sortiront scélérats. C'est l'histoire de presque tous ces malheureux enfants, et c'est la condamnation de l'absurde régime de promiscuité qu'on leur impose. Les pénitenciers d'enfants sont des pépinières de voleurs et d'assassins. On les enferme, pendant de longues années, avec l'espoir — oh ! bien faible ! — de les amender ; puis, un beau jour, on les lâche, exaspérés contre le sort, perfectionnés dans le mal, mûrs pour le crime.

Oh ! n'ayez pas peur, les philanthropes patentés se sont préoccupés d'un état de choses aussi déplorable. Et savez-vous ce qu'ils ont trouvé pour y remédier? Le système cellulaire. Vous entendez bien? Des enfants — des enfants ! — condamnés à la solitude constante, au silence absolu ! Cela fonctionne encore, je crois, pour les emprisonnements préventifs, pour les peines courtes. On peut voir, à la Petite Roquette, des enfants ayant chacun leur prison particulière. On peut les voir, en regardant par un judas, enfermés comme des fous furieux. C'est à faire dresser les cheveux sur la tête. Ils sont assis sur un tabouret, devant une planche fixée au mur, et tripotent je ne sais quel vain travail. Même le dimanche, à la messe, ils sont bouclés dans des espèces d'alvéoles, dans des guérites de bois, d'où ils ne peuvent apercevoir que l'officiant à l'autel. La chapelle de la Petite Roquette est même une des curiosités de Paris. C'est un instrument de torture très ingénieux. Parions que l'inventeur était encore un philanthrope qui, sans doute, par amour de ses semblables, a palpé toute sa vie un gros traitement.

Je l'ai dit. Pour l'éducation de l'enfance coupable ou abandonnée, le régime cellulaire a donné de si piteux résultats qu'on y a renoncé, ou à peu près. On est revenu à la simple détention, aux colonies agricoles ou autres. On a remis en tas les pommes pourries. Tout cela est mauvais, inhumain, absurde. Je sais bien que le problème n'est pas facile à résoudre. Il faudrait — on y a songé — isoler le petit malheureux, le confier, par exemple, à une famille pauvre, où il grandirait dans une atmosphère d'honnêteté, où il prendrait le goût du travail en voyant travailler autour de lui. Mais, même chez les indigents, le père fronce le sourcil quand on lui propose de garder, au milieu des siens, cette brebis galeuse, — sans parlar des coquins qui n'acceptent le pensionnaire que pour l'exploiter. Que faire? On retombe toujours dans l'ancienne abomination : le bagne ou quelque chose d'approchant.

Je ne voudrais pas être injuste. Je ne mets pas en doute la bonne volonté des spécialistes. Ils rédigent d'admirables règlements, qui sont pleins de sagesse, de pitié même, — pas si admirables cependant qu'on ne soit forcé à de courts intervalles de les refaire de fond en comble. Mais, dans la pratique, ce que j'ai vu, de mes yeux vu, est odieux. Des bagnes, vous dis-je, des bagnes, où des créatures irresponsables sont soumises à toutes les souffrances morales et physiques et où il n'y a pas plus de charité dans le cœur des chefs que de beurre dans la ratatouille des cuisines.

Donc, pour avoir échangé quelques horions, Louis Râfle et Chrétien Forgeat sont conduits à la chambre de discipline.

C'est une assez vaste salle, une sorte de grange, autour de laquelle les enfants punis marchent en file indienne, au pas militaire, sous l'œil d'un gardien, sans s'arrêter de toute la journée, sauf deux haltes d'une demi-heure, pour les repas.

Encore une imagination de philanthrope très probablement.

La chambre de discipline est un supplice tel qu'il dompte les plus rebelles; ils le craignent, m'a-t-on assuré, plus encore que le cachot, punition suprême ; et, souvent même, les enfants à qui l'on inflige la chambre de discipline commettent tout de suite une faute plus grave afin d'être envoyés au cachot. C'est dur, le cachot. On y est seul, dans l'obscurité, nourri au pain et à l'eau, couché sur la dure. Du moins, on peut s'y asseoir par terre, le dos à la muraille, s'y reposer, quelquefois dormir ; enfin, c'est moins horrible, paraît-il, que la marche sans trêve le long des murs, marche épuisante, abrutissante, où l'on finit par sentir à chaque pas une secousse douloureuse dans le cerveau. Remarquable méthode de châtiment, n'est-ce pas? qui a pour première conséquence de pousser l'enfant déjà coupable à un pire méfait. Envoyé à la chambre de discipline pour avoir fait un pied de nez au gardien, le drôle n'a d'autre ressource que de lui cracher au visage pour mériter une peine plus supportable. Cela serait comique si ce n'était affreux.

XI

Cloc! cloc!... Cloc! cloc!... Sur le dallage de la chambre de discipline, les sabots résonnent, lourds et rythmiques. L'un derrière l'autre, s'emboîtant le pas, une trentaine de colons marchent, marchent sans trêve. Chrétien, le dernier de la file, qui boite un peu, est parfois en retard.

— Allons, pas de flemme, le traînard! lui dit le gardien, assis au milieu de la salle, sur un tabouret.

Et il ajoute :

— Attention... Marquez les coins.

Car ils tâchent de tricher, les ambulants, d'éviter, à chaque angle des quatre murailles, le quart de conversion, qui est une secousse, une fatigue de plus. — Et il y tient, le garde-chiourme.

Ils marchent, ils marchent, les hideux enfants. Car ils sont hideux. Leurs yeux sans une lueur sont pareils aux vitres dépolies. Chacun de ces visages abrutis rappelle quelque bête. Nez de bélier, museau de fouine, groin de pourceau. Ayez pitié d'eux, beaux garçons et gens d'esprit qui lirez ces lignes, ayez pitié de la laideur de ces pauvres êtres et de leur stupidité. A qui la faute?...

Cloc! cloc!.. Ils marchent sans trêve; et ils sont exténués. Leurs pieds se tuméfient dans les durs sabots. Leurs jambes pèsent comme du plomb; et ils ont beau se redresser par défi, par révolte contre le châtiment, ils n'en peuvent plus, et l'éreintement leur gonfle les muscles du cou. Ils marchent.

Et, dans l'engourdissement de la marche monotone, Chrétien rêve et revit par le souvenir sa captivité, si longue déjà.

Il se revoit, tout petit, — neuf ans à peine, — arrivant à la Colonie. Et tout de suite, par une instinctive répugnance, il déteste ces longues bâtisses de plâtre, d'une impitoyable symétrie, et la chapelle, espèce de baraque surmontée d'une croix. Il lui fait peur, le paysage du Plateau, une plaine nue, sans fin, constamment éventée, où frissonnent çà et là de maigres bouquets d'ormeaux rabougris. Cela ressemble aux dessins élémentaires d'arbres et de maisons qu'il traçait en marge de ses cahiers d'école. Mais, le voici au greffe. On le met à nu, on l'examine comme une bête, comme une chose, on l'habille de toile à sac numérotée. Et celui qui l'inscrit sur un registre l'appelle Chrétien Forgeat. Il s'étonne, il réclame :

— Mais non, je m'appelle Aubry. Mon père, le charpentier, s'appelait Prosper Aubry. L'argousin, après avoir feuilleté le dossier, hausse les épaules :

— Tu t'appelles Forgeat... Aubry, c'est le nom de l'homme qui vivait avec ta mère, et qui ne veut plus de toi, comprends-tu? et qui a de bonnes raisons pour ça, je m'en doute.

L'enfant ne comprend pas, reste abasourdi. Comment? Ce méchant, qui le rouait de coups, n'était pas son père ? Eh bien, tant mieux ; car il le haïssait...

Mais Chrétien ne comprendra que trop vite ; il saura bientôt ce que c'est qu'un bâtard. « L'homme qui vivait avec maman, » c'est une des phrases qu'on entend dire le plus souvent dans la Colonie. On va lui en apprendre bien d'autres, au petit Chrétien. Dans son jeune esprit, les forçats impubères vont déposer toutes les souillures, avec cette haine instinctive de la blancheur qui pousse le voyou à tracer des mots et des croquis obscènes sur le plâtre frais des murs. Il va les connaître, les hontes secrètes, le mystère des ignobles amitiés... Et Chrétien n'a pas dix ans !

Je songe à toi, enfant pur, heureux fils d'un couple d'honnêtes gens qui t'aiment et qui veillent sur ton sommeil agité par des rêves. Souvent ton père touche tes mains trop moites et plonge son regard, avec mélancolie, au fond de tes yeux troublés déjà. Avec quelle prudence tes parents répondent à tes questions trop curieuses ! Qu'elle leur est chère, ton ignorance ! Sans oser même s'en parler, ils sont là, tendres et attentifs, devant le naïf éveil de tes sens comme devant l'éclosion d'une fleur. Je songe à toi, enfant sacré !... Il s'en trouve quelquefois pourtant, parmi les petits vagabonds ramassés sur le trottoir, il s'en trouve qui sont innocents comme toi, dont un bon hasard a sauvegardé la pureté. On les confond avec les autres. On jette ce lis à l'égout.

Cloc ! cloc !... Cloc ! cloc !... Bercé par le rythme lourd des sabots, Chrétien se revoit, quelques années plus tard, couché dans un bon lit, à l'infirmerie, une jambe immobilisée par le plâtre et les éclisses. C'est par la brutalité d'un monstre, c'est pour s'être arraché à sa hideuse étreinte que l'enfant a été blessé, estropié pour toujours. Mais le voici dans des draps frais, bien soigné. Une tiède douceur l'enveloppe, comme l'eau d'un bain.

C'EST SIMON BENOIT

Et puis, quelqu'un l'aime, à présent, vient souvent s'asseoir à son chevet, le regarde avec bonté, lui parle affectueusement. C'est Simon Benoît, le maître d'école de la Colonie, un poitrinaire presque aphone, qui peut à peine faire sa classe et qu'on a donné aux détenus pour instituteur, parce que c'était assez bon pour eux. Avant de mourir — car il se sent mourir — ce pauvre jeune homme voudrait en sauver un, au moins un, parmi ces enfants qui s'assoient devant lui, plusieurs fois par semaine, sur les gradins noirs, et qui lui font peur et pitié. Le plus intelligent, le moins flétri, celui dont les yeux ont encore une lueur de franchise, c'est ce petit Chrétien Forgeat. Et le moribond le choisit, l'adopte entre tous. Comme on souffle sur un charbon presque éteint, il ranime cette conscience agonisante, y voit se raviver — avec quels transports de joie ! — les dernières étincelles de l'honneur et de la bonté. Oh ! le petit Chrétien ne l'oubliera jamais, le cher visage de son seul ami, cette chétive tête de phtisique, jaune et luisante comme de la cire, aux oreilles décollées, qui se penchait à côté de lui sur les livres ouverts. Il est là, pour toujours, dans la mémoire du malheureux enfant, le doigt maigre et tremblant de fièvre qui lui montrait la bonne page, la ligne bienfaisante, le mot consolateur.

Cloc ! cloc !... Cloc ! cloc !... Elles défilent dans la pensée de Chrétien, les années interminables de misère et d'abjection. Toutes les saisons n'ont laissé qu'un souvenir amer à l'enfant captif. Ce ne sont que cruels hivers, aigres printemps, étés écrasants et torrides, automne de boue et de feuilles mortes. Et toujours, devant ses yeux, — recuites au soleil caniculaire ou faisant le gros dos sous la neige, — les mêmes plaintes vides et nues, les mêmes baraques lugubres. Lieux détestés ! Oh ! que de lourdes heures, que d'heures de fastidieux travail et d'accablant ennui, sonnées, comptées, mesurées impitoyablement, avec les quarts et les demies, par le cadran de la chapelle ! Et dans cette vie de dortoir et de peloton. toujours lit contre lit, toujours coude à coude, comme il est seul ! Depuis la mort du pauvre instituteur, pas un ami. Méprisé des *mariolles*, soupçonné par eux d'être un traître, de « cafarder », Chrétien n'a pas confiance dans les autres, les prétendus bons sujets ; car il est également dégoûté par le cynisme et par l'hypocrisie. Qu'elle est longue, son horrible enfance ! Et puis, plus tard, que deviendra-t-il? A dix-huit ans, les jeunes colons ont le droit de s'engager, de devancer l'appel. Tous en profitent. Ils s'en vont dans l'infanterie de marine, dans les troupes coloniales, là-bas où l'on se bat. Elle leur est douce, la discipline de guerre. Le drapeau, un fameux torchon pour nettoyer le passé ; et le feu purifie tout. Mais lui, le boiteux, n'aura pas la ressource de se faire soldat. Il n'est pas très adroit de ses mains, ne sera jamais non plus qu'un médiocre ouvrier. C'est presque avec effroi qu'il se voit sortant de cette colonie, — où il souffre bien pourtant, — tout seul sur le pavé, avec les cinquante ou soixante francs de sa masse et, pour toute recommandation, son livret d'ancien pénitentiaire. Il ne sait rien de la vie, de la société, mais il les soupçonne bien dures, dans sa précoce expérience du malheur, et, d'avance, il a peur de la liberté !... Pas un ami !... Une fois délivré, il compte même les éviter, ces compagnons d'à présent, certain qu'il est de ne les rencontrer que sur le chemin du mal. Il sait quels vices fangeux se cachent sous ces fronts domptés, sous ces physionomies immobiles et grises comme l'eau des étangs,

— Dis donc, Jules... Quand tu auras fait ton temps, qu'est-ce que tu voudrais être? a-t-il un jour demandé à l'un d'eux, blondin aux yeux clairs, vers qui l'attirait une sympathie..

— *Grinche*, comme papa, a répondu l'autre, avec un rire bref et méchant...

Certes ! il les fuira. Mais où trouver du travail? A quelle porte frapper? Naguère, quand il confiait cette crainte à Simon Benoît, le pauvre malade s'assombrissait :

— Je ne serai même plus là pour t'aider, mon pauvre Chrétien, lui disait-il. Oui, tu seras bien seul. Oui, tu auras plus de mal qu'un autre, et il te faudra plus de courage et de persévérance qu'à tout autre. N'importe ! tâche quand même de te conduire toujours en honnête garçon... Tu verras, c'est encore le seul moyen de n'être pas trop malheureux...

Oh ! oui, il tâchera ! il l'a promis à son ami mourant... Toute besogne lui sera bonne. Il ne mangera que du pain gagné !...

Ainsi rêve et s'exalte le pauvre petit, et, rassemblant déjà pour les luttes futures toute sa bonne volonté, il marche toujours, le front bas, les épaules douloureuses, les pieds excoriés et sanglants dans ses sabots... Cloc ! cloc !... Cloc ! cloc !...

Mais soudain la porte s'ouvre. C'est le gardien-chef.

— Halte ! Toutes les punitions sont levées... Allez mettre vos souliers neufs et la tenue n° 1... On va former le bataillon Et vivement, hein?...

Que se passe-t-il? Quelque chose de rare. Un gros bonnet, un Inspecteur général, en belle redingote, ornée d'une aveuglante rosette rouge, vient d'arriver inopinément.

Parbleu ! il tombe bien, le gros bonnet ! Aujourd'hui, la Colonie est épouvantable. Un ciel de novembre aux nuages bas et sinistres ; de la boue comme sur un foiral à bestiaux; les enfants crottés jusqu'à l'échine et grelottant sous les blouses de toile ; et la cuisine empestant le suif à une portée de fusil !

Rassurez-vous. M. le Directeur ne perd pas la tête. Ce que le capitaine Caillou méprise le plus chez les civils, c'est leur sensibilité ridicule. Mais le capitaine Caillou tient à sa place, et il n'aura pas la maladresse insigne d'affliger ce pékin, qui est, après tout, son supérieur, par des spectacles pénibles. Pour maquiller l'établissement et lui rendre un aspect tout à fait décent et confortable, que faut-il de temps? Une demi-heure. Car, Dieu merci, tout marche ici au doigt et à l'œil. Le capitaine n'a donc qu'à occuper, pendant une demi-heure, M. l'Inspecteur général ; et rien n'est plus simple.

A peine le gros personnage — gros dans tous les sens du mot, même obèse, avec un peu d'asthme — est-il descendu de voiture que le capitaine Caillou l'introduit cérémonieusement dans son cabinet, l'accapare.

— Et d'abord, monsieur l'Inspecteur général, la comptabilité !

Il ne plaisante pas sur ce chapitre, le Directeur du Plateau. Ses livres sont à jour. Toutes les dépenses sont balancées, à un centime près. Du reste, on peut vérifier.

Et, sans avoir le temps de dire « ouf ! » le gros homme à la belle redingote est installé, presque de force, devant les registres, et submergé en un instant, de bordereaux et de paperasses. Au fond, il n'y connaît pas grand'chose et n'y voit que du feu. Mais pour sauver le pavillon, il chausse son nez d'un binocle, lit tout haut quelques chiffres, contrôle le report d'une addition, et parfois éructe un « très bien » d'une voix profonde, avec un air entendu.

Alors, pour l'éblouir et aussi pour donner aux colons le temps de se décrasser un peu, M. le Directeur commence modestement son propre éloge. Jamais la Colonie n'a été si prospère. La mortalité a diminué (Je crois bien ! tous les enfants faibles et mal constitués sont morts depuis longtemps.) Et toujours le parfait accord de l'agriculture et de la vertu. La récolte des navets a été superbe et correspond exactement au progrès du relèvement moral chez les jeunes détenus.

— Très bien, très bien, répète M. l'Inspecteur général, qui décidément possède une basse-taille de premier ordre et qui aurait pu chanter les rôles de grand-prêtre.

Mais c'est tout de même long, une demi-heure ; et le capitaine continue d'amuser l'importun visiteur par les bagatelles de la porte.

— Permettez-moi, maintenant, monsieur l'Inspecteur général, de vous communiquer deux documents du plus haut intérêt.

Le premier est une lettre d'un respectable cultivateur du département, qui remercie M. le Directeur de la colonie du Plateau de lui avoir confié, comme valet de ferme, le nommé Hippolyte Maubué, âgé de quinze ans, et qui déclare n'avoir qu'à se louer des services de ce jeune colon. Ce que ne dit pas l'honnête cultivateur, c'est qu'il ne donne à Hippolyte Maubué qu'un salaire dérisoire et qu'il le nourrit à peu près comme ses pourceaux. Le second document, qui pue le mensonge à plein nez, est une page d'effusion reconnaissante adressée par le colon en question à son bienfaiteur, le capitaine Caillou. Et le capitaine a joliment raison de produire sans retard ces lignes attendrissantes, car, dans trois jours d'ici, il apprendra que le susdit Hippolyte s'est enfui de chez le digne cultivateur, après avoir fracturé l'armoire de la chambre à coucher et volé un vieux bas de laine rempli de pièces de cent sous.

— Très bien, très bien, répète toujours M. l'Inspecteur.

Non ! cet homme-là vous a un *fa* qui lui sort des bottes !... C'est à se croire à l'Opéra, quand le chef des brahmanes chante devant l'idole, vous savez, cinq minutes avant le ballet.

Cependant la demi-heure est écoulée.

— Si monsieur l'Inspecteur est disposé à commencer sa visite?...

Il l'est. Et on ne lui montre, cela va sans dire, qu'un ou deux ateliers, la forge retentissante de bruits héroïques (cela fait toujours bon effet) et l'atelier de brosserie « très rémunérateur pour l'administration, monsieur l'Inspecteur », où il peut admirer un remarquable travail de patience exécuté par un des jeunes ouvriers : le portrait du chef de l'État — en crin.

— Fort curieux, déclare le tonitruant fonctionnaire.

Tout à coup, une martiale musique de cuivre se fait entendre. Agréable surprise ! Elle joue la *Marseillaise*. Et M. l'Inspecteur général, aussitôt entraîné par le

VOS COLONS, CAPITAINE, MANŒUVRENT COMME DES VÉTÉRANS

capitaine Caillou dans l'allée principale de la Colonie, pousse un cri d'admiration devant le bataillon des jeunes détenus qui lui présentent les armes avec leurs fusils de bois.

— Fixe ! commande le capitaine de toute la force de son enrouement incurable.

Car c'est son triomphe, son « plat couvert », la parade des petits forçats. Et, vraiment, ainsi présentés, le képi sur l'oreille, ceinturonnés de cuir, en blouse neuve, en souliers cirés, ils ont bon air. M. l'Inspecteur ne peut distinguer, à vingt pas, les visages de vice et de maladie, les yeux haineux, les mâchoires de bêtes, les boutons malsains et les plaques de scrofule. Vus de loin et en masse, ils sont presque gentils. Et propres ! Comme s'ils sortaient d'une boîte !... Hélas ! ce sont des enfants, malgré tout.

— Garde à vôs !... Pour former la colonne, par le flanc droit... Droite !... Arme sur l'épaule... droite !... En avant... arche !...

Les mouvements s'exécutent avec une précision parfaite. Les tambours roulent, la fanfare des clairons éclate. Il y a même un jeune voleur à la tire, long comme un jour sans pain, qui tient l'emploi de tambour-major et fait des moulinets avec une canne à pomme de nickel. Et la troupe défile avec aplomb, passe et repasse, d'abord en colonne, puis par sections, — « guide à gauche », — et vient, de nouveau, se ranger en bataille, — « droite, alignement... Fixe ! » devant M. l'Inspecteur général.

Le gros bonnet se déclare enchanté, ravi, vous n'en doutez pas. Songez donc, passer une revue, voilà qui est rare et flatteur pour un pékin ! Bien qu'il n'ait rien dans sa personne d'équestre ni de militaire, le rond-de-cuir se prend, une minute, pour un général, un chef de guerre. Il appelle M. le Directeur : « capitaine », il le félicite :

— Vos colons, capitaine, manœuvrent comme des vétérans.

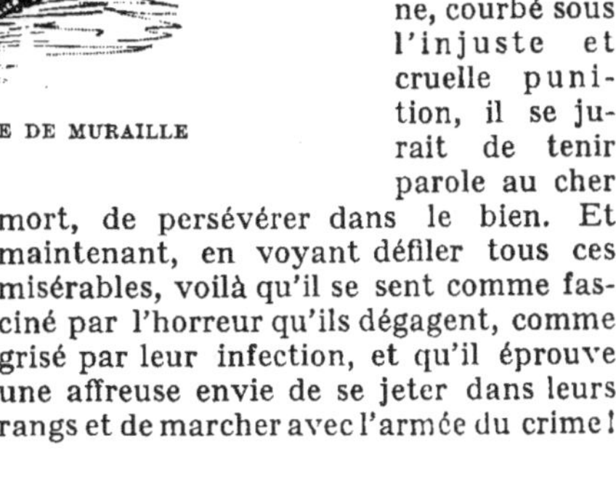

MAIS, DANS UN ANGLE DE MURAILLE

Tout à l'heure, quand le drapeau a passé, M. l'Inspecteur a salué avec conviction, et, pour un peu, — se rappelant l'empereur dans les pièces du Cirque qu'il a vu jouer dans son enfance, — il aurait pris du tabac dans la poche de son gilet.

Le capitaine Caillou peut être tranquille. Le rapport sur la Colonie du Plateau sera superbe.

Mais, dans un angle de muraille, Chrétien Forgeat, le boiteux, qui n'a pas pris part à la parade, regarde passer les pelotons qui regagnent leurs baraquements. Loin de l'œil du maître, ils ne se contraignent plus, à présent, les petits forçats, les enfants maudits. Ils vont, en désordre, échauffés par l'exercice, répandant une odeur de fauves. Et ils blaguent à demi-voix, lâchent des mots d'argot, des rires crapuleux. Chrétien les voit de tout près, ses compagnons de misère et d'infamie, et jamais peut-être il ne les a trouvés si effrayants qu'aujourd'hui. Mais à son épouvante se mêlent une confuse pitié et, par instant aussi, un mystérieux attrait.

Il sait combien ces malheureux ont, au fond du cœur, de haine bilieuse, de colère extravasée et recuite ; et que, plus tard, ils se vengeront. Chrétien les excuse ; ils souffrent tant ! Et lui-même, supplicié comme eux, n'est-il pas une dupe et un lâche de se résigner? N'y a-t-il pas plus de loyauté dans leur cynisme, plus de bravoure dans leur révolte?... Oh ! qu'il est débile encore, le germe du devoir et d'honneur déposé par Simon Benoît dans l'âme de ce pauvre enfant !... Et son ami n'est plus là pour lui dire : « Courage ! » Tout à l'heure, dans la chambre de discipline, courbé sous l'injuste et cruelle punition, il se jurait de tenir parole au cher mort, de persévérer dans le bien. Et maintenant, en voyant défiler tous ces misérables, voilà qu'il se sent comme fasciné par l'horreur qu'ils dégagent, comme grisé par leur infection, et qu'il éprouve une affreuse envie de se jeter dans leurs rangs et de marcher avec l'armée du crime !

XII

Tandis que le malheureux enfant grandissait dans l'enfer de la Colonie du Plateau, qu'était devenu son père, ce Chrétien Lescuyer, qui, par respect pour ce que le monde appelle l'honorabilité, avait débuté dans la vie en commettant une faute contre l'honneur?

Soyez surpris, amateurs d'ironies! Chrétien Lescuyer n'était pas heureux.

Et pourtant, l'injuste et capricieux destin n'avait eu d'abord pour lui que des sourires et des faveurs.

De retour à Caen, le nouveau docteur en droit avait constaté autour de lui quelques changements notables. En premier lieu, l'antique hôtel de la rue des Carmes ayant positivement menacé ruine, le vieux M. Lescuyer s'était décidé à le remettre à neuf ; et le logis n'était plus aussi funèbre qu'autrefois. Puis, à sa première visite chez madame Léger-Taburet, Chrétien eut peine à reconnaître mademoiselle Camille, qui était devenue presque jolie ; et les yeux de l'ancien laideron lui dirent clairement et tout de suite : « Je vous attendais. »

Pendant l'absence de son fils, le vieux et fin conseiller avait fait auprès de ces dames ce que, au temps des « Conquestes du Roy », Vauban faisait devant Maëstricht ou Namur. Quand Louis XIV arrivait dans ses carosses, le siège était fini, et Sa Majesté n'avait plus qu'à entrer dans la place, en pompe triomphale, par la tranchée. Le cœur et la dot de mademoiselle Camille furent offerts à Chrétien Lescuyer, comme les clefs d'une ville, sur un plat d'argent.

Il s'habillait pour la noce, l'heureux fiancé, et venait de chiffonner trois cravates blanches, quand on lui apporta le courrier du matin. Parmi les nombreux billets et cartes de félicitation, il découvrit avec une grimace de mécontentement, une pauvre lettre, dans une enveloppe de chez l'épicier, dont l'adresse était tracée d'une grosse et maladroite écriture. Il la connaissait bien, cette écriture de nourrice ; elle lui avait jadis fait un peu battre le cœur. C'était celle de Perrinette.

La fleuriste annonçait à son ancien amant qu'elle avait heureusement mis au monde un garçon, chez la sage-femme. Le petit pesait très lourd, était superbe. On l'avait déclaré à la mairie et bientôt on le baptiserait sous le nom de Chrétien. « Cela ne te fâche pas, dis? » Elle n'en racontait guère davantage, la pauvre fille, naturellement timide et si honteuse de son passé. Elle ne demandait rien à son ancien amant, et s'était servie, pour lui écrire, de termes quasiment respectueux. Mais la lettre inopportune fit monter au cerveau du jeune homme une bouffée de colère.

— Ah çà ! est-ce qu'elle s'imagine que je me crois le père de ce marmot ? murmura-t-il méchamment, en jetant au feu le papier.

Et, une heure après, il s'agenouillait à côté de mademoiselle Camille Letourneur, devant le maître-autel de l'Abbaye-aux-Dames, en présence de toute la belle société de Caen en habits à manger du rôti, sous l'harmonieux rugissement des grandes orgues.

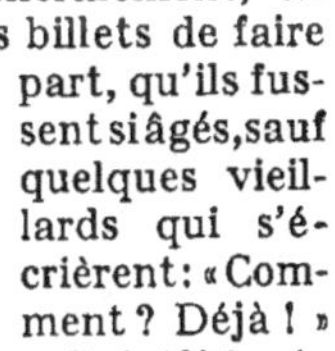

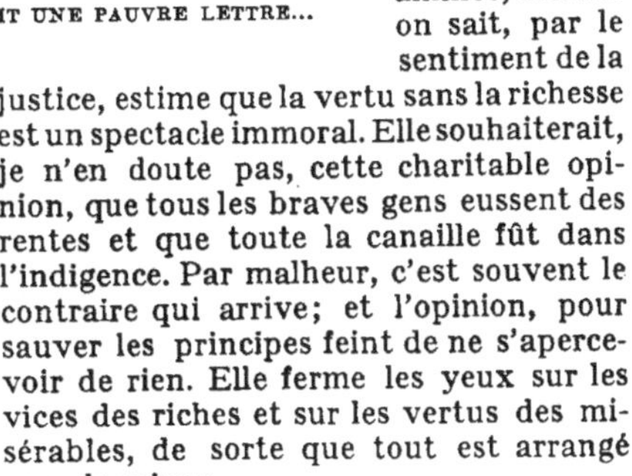

IL DÉCOUVRIT UNE PAUVRE LETTRE...

A cette même heure, sans doute, Perrinette, pâle dans son lit d'accouchée, regardait avec anxiété la mère Lagasse ranger, sur la couverture du lit, les cartes fatidiques, et souriait à l'espoir que Chrétien — valet de carreau — donnerait bientôt de ses nouvelles à son amie dans l'embarras — dame de cœur — et s'occuperait du nouveau-né. Mais le valet de carreau et la reine de cœur ne devaient plus jamais se revoir en ce monde.

Il venait d'être nommé juge-suppléant à Bayeux, le valet de carreau, et il s'y était installé avec sa jeune femme. Né piocheur, Chrétien Lescuyer n'attendit même pas la fin de la lune de miel pour piquer une tête en plein travail et s'atteler à un grand ouvrage de droit. Tout de suite enceinte, madame Lescuyer promena sa grossesse, avec l'ostentation des jeunes mères, dans les froids salons et dans les rues mornes de la petite ville.

« Un garçon sérieux. » C'était le mot des collègues de Chrétien au tribunal. « Gentil ménage », disaient les bonnes dames.

Puis, à quelques semaines d'intervalle, le vieux conseiller et madame Léger-Taburet moururent, et l'on s'étonna généralement, en lisant les billets de faire part, qu'ils fussent si âgés, sauf quelques vieillards qui s'écrièrent : « Comment ? Déjà ! »

Ce fut là toute l'oraison funèbre, ou à peu près. Mais les jeunes époux héritaient de deux fortunes considérables, et l'opinion publique s'en montra satisfaite. Car l'opinion, toujours animée, comme on sait, par le sentiment de la justice, estime que la vertu sans la richesse est un spectacle immoral. Elle souhaiterait, je n'en doute pas, cette charitable opinion, que tous les braves gens eussent des rentes et que toute la canaille fût dans l'indigence. Par malheur, c'est souvent le contraire qui arrive; et l'opinion, pour sauver les principes feint de ne s'apercevoir de rien. Elle ferme les yeux sur les vices des riches et sur les vertus des misérables, de sorte que tout est arrangé pour le mieux.

L'avenir souriait donc au jeune ménage. Chrétien Lescuyer l'avait réalisé, son idéal de vie correcte et irréprochable. Quelquefois, — rarement, — il avait bien encore un petit serrement de cœur, un léger goût de bile dans la bouche au souvenir de Perrinette, de cette malheureuse abandonnée par lui. Mais cela durait peu : un de ces nuages d'été, qui passent devant le soleil et n'assombrissent qu'un instant le paysage. Jamais d'ennui ; les laborieux ne savent pas ce que c'est. L'estime de tous. Une femme intelligente, modeste et douce, qu'il aimait et dont il se sentait

IL SERVIT DANS L'ARMÉE DE LA LOIRE...

adoré. Allons ! c'était trop beau. Quand la maison est bâtie, dit le sage proverbe, le malheur entre.

La gentille madame Lescuyer, que rendaient si fière ses espérances de maternité et qui allait, sans corset, aux mercredis de madame la Présidente, fit une fausse couche. Ce fut pour les deux époux une très pénible déception, à laquelle tout le monde s'associa.

— La pauvre petite femme ! Elle qui a toutes les qualités pour faire une excellente mère de famille.

Le plus triste, c'était que le médecin, sérieusement interrogé par Chrétien après l'accident, avait eu une moue de mauvais augure, et qu'il avait recommandé de prendre les plus grandes précautions, en cas d'une nouvelle grossesse.

Elle se déclara, mais après de longs mois d'attente. Et Chrétien Lescuyer, qui désirait avoir de la famille, vécut dans l'anxiété, d'autant plus que sa jeune femme supportait mal son état, était fort souffrante.

— Soignez-vous bien, restez chez vous, prenez garde... Nous vous dispensons des visites, lui répétaient toutes ses amies.

Camille ne quittait plus le logis, ne levait pas les bras, avait peur du moindre mouvement, passait tout son temps étendue sur une chaise longue ; et son mari se dépêchait de rentrer, après l'audience, et lui demandait, dès le seuil de la porte, avec une tendre impatience :

— Comment te sens-tu?

Que de sollicitudes groupées autour d'un enfant à naître, lâchons le mot, d'un fœtus !... Et pendant ce temps-là, tout là-bas, tout là-bas, au faubourg du Temple, le bâtard s'élevait au hasard, va-comme-je-te-pousse, courait déjà les ruisseaux, était pris en grippe par l'amant de sa mère, attrapait les premiers soufflets.

Les couches de madame Lescuyer furent tragiques. Au milieu d'atroces souffrances, elle donna le jour à une chétive fillette, n'ayant que le souffle, et mourut sans avoir même pu sourire à son enfant.

La veille de ce malheur, Chrétien, déjà très apprécié comme magistrat et promis à un avancement rapide, avait reçu sa commission de substitut au parquet de Caen. Ce fut sinistre, le retour du veuf dans la maison de la rue des Carmes, que plusieurs années d'abandon avaient de nouveau vieillie et dégradée. Les médecins les plus réputés de la ville y furent mandés sans retard pour donner leur avis sur la pauvre petite fille, appelée Marie, que leur présenta une plantureuse nourrice au teint de brique. Ils ne furent pas rassurants.

— Peut-être... avec des soins extrêmes. Ah ! vous aurez du mal à l'élever.

Chrétien Lescuyer était au désespoir. Il ne pouvait même plus travailler. S'enfermant, chaque jour, pendant de longues heures, dans la bibliothèque de son père, il se forçait à quelque abrutissante besogne, s'abîmait dans les recueils d'anciennes coutumes. Mais, à tout moment, le souvenir de son infortune l'emplissait d'une inexprimable tristesse, et il se laissait tom ber sur l'in-quarto ouvert devant lui, la tête dans les mains, les épaules secouées par des sanglots.

Une violente diversion à son chagrin pouvait seule le sauver. Elle se produisit. A la première nouvelle de la déclaration de la guerre, Chrétien s'engagea, moins par patriotisme que par un furieux besoin d'agir, de se distraire à tout prix de ses pensées, peut-être même par un secret désir de se faire tuer. Il servit dans l'armée de la Loire, s'y battit comme un homme qui veut mourir, fut blessé deux fois, et, après la campagne, il put attacher une croix de soldat sur sa robe de juge.

Il était, non pas consolé, mais plus calme. La santé de sa petite fille lui donnait momentanément un peu moins d'inquiétude. Il reprit quelque goût à ses travaux, prononça avec talent et avec succès plusieurs réquisitoires. Enfin le temps fit son œuvre. Déjà, de bons amis, qu'il avait au Palais, lui parlaient des inconvénients de la solitude, l'engageaient — oui, tout bonnement — à se remarier. Que ne cherchait-il une brave jeune fille, dans les vingt-cinq ou vingt-huit ans, pas riche, — il l'était bien assez pour deux — qui serait heureuse de servir de mère à la petite Marie? Et Chrétien n'était pas éloigné de suivre leur conseil.

Cependant, un soir d'octobre, après une halte attristée auprès du berceau de sa fille chez qui le sevrage venait de provoquer une nouvelle et dangereuse crise, il rentra dans sa bibliothèque, plus accablé que jamais. L'enfant n'était pas destinée à vivre, il en avait le cruel pressentiment.

Dans l'obscurité de la vaste pièce, toute tapissée de volumes aux reliures sombres, et où la lampe voilée de son abat-jour vert n'éclairait guère que la table de travail, le malheureux eut un frisson. Il alluma, sur la cheminée, les bougies des deux candélabres, et, brusquement, devant son visage reflété dans la glace, il recula d'un pas, épouvanté.

Mon Dieu ! qu'il était maigre et comme ses cheveux avaient déjà grisonné ! Avec ses gros sourcils, — les effrayants sourcils des Lescuyer, — il ressemblait, en vérité, à son père, à ce dur vieillard qu'il n'avait jamais pu aimer et devant lequel, enfant et jeune homme, il avait ressenti toujours une sorte de terreur. Par ce souvenir, il fut entraîné dans une douloureuse rêverie.

Bien souvent déjà, depuis qu'il était veuf, il avait pensé, avec un remords naissant, à Perrinette. Hélas ! c'était uniquement par crainte de la colère du vieux juge que jadis — huit ans déjà ! — il avait commis la seule faute grave de sa vie, abandonné cette pauvre fille. A présent que le chagrin lui avait attendri le cœur, il reconnaissait qu'il avait été, envers elle, bien méchant et bien coupable. Qui sait si tous les malheurs qui l'avaient frappé — la mort de sa femme, ce glacial veuvage, tant d'angoisses au chevet de son enfant malade — n'étaient pas une expiation? Chrétien Lescuyer avait conservé des sentiments religieux ; il croyait à une justice supérieure. Ayant péché, il devait être puni, et s'inclinait. Et ses amis qui lui conseillaient de se remarier, de se refaire du bonheur !...

Du bonheur? Il en était indigne ; il avait fait une vilenie ! Car quitter brutalement une femme qui vous a aimé, qui est enceinte, et de vos œuvres peut-être, allons ! c'était une vilenie. Magistrat, il avait privé des malheureux de leur liberté, il les avait atteints dans leur honneur pour les fautes moindres, sinon devant le Code, du moins aux yeux de la conscience. Mais quoi? En bonne équité, suffit-il que le mal ait reçu son châtiment, quand peut-être une chance existe encore de le réparer? S'il allait s'agenouiller dans un confessionnal, que lui ordonnerait le prêtre? Non seulement d'accomplir une pénitence, de faire des aumônes, de lire des prières ; mais aussi de rechercher les victimes de sa mauvaise action et d'en détruire autant que possible les effets.

Eh bien, il essaierait ! Oui, c'était là le devoir, la conduite d'un honnête homme. Il retrouverait cette femme et cet enfant, — dans quelle misère, probablement ! — leur viendrait en aide, leur témoignerait une tardive mais sincère bonté. Que ce petit Chrétien, de qui la mère lui avait appris la naissance, fût ou non de lui, peu importait. Il se chargerait de son éducation, s'instituerait son protecteur, tâcherait de l'aimer, oui, l'aimerait comme un fils... Et alors, sans doute, il retrouverait la paix du cœur, il se sentirait pardonné, et c'est avec confiance qu'il supplierait le Dieu de bonté de lui laisser sa petite fille.

On était à la fin d'octobre, les vacances judiciaires touchaient à leur terme. Mais

Chrétien Lescuyer avait encore huit jours devant lui. Réconforté par ce mouvement de pur repentir, le cœur réchauffé par son honnête résolution, il partit pour Paris.

C'est ici — ou jamais — l'occasion de placer la métaphore populaire, « l'aiguille dans une botte de foin ». Chrétien Lescuyer battit inutilement le pavé, sans trouver la moindre trace de la femme et de l'enfant disparus. Bien qu'il eût détruit la dernière lettre de Perrinette, il se rappelait vaguement qu'elle avait été écrite chez une sage-femme de Vaugirard. Mais la mère Lagasse était morte depuis deux ans, et le substitut interrogea vainement toutes les matrones de ce quartier. Sans grand espoir, il alla rue d'Ulm, où demeurait autrefois la fleuriste. La maison avait été démolie. Enfin, il eut recours à la police, se perdit dans les escaliers A et les couloirs B de la Préfecture. Rien. Pas le moindre indice. Car alors le bâtard, ayant déjà perdu sa mère, n'avait pas encore quitté le logis du charpentier, portait un nom qui n'était pas le sien, était seulement à la veille de devenir un vagabond, puis un pénitentiaire. Six mois plus tard, peut-être, aurait-on pu montrer à M. le Substitut du parquet de Caen ce nom de Chrétien Forgeat sur quelque registre d'écrou ! Mais dans ce moment-là, l'enfant était plus difficile à retrouver qu'un oiseau dans une forêt. Toutes les recherches échouèrent.

Très découragé, après une fatigante semaine de courses et de démarches, le magistrat dut se résoudre à rejoindre son poste. Pourtant, avant de quitter Paris, il voulut revoir François Donadieu. Le sculpteur, qui depuis longtemps avait épousé Héloïse, était maintenant reconnu comme un maître, avait quelques commandes, gagnait sa vie. Dans son atelier de la rue de Fleurus, il travaillait à la petite esquisse en cire d'une statue équestre, lorsqu'il vit entrer un homme tout en noir, aux énormes sourcils gris, à la physionomie profondément triste, et ne reconnut Chrétien Lescuyer qu'après un effort de mémoire.

L'artiste n'ignorait pas les malheurs de son ancien camarade, la mort de sa femme, la chétive santé de sa fille. Il sauta au cou de Chrétien, lui fit l'accueil le plus chaleureux.

— Tu dînes avec nous?... Héloïse sera si contente de te voir.

Ils eurent une heure d'amical bavardage, de « t'en souviens-tu? » à n'en plus finir, assis l'un près de l'autre sur le divan de l'atelier ; et Chrétien se détendait dans cette cordiale atmosphère. Puis, comme la nuit tombait, ils allèrent, bras dessus bras dessous, jusqu'à la rue Bréa, où demeurait Donadieu. Oh ! un logement d'ouvrier, presque. Le sculpteur, bien que déjà célèbre, était encore une espèce depauvre. Dans la salle à manger, toute peite, mais gaiement décorée d'études peintes et d'assiettes de vieux Rouen rafistolées, Héloïse — toujours fraîche, toujours la belle blonde, mais envahie par l'embonpoint — dressait la table. Elle tendit ses deux joues au magistrat, mit bien vite un troisième couvert et alla chercher le potage.

Mais, dès qu'on se fut assis, un chat couleur de rouille, de dimensions monstrueuses, sauta sur la nappe, d'un bond élastique, et s'installa, sans plus de façons, sur son derrière, à côté de l'assiette de madame Donadieu.

— Ah ! te voilà, grosse paresse !... Venez qu'on vous bise... s'écria celle-ci, avec un accent maternel, en se penchant vers le matou et en lui campant entre les deux oreilles un sonore baiser, qu'il reçut d'ailleurs avec la plus ingrate indifférence.

— Ne te scandalise pas, monsieur le Substitut, dit alors le sculpteur. Je te présente Bonnet-à-poils, quelque chose comme le maître de la maison... Dame ! tu sais, nous ne sommes pas ici dans le monde officiel... Tu vois, je n'ai pas mis tous mes ordres pour manger cette soupe aux lentilles... Et, d'ailleurs, le décret de messidor n'a pas prévu la place du chat dans les cérémonies...Mais la patronne ne digérerait pas son dîner si Bonnet-à-poils n'en avait pas eu sa part, servie sur le bord de l'assiette... Que veux-tu, ajouta-t-il avec un peu de mélancolie dans la voix. Quand on n'a pas d'enfants, c'est forcé. On devient bête pour les bêtes.

Pendant tout le repas, Donadieu, très heureux de retrouver son vieil ami, fut de la plus amusante gaieté et débita mille folies qui ramenèrent le sourire sur les lèvres attristées de Chrétien. La bonne Héloïse riait de tout son cœur, elle aussi, du pittoresque bavardage de son mari, sans négliger cependant Bonnet-à-poils, qui était, décidément, un personnage très considérable à ses yeux. Elle lui donnait les meilleurs morceaux, tout en le traitant de vieux scélérat, l'accusait d'hypocrisie, de traîtrise, de toutes sortes de défauts et de vices, sans que le sage et tranquille animal parût ému le moindrement par cette averse de tendres injures.

Et comme Chrétien, par complaisance, grattait le chat sous le cou, admirait son fauve pelage :

— Donadieu a raison, dit Héloïse. Nous n'aimerions pas plus un bébé... Il nous a donné assez d'inquiétude, l'hiver dernier, la grande canaille... Il n'est plus jeune... Sept ans... Figurez-vous, monsieur Lescuyer, qu'il était cousu de rhumatismes. Et cet imbécile de vétérinaire qui ordonnait le salicylate. Mais je n'ai pas voulu. On dit que ça porte au cerveau, cette drogue-là... Et Bonnet-à-poils est si intelligent !

Chrétien quitta ses amis, charmé par le spectacle de ce ménage si parfaitement uni, de cet intérieur d'artiste, de ces mœurs pleines de bonhomie et de simplicité.

— Comme ce Donadieu est heureux ! songeait-il avec un soupir de regret et d'envie, dans le wagon qui le ramenait à Caen. Ah ! ceux-là seuls ont raison qui acceptent la vie comme elle vient, qui ne sacrifient rien aux préjugés courants, à toutes les sottises sociales !... Quant à moi, c'est bien fini... Je n'ai pas pu réparer mon crime de jeunesse, et il me faudra vivre avec ce poids sur la conscience.

Il rentra chez lui, se cloîtra dans sa lugubre demeure. Il s'abîma dans le devoir et dans l'étude. Sa petite fille, toujours bien débile, grandissait pourtant, s'élevait auprès de lui, entre les mains des servantes. Et des années s'écoulèrent monotones. Entouré de l'estime et de la compassion de tous, pour son intégrité, sa science, son veuvage fidèle, ses soucis paternels, M. Chrétien Lescuyer était cité comme un magistrat de premier mérite. Il fut nommé sur place procureur de la République, vit s'ouvrir devant lui un bel avenir. Mais il n'avait point d'ambition et ne demandait au travail qu'un opium pour engourdir son incurable tristesse. Avec le temps, le remords de sa mauvaise action s'usa un peu, le tourmenta moins. Pourtant, dans ses soirées de labeur solitaire, quand, fatigué, il posait sa plume et laissait flotter son esprit, parfois encore cette pensée lui revenait, subite et aiguë, qu'il y avait quelque part dans le vaste monde, un enfant sans père, un bâtard abandonné, qui le maudissait. Et alors cet homme malheureux était étreint à la gorge par une angoisse, et il entendait, dans sa poitrine, son cœur, son douloureux cœur, qui battait à coups sourds et réguliers.

Qui sait si ce n'était pas l'écho des pas du petit forçat, qui, là-bas, à la Colonie, marchait en lourds sabots, pendant des heures et des heures, autour de la chambre de discipline?

XIII

C'était vers six heures du soir, à la fin d'août. Il avait fait, tout l'après-midi, une chaleur accablante et pâteuse, bien que le soleil de la canicule, tamisé par des nuages blancs, n'eût pas brillé de la journée ; et le quai de l'Horloge, très étroit, qui longe la partie la plus ancienne du Palais de Justice, était presque absolument désert. Il n'y avait là, en ce moment, que le soldat en faction devant le guichet de la Conciergerie et un seul flâneur, accoudé sur le parapet, le menton dans ses deux mains, qui regardait couler la Seine.

Dans cette partie des quais de Paris, il n'y a point de bas-port, et la muraille tombe à pic dans le fleuve qui la baigne et qui, plus à l'étroit ici que partout ailleurs, devient très impétueux, se précipite avec des bouillonnements et des remous d'une physionomie inquiétante. L'endroit, en effet, est dangereux, du moins pour les petites embarcations. Un bon nageur même y courrait de grands risques. La première arche du Pont-au-Change, tout proche, est appelée, dans le monde des mariniers, « l'arche du Diable ». Plus d'un radeau de bois flotté, et même quelques chalands à gros ventre, sont venus se briser contre elle, emportés par la violence du courant.

Si l'homme qui regardait obstinément fuir cette eau rapide et comme irritée, avait un désir de suicide et songeait à se noyer, assurément, la place était bonne.

Il était jeune, à en juger par sa taille svelte et par l'abondance de ses cheveux noirs et ondulés, que coiffait un méchant chapeau de paille. Le très modeste « complet » gris, qui, depuis longtemps, s'était fané et déformé sur ce maigre corps, n'en pouvait plus, montrait la corde. Mais les mains propres, le linge présentable, les bottines cirées, tout révélait le pauvre qui ne s'abandonne pas, qui lutte encore, qui essaie d'être aussi bien tenu que possible.

Brusquement, mais avec un effort, et comme s'arrachant à la contemplation du fleuve, le jeune homme se redressa et fit quelques pas du côté du Pont-Neuf, en boitant un peu Son visage aux traits fins, mais pâle et creusé, où brillaient deux yeux noirs, barrés d'un épais et unique sourcil, exprimait la détresse morale. Il jeta un sombre regard sur les vieilles tours du Palais, puis, soit que la fatigue l'accablât, soit que la vue du fleuve exerçât sur lui une mystérieuse attraction, il s'accouda de nouveau sur la pierre du parapet, la tête dans ses mains, et resta dans cette attitude accablée.

Ce malheureux oisif, — l'observateur en rencontre souvent de pareils parmi la foule, — ce passant désespéré n'était autre que Chrétien Forgeat, l'ex-jeune détenu, libéré, aux termes de la loi, dès sa majorité et qui, depuis quatre ans, traînait la misère sur le pavé de Paris.

Qu'avait fait de ce jeune homme le système de moralisation appliqué si admirablement à la Colonie du Plateau, et qu'exaltaient, chaque année, des rapports écrits en prose glaireuse et enthousiaste, enfouis d'ailleurs, aussitôt que rédigés, au fond de cartons ministériels, d'où aucune puissance humaine et même divine n'était désormais capable de les extraire? Quels bons résultats avaient obtenus, sur le cœur et sur l'intelligence de ce pauvre diable, l'irascible bêtise du capitaine Caillou, la brutalité féroce des gardiens, le cachot, la chambre de discipline et la vie pêle-mêle avec un tas de petits drôles, pourris jusqu'aux moelles? L'arrosage des choux et des navets avait-il suscité dans son imagination le génie de l'églogue ou developpé ses facultés vers l'art de Triptolème et de Mathieu de Dombasle? Ou bien avait-il été emporté par une impérieuse vocation dans la noble carrière de la brosserie au rabais?

Disons-le tout bas. Le merveilleux programme de redressement, — agriculture, brosserie et mauvais traitements mêlés, — la parfaite méthode d'éducation pour l'enfance coupable ou abandonnée, qui avait valu à ses auteurs un tas de sinécures et du ruban rouge comme s'il en pleuvait, aurait probablement transformé Chrétien Forgeat en un jeune scélérat de la pire espèce, sans la présence, toute fortuite, dans cette affreuse Colonie du Plateau, de ce chétif maître d'école, de ce phtisique moribond, qui s'appelait Simon Benoît et qui s'était pris d'affection pour le petit détenu.

Tant qu'il vécut, cet agonisant, au cœur rempli de tendresse et de compassion, souffla, de son haleine épuisée, et entretint comme nous l'avons dit, la petite flamme d'honneur qui brûlait encore dans l'âme de ce pauvre enfant. Chrétien avait déjà l'âge de raison lorsqu'il perdit ce précieux ami, et il devait encore passer plusieurs années dans le cloaque moral de la Colonie. Mais, comme si le souvenir du cher mort eût veillé sur sa conscience, il atteignit, sans trop se corrompre, l'époque de sa libération.

Il croyait n'avoir à toucher que sa masse, à peine cent francs ; car c'était tout ce

SUR LA BANQUETTE DU WAGON DE « TROISIÈME »...

qu'il avait gagné à manier le bois et le crin pendant si longtemps, sans que diminuât d'un sou, malgré cela, le prix des brosses et des étrilles. Mais, à cette heure décisive, l'influence de Simon Benoit se fit encore sentir sur la destinée de Chrétien. Avant de mourir, le pauvre instituteur avait légué à son élève préféré toutes ses économies, une vingtaine de louis, plus sa montre, un lourd oignon d'or de forme ancienne, dont par une phrase de son testament, il suppliait le jeune homme de ne se défaire jamais. Le libéré était majeur; l'administration lui remit la somme et le bijou. Et, plus heureux que ses misérables compagnons, il n'était pas, quand on le jeta dehors, quasiment nu et sans ressources.

Sur la banquette du wagon de « troisième » qui le transportait à Paris, Chrétien Forgeat, enfin libre, les bras croisés sur sa poitrine et fermant les yeux pour que rien ne vînt le distraire de ses réflexions, fit des projets d'avenir. A sa sortie de la Colonie, on lui avait donné l'adresse d'un patron qui l'emploierait ; et c'était encore une faveur accordée au bon sujet, à l'ancien « pante ». Mais il se savait maladroit dans ce métier de brossier, condamné d'avance à n'y gagner qu'un très maigre salaire. Puis une répugnance lui venait déjà d'avouer sa flétrissure, de se présenter comme ex-pénitentiaire. Il avait plus d'ambition. Naguère, guidé et encouragé par Simon Benoît, non seulement il avait mené jusqu'au bout de bonnes études primaires, mais fait aussi d'utiles et substantielles lectures, appris un peu à penser. Avec de l'argent en poche, ayant du temps devant lui, il pouvait chercher, trouver quelque emploi de bureau, s'arranger une vie moins abrutissante que celle d'un ouvrier, s'éloigner surtout d'un milieu où il serait exposé à retrouver ses affreux camarades, où le passé le poursuivrait. Oui, il voulait essayer. L'instituteur lui avait jadis donné cent fois ce conseil. D'abord, il s'achèterait des vêtements convenables, surveillerait son langage qui charriait des mots d'argot, se donnerait, dans ses démarches, pour un jeune homme de province venu chercher fortune à Paris, comme il y en a tant, se contenterait, au début, de la situation la plus modeste. Ah ! s'il pouvait réussir, s'il pouvait oublier, effacer son odieuse adolescence, s'élever — oh ! pas beaucoup, mais d'un cran tout de même — dans cette société qu'il ne connaissait pas, mais qu'il sentait d'instinct si peu hospitalière ! S'il pouvait enfin donner raison et faire honneur à son maître, à son ami, dont, en ce moment même, avec une enfantine fierté, il sentait là, dans sa ceinture, la grosse montre d'or qui palpitait, palpitait tout près de son cœur !...

Hélas ! De quoi dépendent les meilleures résolutions? Maladroit, ayant assez piteuse mine sous ses pauvres habits de « monsieur » dans lesquels il se sentait gêné, Chrétien, sans recommandations, sans références, rencontra partout, dès ses premières tentatives, un accueil froid, méfiant.

— D'où venez-vous? Où étiez-vous auparavant? Que savez-vous faire?

A ces questions, posées avec brusquerie, il ne répondait que par des paroles balbutiées, où se devinait le mensonge. Tout d'abord, le marchand d'habits, l'hôtel, où il lui avait fallu payer une quinzaine d'avance, le bureau de placement, qui avait exigé une provision, appauvrirent son petit trésor. Puis, en allant à travers Paris, pour se rendre aux adresses indiquées par le placeur, l'ancien gamin du faubourg, le traîne-ruisseau de jadis, fut repris par son instinct de vagabondage. Il cherchait toujours à se placer, mais sans hâte. En sortant d'un magasin où le patron, la plume à l'oreille, l'avait éconduit d'un « repassez dans trois mois », il se disait : « Bah ! je serai plus heureux une autre fois. » Et il s'accordait alors toute une journée de flânerie, savourant les joies intimes de l'enfant de Paris longtemps privé de sa chère ville, jouissant de sa liberté. Il perdit de cette façon beaucoup de temps, succomba aussi aux tentations de la rue, à l'appel brutal des sens, goûta du triste vice des misérables.

Au moment où ses ressources étaient presque épuisées et où l'avenir commençait à l'inquiéter sérieusement, Chrétien trouva pourtant un gagne-pain. Oh ! bien médiocre. On l'accepta comme vendeur dans un bazar en plein vent, établi provisoirement au rez-de-chaussée d'une maison en construction. Mais il n'avait pas l'aplomb du camelot, le coup de gueule pour crier : « Voyez la *vinte*... Tout est à treize, dix-sept et vingt-sept. » Ses camarades, deux voyous pleins d'expérience, le prirent en grippe, le blaguèrent, lui donnant le sobriquet de « banban », à cause de son infirmité. Au bout de quinze jours, on le congédia.

Il ne réussit pas mieux dans deux ou trois autres tentatives et connut alors la noire misère. Chaque matin, menacé d'expulsion par le tenancier du misérable garni de la rue Grégoire-de-Tours, où il nichait sous les toits, dans un galetas, Chrétien entrait en chasse, cherchait inutilement du travail. Vaincu par la nécessité, il était allé déjà chez le patron à qui l'administration de la Colonie l'avait adressé. L'homme, un butor, le reçut fort mal :

— Mon garçon, il fallait venir quand on vous l'a dit... Maintenant, c'est la morte-saison... Et Dieu sait ce que vous êtes devenu, depuis trois mois que vous battez le pavé... J'en ai assez, du reste, des jeunes détenus.

Ailleurs, partout, ce fut toujours la même réponse : « Pas d'ouvrage. » Chrétien ménageait les derniers francs qui lui restaient en poche, se nourrissait seulement de pain et d'un peu de charcuterie, buvait à la Wallace.

Pourtant, quelle que fût sa détresse, il ne voulait pas désobéir au dernier vœu de Simon Benoît et il conservait toujours le gros oignon d'or. C'était pour lui une sorte de fétiche, de talisman. Tous les soirs, couché sur son grabat, il prenait la montre, la considérait fixement, en écoutait longtemps le tic tac régulier. Il lui semblait que, dans le boîtier de métal, quelque chose était encore vivant de son ami disparu. Non, la petite bête n'était pas morte ! La petite bête, c'est-à-dire la promesse de rester honnête qu'il avait si souvent faite au pauvre instituteur.

Un soir d'hiver, vers sept heures, Chrétien Forgeat, absolument au bout de ses ressources, longeait à pas lents la grille qui entoure le square de la tour Saint-Jacques. Plus rien en poche ? Où trouver les cinquante centimes du logeur, qu'il payait maintenant à la nuit? Et puis, il lui fallait bien quelques sous pour manger. Il avait déjeuné d'un petit pain, à midi. La faim grondait dans ses entrailles. Que faire ?

TIENS ! LE BOITEUX !

Soudain, comme le malheureux passait

dans le rayon d'un bec de gaz, un homme s'arrêta tout près de lui, fit un haut-le-corps de surprise et s'écria :

— Tiens ! le Boiteux !

Chrétien tressaillit. « Le Boiteux », c'était son surnom à la Colonie. Il considéra celui qui venait de l'interpeller, le reconnut sur-le-champ, et dit à son tour :

— Tiens ! Grosse-Caisse !

La rencontre déplaisait à Chrétien. Jusque-là, il avait eu la chance de ne trouver sur son chemin aucun de ses anciens compagnons. Et voilà qu'il se heurtait à l'un des pires.

Mahurel, dit Grosse-Caisse, car, dans la musique de la Colonie, — celle qui jouait la *Marseillaise* devant M. l'Inspecteur, — ce jeune colon frappait à coups de tampon sur le cylindre de peau d'âne ; Mahurel était issu d'une famille de criminels et jouissait naguère, au Plateau, d'une considération toute particulière, en sa qualité de petit-fils d'un condamné à mort. N'a pas qui veut un guillotiné parmi ses ancêtres. C'est l'aristocratie du bagne.

Chrétien n'était pas du même atelier que Mahurel et l'avait peu connu. Il se souvenait pourtant de Grosse-Caisse comme d'une brute parfaite.

La vie en liberté ne semblait pas avoir beaucoup perfectionné l'ancien « jeune détenu ». Avec sa veste en lambeaux et sa casquette de marinier à visière plate, Mahurel « marquait mal », comme on dit au faubourg ; et sa tête de bélier, au nez busqué et aux yeux ronds, était surtout remarquable par un teint terreux, qui aurait été plus convenable pour une pomme de terre en robe de chambre que pour un jeune homme faisant ses débuts dans le monde.

Après avoir examiné des pieds à la tête Chrétien, qui, malgré sa misère, était encore assez proprement mis :

— Mince de frusques ! dit Mahurel. Un complet, un « melon », du linge... T'as donc fait un héritage?... Paies-tu un verre?...

D'instinct, comme reconquis subitement par l'ignoble passé, Chrétien répondit d'une phrase sèche, mais en argot :

— Tu te trompes, mon vieux... Pas un rond.

Grosse-Caisse ricana bêtement :

— Pas un rond?... Alors, ça ne sert donc à rien d'avoir été sage comme une image à la Colonie et d'en être sorti avec des notes numéro un?... C'est-il Dieu possible? Les anciens « pantes », eux aussi, dans la purée...

— C'est comme ça, reprit Chrétien, poussé par le besoin que tous les malheureux ont de se plaindre. Pas un rond, absolument, et rien boulotté depuis midi.

— Eh bien ! dit Grosse-Caisse avec un rien de pitié dans le graillonnement de sa voix, papa est aussi dans la pommade, mais il est encore capable d'obliger un « camaro »... Viens avec moi au Châtelet... T'es toujours un peu bancroche ; mais je suis bien avec le père Ernest, le chef des figurants. Il te prendra quand même, et ce sera chacun notre pièce de vingt sous... et nous recommencerons demain si tu veux... Ça va-t-il?

Vingt sous ! De quoi payer le logeur et ne pas mourir de faim ! Chrétien n'avait pas à faire le dégoûté.

— Je crois bien que ça me va !... Et je te remercie, Mahurel,

Cinq minutes après, Chrétien et Grosse-Caisse avaient rejoint, dans une cour vitrée, derrière le théâtre, un groupe de blousards et de loqueteux, que vint bientôt passer en revue un vieux en ulster, à moustaches grises de soldat-laboureur, qui était M. Ernest en personne.

— Tu m'amènes des boiteux, maintenant, dit-il en ronchonnant, quand Grosse-Caisse lui présenta son ami. C'est ça, monsieur abuse de ce qu'il connaît un peu la mise en scène de la pièce pour caser ses protégés... Heureusement que j'ai là quelques beaux hommes pour faire les « seigneurs »... Quant à ton copain, tu sais, il est à peine bon pour fiche un « peuple »... Enfin, tu te charges de lui, n'est-ce pas?... Et pousse-lui le coude, hein? à la fin du « trois », pour qu'il gueule avec les autres : « Mort à Concini !... » Vous savez, on vous paiera à la fin du spectacle... Oust ! allez vous habiller.

Entre deux féeries, le théâtre du Châtelet venait de reprendre alors un vieux « mélo » du genre historique, dont l'action se déroulait autour de la mort du maréchal d'Ancre. Dans la chambrée des figurants, dégoûtante même pour un ancien prisonnier, Chrétien revêtit un vermineux costume, et, guidé par Grosse-Caisse, il représenta tant bien que mal l'un des hommes du peuple qui, au cours de la pièce, criaient : « Vive le Roi ! » sur le passage du jeune Louis XIII ou montraient le poing au favori de la Régente.

L'infortuné jeune homme eut la sensation qu'il était retombé dans son ignominie d'autrefois; car il retrouva, chez les voyous à qui il était mêlé, les physionomies et le langage trop connus des bagnes.

A la fin du « trois », M. Ernest, qui guidait les chœurs, se mêla lui-même à la bande des comparses.

— Attention à l'entrée de la Reine-Mère, disait-il en les poussant en scène... Et de l'ensemble, hein, mes enfants... A bas l'Italien ! Mort à Concini !

L'actrice, insultée par cette clameur, était une ancienne belle femme au type de Junon, aux appas de nourrice, parée comme une châsse.

Tandis que, se penchant vers le cabot qui marchait à ses côtés, elle lui disait à demi-voix, c'est-à-dire très haut, avec le trémolo nécessaire, et de façon à être entendue jusqu'aux troisièmes galeries : « Ah ! monsieur le maréchal, ce peuple vous hait ! » Grosse-Caisse murmura ce renseignement à l'oreille de Chrétien :

— C'est madame Armand... Celle qui était si belle du temps de Badingue... Et tu sais, sa parure, rien en toc !... Pige-moi ce collier, ces pendants d'oreille... On dit qu'elle en a pour plus de deux cent mille balles... Eh ! le boiteux ! Si tu veux qu'on t'embauche encore demain, ne rate pas la réplique : « Mort à Concini ! »

Chrétien eut ses vingt sous ; et, le lendemain et les jours suivants, malgré le dégoût que lui inspirait son nouveau métier, il contribua, pour payer son garni et dîner de deux saucisses plates sur une miche de pain, à assurer par des cris séditieux le succès de la conspiration politique qui purgeait la France des intrigants italiens et vengeait la mort du feu roi.

Mais, un soir, au moment de la paie, il vit, auprès de M. Ernest, un gros homme en redingote à la papa, qui avait joliment besoin de porter le ruban rouge à la boutonnière pour n'être pas confondu avec un marchand de contremarques. Son nom circula tout de suite parmi les figurants, dans un murmure craintif et respectueux.

— Monsieur Maudit, le commissaire aux délégations...

— Eh bien, quoi ? grogna tout bas Grosse-Caisse. Qu'est-ce qu'il nous veut encore, ce roussin-là?... C'est-il de notre faute si madame Armand a perdu sa boucle d'oreilles?...

Pendant que les hommes défilaient devant M. Ernest pour toucher leur argent, M. Maudit les regarda l'un après l'autre dans les yeux, avec l'air attentif d'un chien de chasse ; et Chrétien eut un frisson sous le regard fixe et pesant du policier. Cependant la paie eut lieu sans incident.

Mais, le lendemain matin, en sortant de son bouge de la rue Grégoire-de-Tours, Chrétien fut tout surpris de trouver Mahurel qui le guettait sur le trottoir en face.

— Écoute, Boiteux, commença Grosse-Caisse, qui semblait à la fois inquiet et joyeux, et réponds-moi carrément. Je ne me trompe pas, hein?... Tu n'es pas capable de trahir un camarade, quoi qu'il fasse... un vieux frère qui t'a donné le moyen de vivre depuis huit jours?...

— Tu peux en être sûr, répondit Chrétien. On n'est pas un ingrat.

— Eh bien, voilà, reprit Mahurel. C'est moi qui ai trouvé, hier soir, la boucle d'oreille de madame Armand... Oh ! je ne l'ai pas « grinchée », ma parole !... Je l'ai ramassée par terre, dans la coulisse. Personne ne m'a vu... C'est tout en diamant, en vrai !... Ça vaut peut-être bien deux, trois billets de mille !... Une veine comme je n'en ai jamais eu, quoi?... Ce qu'on va s'en payer une, de noce !... Et à nous deux, tu sais. C'est moi qui régale...

Devant cette révélation, tout ce qu'il y avait encore d'honnête dans l'âme de Chrétien Forgeat s'était révolté. Ce fut plus fort que lui. Il ne put s'empêcher de dire à Mahurel :

— Prends garde, le bijou n'est pas à toi... Il vaut mieux le rendre. Tu auras une récompense...

Mais Grosse-Caisse, les yeux arrondis par l'étonnement, considérait son compagnon.

— Le rendre ! murmura-t-il avec une sourde colère. Le rendre ! Pour que madame Armand me colle un louis avec un : « C'est très bien, ça, mon « garçon !... » Eh bien, vrai ! Je ne te croyais pas si « moule » !... Non, mais regarde-moi un peu, je t'en prie. Est-ce que j'ai la tête du « Fidèle cocher » qu'on voit sur les enseignes, son fouet à la main et rapportant au bourgeois le portefeuille oublié dans son sapin?... Voyons, mon vieux. Je ne l'ai pas volé, ce bibelot, que je te dis. Tout ce qui tombe au fossé, c'est pour le soldat... Franchement, l'autre jour, quand tu te baladais sans un sou en poche, si tu avais trouvé vingt francs sur le trottoir, est-ce que tu les aurais portés chez le commissaire? Et encore les vingt francs auraient peut-être été perdus par un pauvre bougre que ça aurait fichu dans le pétrin... Mais madame Armand ! Une ancienne cocotte qui a gagné cheval et voiture, et un hôtel au Bois de Boulogne, à force de faire des heures en plus, et qui possède des bijoux plein un coffret, que sa femme de chambre apporte tous les soirs au théâtre !... Et, quand je ramasse une de ses boucles d'oreilles, il faut que je la lui rapporte, contre un méchant pourboire et pour le plaisir de m'entendre féliciter de ma vertu par cette vieille farceuse ! Pas si jobard, mon bonhomme !... Tu sais, le prix Montyon, ce n'est pas dans mon genre de beauté... Et puis, nom de D...! ce serait trop injuste, au bout du compte, si les crève-la-faim n'avaient pas une bonne aubaine de temps en temps.

Ce cynique langage, Chrétien Forgeat était depuis des années habitué à l'entendre. C'était celui de son premier compagnon de vagabondage, le petit Natole, quand il avait chipé une poignée de pruneaux à la devanture d'un épicier. C'était celui de presque tous les colons du Plateau, si bien moralisés pourtant par l'école de peloton et la culture des betteraves, *ense et aratro*.

— Après tout, fais comme tu voudras, finit-il par dire à Mahurel avec un haussement d'épaules. Je ne suis pas chargé de te faire de la morale, et tu sais que le secret restera entre nous... Mais, au fait, pourquoi... voyons... dans quel intérêt me l'as-tu confié?...

— Voyez-vous l'ingrat ! répondit Grosse-Caisse. Il me tombe un peu de galette. J'invite gentiment monsieur à tirer une bordée avec moi... On n'est pas un mufle, quoi? On n'aime pas à boire et à faire la noce tout seul... Et voilà tout ce qu'il trouve à me dire.

Mais Chrétien se méfiait, restait froid devant l'accès de cordialité de Mahurel, qui finit par ajouter, d'un air gêné, l'œil sournois :

— Et puis... Jouons franc jeu... C'est vrai, tu peux me rendre service... J'ai le bibelot, bon ! Mais comment en faire de la monnaie?... Au Mont-de-Piété? Non, on se méfierait... Alors, il n'y a plus que le père Soldmayer, le marchand de bric-à-brac de la rue Cadet... Oh ! celui-là, parbleu ! il est toujours prêt à acheter n'importe quoi, sans demander d'où ça vient ; mais ce qu'il est voleur, le sale Juif ! J'ai déjà fait quelques affaires avec lui... Oh ! des riens, des bêtises... que j'avais « trouvées ». Il est capable de m'offrir deux cents francs de la boucle d'oreille, qui vaut peut-être quinze fois plus. Il sait que je ne m'y connais pas... Alors, je m'étais dit... mais tu vas m'envoyer promener... Avec le Boiteux, ça irait tout seul... Il a un peu de toilette, il n'est pas vilain garçon... Je t'aurais mené chez le Juif comme un jeune homme que sa bonne amie a chargé de vendre un bijou... Le youpin l'aurait cru ou fait semblant de le croire... En tout cas, il aurait pensé : « Celui-là n'est pas un innocent comme Grosse-Caisse. Il est à la redresse, il sait à peu près le prix des diamants... » Et il nous lâchait, oui, il nous lâchait quinze ou dix-huit cents francs, dont je t'aurais donné le tiers... Et tout de suite je me serais payé un « complet » chez Godchaux, pour être aussi chic que toi, et l'on aurait monté à la Courtille, pour y dîner avec du « cacheté » et finir la soirée au bal Favier, où l'on aurait trouvé à placer son cœur jusqu'au lendemain matin... Mais monseigneur a des scrupules, et, plutôt que de tacher son hermine, il dira très bien zut à un copain dans l embarras, à un camarade qui, depuis huit jours, l'a tout de même empêché de dîner par cœur et de coucher à l'asile de nuit... Tiens, le Boiteux, veux-tu que je te dise?... Tu vas me refuser, j'en ai peur... Eh bien, en le faisant, tu seras aussi canaille que tous ces salauds de bourgeois et tous ces cochons d'honnêtes gens !

Pendant le hideux discours de Mahurel, un combat se livrait dans le cœur de Chrétien. Oh ! il avait très bien compris ce qu'on lui proposait. Il s'agissait de devenir à peu près le complice d'un vol, d'aider à en vendre le produit à un recéleur. Mais, à la Colonie, parmi les enfants de troupe de l'armée du mal, cette consigne était rigoureusement observée de ne jamais abandonner un ami. Si dépravée que soit la jeunesse, toujours un peu de générosité subsiste en elle. Chrétien avait conservé ce scrupule, ce point d'honneur du bagne. Il ne se crut pas le droit de dire non à ce misérable qui l'avait spontanément obligé, d'autant plus que le service réclamé était dangereux et compromettant.

— Eh bien, soit, dit-il brusquement. Je ferai ce que tu voudras... Allons chez ton juif.

— Chouette alors ! s'écria joyeusement Grosse-Caisse... Justement, voilà l'omnibus qu'il nous faut. Il me reste dix sous. Je paie l'impériale.

Une demi-heure après, ils descendaient au faubourg Montmartre en plein tumulte matinal, et, au coin de la rue Cadet, Mahurel désignait à son compagnon une étroite boutique, en lui disant :

— Nous y sommes.

C'était l'antre classique du marchand d'habits-galons, avec son pittoresque désordre et son attrayant mystère. Parmi les défroques pendues de chaque côté de la porte, se trouvaient le frac aux dorures rougies, qui, sur le dos d'un diplomate, avait jadis paradé dans les cours, ainsi que la veste pourrie de hussard, dont l'ancien porteur devait être maintenant, sans doute, aux compagnies de discipline pour vente d'équipements militaires. Un uniforme à palmes vertes constituait la seule trace d'immortalité laissée par un académicien défunt, et une grande trompe à la Dampierre évoquait la chasse à courre, la fanfare lointaine des débûchés et des hallalis, le brouillard de la forêt d'automne, le galop des habits rouges. Dans la vitrine, où traînaient de jaunes dentelles et des sébilles remplies de vieux boutons, quelques mélancoliques objets — miniatures vendues pour l'or du cadre, une flûte d'argent, deux ou trois croix d'honneur au ruban fané — contenaient des poèmes de misère. Ce vulgaire étalage offrait cependant un coin d'inquiétante originalité. Protégées par une sorte de coffret de verre, d'assez belles parures étincelaient ; et, sur l'étiquette de chacune, le prix, relativement minime, était marqué toujours au-dessus du mot : « Occasion ».

— Allons-y ! dit Mahurel à son compagnon, en le poussant devant lui.

Et, dans la demi-obscurité derrière un comptoir, Chrétien vit luire un front chauve. Soldmayer était là, en train de frotter un gros bracelet d'or avec un morceau de flanelle.

A l'aspect des deux visiteurs, il cacha très vivement le bracelet dans un tiroir, se leva et vint à leur rencontre.

Il n'avait nullement la mine et la tenue sordides d'un « chand d'habits ». C'était un juif de la petite espèce, grassouillet, bedonnant, à la pâleur scrofuleuse, âgé d'une quarantaine d'années environ, avec des favoris très noirs et un crâne en bille de billard, mais ayant du beau linge, correctement vêtu d'un complet bien taillé, et prétentieusement paré d'une grosse chaîne de gilet, d'un diamant à sa cravate et d'un binocle d'or sur son nez de gypaète.

Il n'aurait été nullement déplacé sous les piliers de la Bourse.

— Ah ! c'est vous, Grosse-Caisse, dit-il d'une voix pâteuse, après avoir examiné un instant les deux camarades avec méfiance. Mais je ne connais pas ce garçon-là?... Qu'est-ce qui vous amène?...

Alors, sans nommer Chrétien, Mahurel débita sa fable, dans son crapuleux langage.

— Un jeune homme, de qui une femme chic s'était toquée... Oh ! une cocotte de la haute, une gonzesse de prince... Tout lâché pour le Boiteux... On l'aimait pour lui-même, quoi !... Et la marquise « lavait » ses bijoux, l'un après l'autre... Cette fois-ci, c'était une boucle d'oreille... Des diamants magnifiques !... Elle n'avait pas voulu, comme pour l'autre pendant, mettre la chose au « clou » et bazarder la reconnaissance, parce qu'on y perdait trop... Et alors...

Mais Soldmayer l'interrompit par un rire épais.

— Tout ça, c'est des blagues, dit-il lourdement. La dame serait venue elle-même... N'importe. Montrez l'objet et je vous en donnerai un prix... un prix raisonnable... Seulement vous vous rappelez nos conventions. Une fois l'affaire faite, je ne vous connais plus, je ne vous ai jamais vus ni l'un ni l'autre...

Chrétien, à qui Mahurel avait confié la boucle d'oreille, enveloppée dans un bout de papier, la tira de son gousset et la présenta au juif. Une sueur de honte lui venait à la peau. Sa complaisance dans cette affaire lui apparaissait maintenant comme très coupable, lui faisait horreur.

Soldmayer s'était rapproché de sa vitrine, pour y mieux voir. Pendant deux longues minutes, il mania le bijou, examina avec attention les diamants d'où jaillissaient des feux. Puis, de sa voix pesante, il articula ce chiffre :

— Trois cents.

Grosse-Caisse eut un soubresaut.

— Vieux farceur ! s'écria-t-il. C'est pour rigoler, n'est-ce pas ?... Mais, vous savez... on ne la fait pas au Boiteux... Il est à la coule... Il sait les prix... Pas vrai, le Boiteux ?... Trois cents balles !... Alors, pas besoin de causer... Demi-tour, et filons chez « ma tante ».

— Au Mont-de-Piété, mes agneaux, dit le juif d'un ton péremptoire, il faut montrer des papiers, donner des adresses... Vous n'irez pas... Mais je suis bon enfant, j'irai jusqu'à vingt napoléons.

Alors, entre le voleur et le recéleur, commença un ennuyeux et ignoble marchandage. Au chiffre de mille francs, risqué par Mahurel, le juif pouffa d'un rire de ventriloque. Le voyou se mit à déployer toute son éloquence, feignit la colère, essaya de dérider son adversaire par des facéties.

— Allons, faites une risette à Bibi... On se contentera de huit papiers bleus !

Mais Soldmayer, imperturbable, les yeux toujours fixés, à travers son binocle d'or, sur le bijou qui brillait dans sa main, se contentait de répéter de temps en temps :

— Quatre cents... Quatre cents... Pas un sou de plus.

Et Chrétien, malgré les furieux regards de côté que lui lançait Mahurel, restait muet, consterné. Comment avait-il pu consentir à venir là ? Et, tout près de son cœur, que gonflaient le dégoût et le remords, il sentait, tout à coup, maintenant, palpiter la montre de Simon Benoît.

— Allons ! ce sera cinq cents francs, dit Soldmayer avec effort.

Et Mahurel, à bout de salive, consentit, d'un geste violent.

Chrétien vit alors le marchand de bric-à-brac, dans l'angle le plus obscur de sa boutique, écarter quelques loques, découvrir un petit coffre-fort logé dans la muraille et l'ouvrir avec précaution. Il vit, sur la tablette intérieure, à côté du portefeuille de cuir vert où l'homme prit quelques billets, un revolver, posé là en cas d'attaque soudaine pendant l'ouverture du meuble secret. Il vit cela, avec un frisson de tout le corps et une netteté de sensation presque douloureuse et il eut conscience qu'il n'oublierait jamais, jamais, cette boîte d'acier brillant dans ce coin ténébreux, cette arme prête, ce portefeuille lourd du produit de tant de vols !...

Brusquement le coffre-fort se ferma ; et, presque aussitôt, Chrétien se trouva dans la rue, entraîné par Grosse-Caisse, qui serrait dans sa main les bank-notes froissées.

— Tant pis, le Boiteux... murmura le voyou d'un ton de rancune. Je t'avais promis le tiers du « bénef »... Mais je ne te lâcherai que cent « balles », et je suis encore bien naïf... Pour ce que tu m'as aidé !... Le bijou vaut six fois plus que ce sale juif ne l'a payé... Et, si tu avais voulu desserrer les dents...

Mais Chrétien repoussa la main qui lui glissait le billet de banque. Toc, toc, toc, toc ! Comme il frappait impérieusement à son cœur, le souvenir de l'honnête ami ! Non, Chrétien n'eut pas même une seconde d'hésitation.

— Garde tout, Mahurel, dit-il avec un mouvement de recul. Je ne veux pas de cet argent. Garde tout... et adieu.

Et, laissant l'autre stupéfait, il traversa la chaussée, vivement, malgré sa boiterie, et s'enfuit, se cacha dans la foule du faubourg.

. . . .

Pendant quatre ans, Chrétien Forgeat, l'enfant abandonné, l'ancien « jeune détenu », vécut ainsi, sans faillir, ramassant du pain où il en trouvait, dans les métiers de la rue, comme les moineaux d'hiver trouvent leur nourriture dans le crottin. Bien vite, il avait dû renoncer à son ambition d'un emploi de bureau, découragé par ce vice rédhibitoire : il n'avait pas une belle écriture. La condition est essentielle, comme on sait, pour s'installer sur le plus humble rond de cuir, et Napoléon lui-même, de qui les autographes sont illisibles, n'aurait pu occuper le moindre poste d'expéditionnaire. Partout on disait au pauvre diable, qui avait pourtant du zèle et de l'intelligence : « Impossible de rien faire de vous. Il nous faut une belle main. » De santé débile, un peu infirme, sans grande énergie, Chrétien ne pouvait guère offrir que son temps. Mais cela ne vaut pas cher, c'est pour rien, la journée d'un homme sans métier. Trop heureux encore quand il trouvait à se louer, à vendre ses heures. On ne lui confiait que les besognes que peut faire n'importe qui. Par les juillets torrides, par les boueux janviers, il stationna au coin des carrefours, distribuant des prospectus, traîna le long des boulevards, en maniant un jouet, exerça les états de misère.

Pas la moindre chance. Deux ou trois fois, il obtint des places fixes. Il fut assez longtemps racoleur à la porte d'un petit magasin de confections pour hommes, puis clerc pour faire les courses chez un agent d'affaires. Mais le fripier fit faillite ; l'homme de loi, véreux, fut arrêté. Et Chrétien retombait toujours aux bas-fonds, couchant dans les sinistres garnis à lanterne, mangeant — pas tous les jours — dans les puantes crèmeries.

Qui rencontrait-il, qui pouvait-il connaître là, dans cette fange? Beaucoup de misérables, quelques gredins, parfois un ancien colon du Plateau, resté vagabond, devenu voleur. Chrétien, démoralisé, ne l'évitait même plus, répondait à son : « Tiens ! le Boiteux », par une poignée de main, un mot de camarade, acceptait sans vergogne un verre de vin ou un bock payé par le bandit. Quand l'homme lui contait son dernier coup, s'en vantait même, le malheureux enfant se taisait, ne sentait presque plus en lui de répulsion secrète, avait parfois un rire de complaisance. Ses derniers scrupules d'honnêteté se dissolvaient. La vie était trop affreuse, le monde trop dur, la société trop impitoyable ! Son esprit se penchait sur les mauvaises tentations. Il marchait tout au bord du crime et s'étonnait de n'y être pas encore tombé.

Quand il lui arrivait une aubaine, — c'était bien rare, — quand un peu d'argent sonnait dans sa poche, il le dépensait aussitôt dans quelque piteuse et brusque débauche. Cet homme de vingt-cinq ans, d'un visage fin et doux, bien fait malgré sa légère claudication, et qui, dans sa détresse, avait toujours, par une délicatesse naturelle, pris garde au soin de sa personne, à la propreté de ses vêtements, ne connaissait de l'amour que ce qu'on en trouve sur le trottoir.

Près de ce cœur, que la misère durcissait chaque jour davantage, la montre de Simon Benoît ne palpitait plus. Il était « accroché » depuis longtemps, le vieil oignon d'or. Pourtant, par un reste de pieux souvenir, Chrétien avait toujours inventé les quelques francs nécessaires pour renouveler l'engagement. Superstitieux, il portait sur lui, dans un méchant calepin, la reconnaissance du Mont-de-Piété ; et même, aux pires moments de son atroce existence, même quand la colère contre le devoir lui montrait au cerveau, il croyait encore sentir, là où était le papier, le toc toc de la montre, qui lui frappait la poitrine en signe de reproche et d'avertissement.

XIV

Par cet étouffant soir d'août, où Chrétien Forgeat, accoudé sur le parapet du quai, regardait, sans la voir, la Seine se précipiter furieusement sous l'arche du Diable, le malheureux était à bout de courage.

Depuis huit jours, il avait en vain cherché un travail quelconque. Il n'avait rien, absolument rien trouvé dans ce Paris si triste et si vide du milieu de l'été, de la morte-saison. Ce jeune homme, à peu près décemment mis, au linge propre, — la blanchisseuse lui faisant un peu de crédit, — était resté à jeun jusqu'à quatre heures de l'après-midi, n'ayant pas un sou, exactement. Comme il errait en chancelant d'inanition, dans le lacis de ruelles autour de Saint-Séverin, il avait vu un petit garçon, qui sortait de l'école, jeter un croûton dans le ruisseau. Il l'avait ramassé, dévoré, avec un regard de loup. Puis un peu moins faible, il s'était traîné jusqu'au quai, et il était là depuis deux heures, abruti de chagrin et de fatigue, devant l'eau qui coulait.

Enjamber cette margelle, se laisser tomber dans le fleuve, en finir? Il n'y songea pas. Songeait-il même à quelque chose? Non. Ayant moins faim que tout à l'heure, il était envahi par une sorte d'engourdissement, pas trop douloureux, et il restait là, les yeux inconsciemment et obstinément fixés sur les remous du fleuve, qui tournoyaient et se tordaient au-dessous de lui.

Le premier coup de sept heures, sonnant à l'horloge du Palais, le tira de sa torpeur. Il tressaillit, comme réveillé en sursaut. Toute l'horreur de sa situation lui revint à l'esprit. Ah çà ! il fallait se remuer ; on ne pouvait pourtant rester ainsi sans rien à « boulotter ».

Et tout à coup, il se souvint de ce papier du Mont-de-Piété, qu'il portait toujours sur lui. Oui, cette ressource-là lui restait encore. La vieille montre, rien qu'au poids de l'or, valait plus de cent francs, et il ne l'avait mise en gage que pour quarante. Il pourrait vendre la reconnaissance. Ce serait vingt-cinq, trente francs peut-être... Pas moins de trente francs, non !... Ce serait, pour quelques jours, l'existence assurée... ou, plutôt, — car il eut alors une révolte de tempérament, un de ces furieux besoins de jouir qui flambent dans l'âme des misérables, — ce serait, pour ce soir, pour tout à l'heure, un repas de Gamache, avec le litre et le pousse-café, et une longue digestion, le cigare au bec, devant un double bock, à la terrasse d'une brasserie qu'il connaissait bien et où venaient des filles pas bégueules à qui l'on n'avait qu'à faire un signe.

Tant pis pour Simon Benoît, avec sa bête de recommandation de ne jamais se défaire de la vieille montre! Il n'avait guère porté bonheur à Chrétien, le fétiche. Pas plus que la morale du maître d'école, d'ailleurs. Où en était son élève, après quatre ans d'efforts pour rester honnête garçon? A ramasser les croûtes dans le ruisseau. Zut pour les souvenirs ! Où achète-t-on les reconnaissances du Mont-de-Piété, qu'il y coure? Parbleu, il y a bien ce juif de la rue Cadet, chez qui il est allé jadis avec Grosse-Caisse... Oh! un filou ! Mais tous les brocanteurs se valent. Autant celui-là qu'un autre. Et puis, s'il ne veut pas lâcher les trente francs, on essayera ailleurs. Allons toujours voir s'il n'a pas fermé boutique.

Et l'affamé, un peu raffermi par l'espoir, se mit en route. Il gagna les Halles, suivit la rue Montmartre.

Le jour tombait. Ce qu'on voyait du ciel, entre les maisons hautes, était couleur de plomb. Mais, dans la profondeur des rues, où grouillait la foule, où les voitures filaient avec fracas, dans la hâte de cette fin de journée, il faisait déjà sombre. La nuit semblait en avance, et quelques marchands de vins seulement, çà et là, allumaient leur gaz.

— Dur à la détente, le juif, songeait Chrétien, et pas confiant pour deux sous... Je le vois encore ouvrant sa cachette, derrière les frusques... Il avait tout de même là un revolver, chargé, tout prêt, sous la main, et il n'aurait pas fait bon de toucher à sa galette... Sale voleur ! Pourvu qu'il me donne mes trente francs. Car ce soir, il n'y a pas à dire, faut que je tire une bordée.

Il arriva devant la boutique du juif, dont la vitrine était obscure et qu'éclairait, à l'intérieur, un seul bec de gaz. Il y entra résolument.

Comme autrefois, il vit luire d'abord le crâne ivoirin du brocanteur, qui écrivait, assis à son comptoir.

— Que désirez-vous? demanda Soldmayer en relevant la tête.

Chrétien tira de sa poche son petit calepin, l'ouvrit, y prit la reconnaissance et la présenta au juif en disant :

— Combien me donnez-vous de ceci?...

L'homme n'avait point changé depuis quatre ans. C'était toujours le même petit juif, gras et blafard, avec la même toilette prétentieuse et pas un poil blanc dans ses favoris touffus. Il mit son binocle d'or sur son nez de vautour, lut le papier,

regarda le client avec attention, puis, comme frappé par un souvenir, il eut une grimace de méfiance.

— Mais dites donc, vous... Je vous connais, murmura-t-il sourdement. Vous êtes venu me voir, dans le temps... oui, avec Grosse-Caisse.

Chrétien tressaillit. Ainsi, le brocanteur le reconnaissait, et parce qu'il l'avait vu en compagnie d'un voleur, il allait sans doute en profiter pour le filouter. Ah ! mais non, par exemple, Il voulait ses trente francs, pas un sou de moins.

— Ce pauvre Grosse-Caisse ! reprit le juif. Est-ce qu'il vous a écrit de la « Nouvelle »?... Aussi, quelle idée de se fourrer dans cette bande qui « rinçait » les maisons de campagne à Bois-Colombes... Rien à faire, dans ces affaires-là, ou presque rien... Et le voilà tout de même là-bas, avec ses cinq ans à tirer... Vrai? Vous ne savez pas comment il se trouve, à Nouméa, vous, son camarade?...

Chrétien, qui ne savait même pas que

Grosse-Caisse fût au bagne, commença à s'impatienter.

— Croyez-moi si vous voulez, dit-il. Je ne suis pas un voleur et je n'ai pas revu Mahurel depuis le jour où nous sommes venus ici tous les deux... Et puis, ce n'est pas de ça qu'il s'agit... Que pouvez-vous me donner de cette reconnaissance?...

Soldmayer fit une moue ignoble.

— Les papiers du Mont-de-Piété, vous savez, je n'aime pas beaucoup ça... Il prête toujours trop, le Mont-de-Piété... Une montre en or, engagée pour quarante francs?... Je vois ça d'ici, une vieille toquante, un oignon de famille... J'ai presque envie de ne pas risquer l'affaire...

Enfin, en souvenir de Grosse-Caisse...

Et, regardant brusquement Chrétien dans les yeux :

— Voulez-vous quinze francs?

— Allons donc! s'écria le jeune homme, La montre est vieille, c'est vrai, mais, rien qu'au poids de l'or, la boîte vaut cent francs... Soyez raisonnable, et donnez-m'en trente... Il vous en restera autant de bénéfice.

— Un placement de père de famille, alors! fit le juif avec un rire insolent. Non, ils sont étonnants, ces petits gigolots!... Ah çà, est-ce que vous croyez que j'ai gobé votre blague de l'autre fois, pour le pendant d'oreille?... Pour me faire avaler ça, mon fiston, il ne fallait pas vous faire accompagner par un gibier de cour d'assises comme Mahurel... Et vous allez peut-être me raconter que cette montre vous vient de votre grand'maman... Trente francs! Non, ils sont admirables, ces agneaux-là! Ils vous proposent des affaires dangereuses, où l'on ne sait pas de quoi il retourne, où l'on risque Mazas, et ils se donnent des airs de vous proposer des Consolidés anglais ou du papier de Rothschild!... Trente francs! Mais, mon garçon, ce serait une pauvre veuve avec une ribambelle d'orphelins qui me proposerait ça, que je refuserais, bien que j'aie bon cœur... J'ai dit quinze francs. Voulez-vous quinze francs?... Non?... Bonsoir.

Chrétien frémissait d'énervement et de colère. Une rage, une haine atroce et soudaine lui venait contre cet immonde personnage qui, voulant l'exploiter et le voler, l'humiliait, de plus, et l'insultait de ses bas sarcasmes. Il cachait dans sa poche sa main frémissante. Oh! quel plaisir ce serait de souffleter cette face grasse de coquin!

Mais quoi? Ailleurs, ce serait la même chose. Autant ce filou-là qu'un autre. Est-ce que ça existait, les honnêtes gens?

— En voilà assez, dit-il entre ses dents serrées. J'accepte.

Soldmayer ricana en haussant les épaules, puis fouilla dans son gousset, et, n'y trouvant pas sans doute la monnaie nécessaire, se dirigea vers le fond de sa boutique.

Et alors... dans le temps d'un jet de foudre!... Chrétien se rappela le coffre-fort dissimulé sous les loques pendantes, le revolver tout armé, le portefeuille plein de bank-notes... Et dans la même seconde, il conçut la pensée d'un crime!... Ah! téméraire, absurde, presque impraticable!... Dans la clarté de ce large papillon de gaz! A deux pas de cette porte ouverte sur le trottoir où grouillaient les passants!... N'importe! le monstrueux désir fondit sur Chrétien Forgeat, l'éblouit comme un coup de sang, fit courir la petite mort sur toute sa chair, lui arrêta le cœur!...

Soldmayer, à demi accroupi, écartant d'une main les vêtements suspendus, avait, de l'autre, ouvert sa cachette.

D'un seul bond, d'un bond de bête féroce, Chrétien fut sur lui, le renversa, et, avant que le juif, terrifié, eût poussé le cri d'épouvante, son agresseur prit vivement le revolver et le lui déchargea, par trois fois, en plein visage Le malheureux s'écroula dans l'angle du mur : et une fontaine de sang se mit à jaillir de son œil droit crevé, avec de petits hoquets.

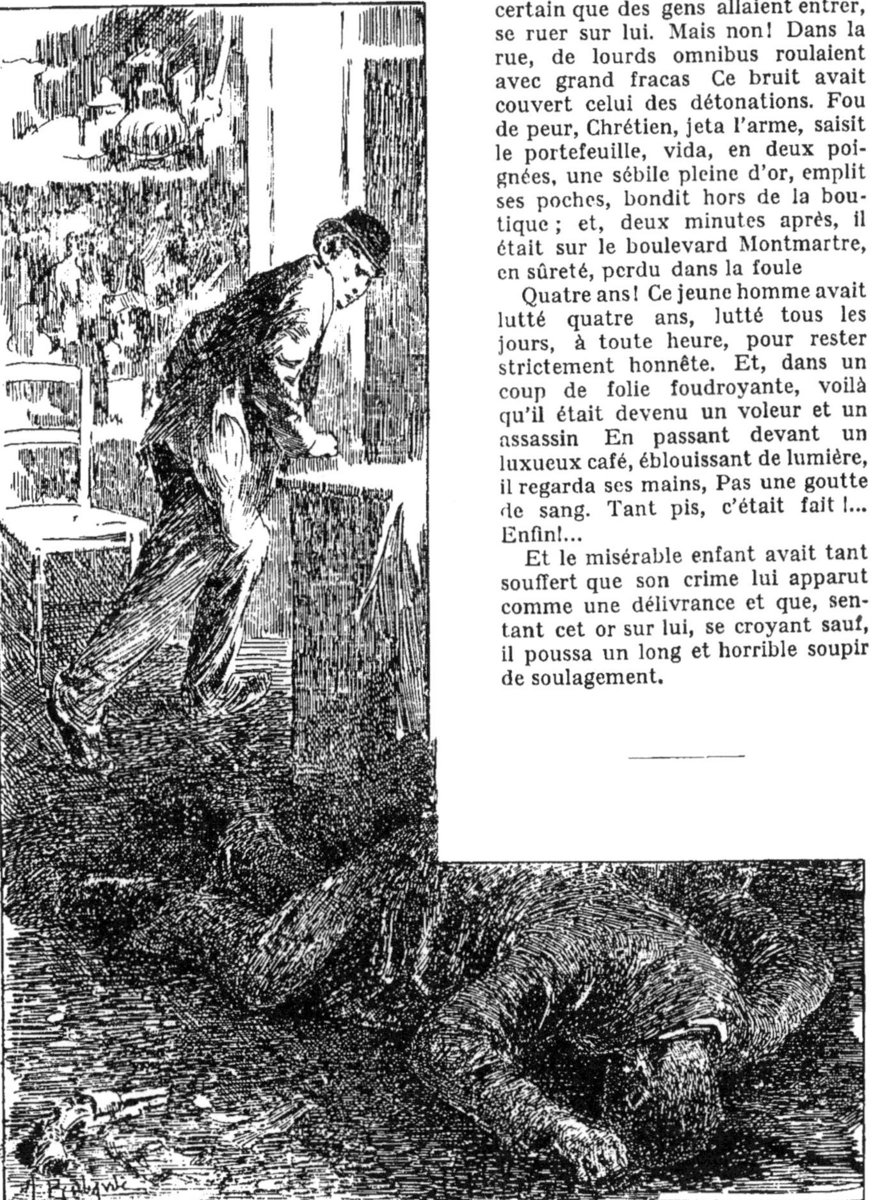

Alors Chrétien se retourna brusquement. Il avait la sensation que ses cheveux brûlaient. Il se retourna, certain que des gens allaient entrer, se ruer sur lui. Mais non! Dans la rue, de lourds omnibus roulaient avec grand fracas Ce bruit avait couvert celui des détonations. Fou de peur, Chrétien, jeta l'arme, saisit le portefeuille, vida, en deux poignées, une sébile pleine d'or, emplit ses poches, bondit hors de la boutique ; et, deux minutes après, il était sur le boulevard Montmartre, en sûreté, perdu dans la foule

Quatre ans! Ce jeune homme avait lutté quatre ans, lutté tous les jours, à toute heure, pour rester strictement honnête. Et, dans un coup de folie foudroyante, voilà qu'il était devenu un voleur et un assassin En passant devant un luxueux café, éblouissant de lumière, il regarda ses mains, Pas une goutte de sang. Tant pis, c'était fait !... Enfin!...

Et le misérable enfant avait tant souffert que son crime lui apparut comme une délivrance et que, sentant cet or sur lui, se croyant sauf, il poussa un long et horrible soupir de soulagement.

XV

Le lendemain du jour où cet assassinat fut commis, M. Chrétien Lescuyer, avocat général à la Cour de Paris, avait passé l'après-midi à travailler dans son vaste cabinet, dont les deux hautes fenêtres s'ouvraient sur la place Royale.

Maintenant, bien qu'il eût à peine atteint la cinquantaine, Chrétien Lescuyer avait l'aspect d'un vieillard, et, plus que jamais, il offrait une ressemblance frappante avec son défunt père. Dans cette pièce sombre, entouré de vieux bouquins et courbé sur un bureau encombré de paperasses, il écrivait attentif, avec un froncement de ces épais sourcils qui lui barraient le front et lui couvraient les yeux de leur broussaille grise.

M. Lescuyer avait fait une belle carrière ; il n'en était pas moins un homme malheureux.

Veuf de très bonne heure, il avait passé près de vingt années à regarder souffrir et mourir lentement sa fille unique, pauvre poitrinaire, qui s'était éteinte dans ses bras, l'année précédente. Le travail seul — un travail opiniâtre — avait rempli cette existence lugubre. Il s'était attelé à un énorme ouvrage de droit pénal, et, par la publication des cinq premiers volumes, avait conquis une place d'élite parmi les jurisconsultes. Au parquet de Paris, dont il était membre depuis plusieurs années, on faisait grand cas de son profond savoir et de sa sévère éloquence. Très estimé de ses supérieurs et de ses collègues, il aurait pu aspirer aux plus hauts postes de la magistrature ; mais, sans ambition, il se laissait distancer par les habiles. Cet homme froid, d'une absolue dignité de mœurs et de caractère, n'aimait et ne désirait que le travail. Tout le reste ne lui inspirait que lassitude et dégoût, lui paraissait indigne d'un désir et d'un effort.

Depuis la mort de sa fille, M. Lescuyer s'était plongé encore plus à fond dans le labeur et dans la solitude, et, par ce torride et orageux mois d'août, bien que les vacances judiciaires fussent commencées, il s'attardait à Paris, jour et nuit la plume à la main, s'acharnant sur le sixième volume de son grand ouvrage. Cet homme, qui avait débuté dans la vie par une faute grave, ne l'avait pas oubliée. Il en gardait sinon le remords, du moins le souvenir fréquent, douloureux. En vain se disait-il que, ayant beaucoup souffert, il avait expié. Sa conscience conservait un scrupule. « Je juge, songeait-il parfois, je juge moi qui ai fait le mal et n'ai pu le réparer. » Et, dans les vieilles lois, dans les textes vénérables, il cherchait obstinément, avec un vague besoin d'excuse pour lui-même, la preuve que le magistrat est nécessaire et que la société ne lui donne pas seulement le pouvoir de châtier comme un droit légitime, mais le lui impose comme un impérieux devoir.

Ce jour-là, cependant, l'atmosphère accablante, la chaleur de plomb découragèrent l'obstiné travailleur.

— Assez pour aujourd'hui, dit-il, en repoussant l'in-quarto des *Coutumes du Cotentin* dans lequel il venait de copier une sentence. J'étouffe. Il faut absolument que j'aille un peu prendre l'air.

Il s'approcha d'une fenêtre, regarda le mélancolique décor : le ciel bas et fauve, cette place Royale où plane une sensation de grandeur déchue, les façades de pierre jaune et de brique rose, la lourde statue de Louis XIII, les rares passants du jardin poudreux, les arbres roux et dépouillés à demi par l'automne prématuré desgrandes villes.

— Sortons, dit-il tout haut. Je suis par rop seul !... Quelle vie !...

Il s'en alla par les rues, marchant lentement, au hasard.

Et le souvenir lui vint alors de Donadieu, son camarade d'enfance, son seul ami intime, qu'il n'avait pas vu depuis plusieurs mois, tant il était devenu sauvage.

Le sculpteur, tout à fait célèbre et arrivé, — l'habit vert, la médaille d'honneur, la rosette, toute la sacrée boutique comme il disait gaiement, — n'avait pas, malgré cela, fait fortune. Cependant il « décrochait » plus régulièrement la commande, vivait dans une aisance relative. Fidèle à sa chère rive gauche, il habitait, rue Notre-Dame-des-Champs, un pavillon avec vaste atelier et jardin grand comme un mouchoir de poche.

— Il n'y pousse que des soleils, comme dans le jardin de l'aiguilleur, en pleine gare Saint-Lazare, avouait Donadieu, qui, sous sa tignasse blanche, n'avait pas perdu sa blague de vieux gavroche. C'est à ce point que, le soir, quand je fume ma pipe, j'ai des souleurs. Je m'imagine que j'ai oublié le 64 supplémentaire et qu'il va tamponner le rapide du Havre.

Mais Héloïse était toute fière de cueillir là du cerfeuil pour la salade ; — Héloïse, une grosse dondon, maintenant, qui avait des boucles d'oreilles et une broche en diamants, pour dîner, une fois par hiver, à l'Institut, chez le Secrétaire perpétuel, mais toujours bonne, simple et joyeuse, venant parfois, en dépit des grandeurs, faire un bout de causette avec le modèle de son mari, pendant la pose, et conseillant maternellement à la jeune personne, nue comme un ver, de ne pas faire la noce et d'être fidèle à son petit homme.

Pour aller chez le sculpteur, Chrétien Lescuyer dut traverser le quartier Latin et le Jardin du Luxembourg. Habituellement, il évitait ces parages, où le guettaient de pénibles souvenirs de jeunesse Mais, ce jour-là, dans sa hâte de revoir ses amis, il n'y prit pas garde.

Comme il montait l'avenue de l'Observatoire, il remarqua, marchant devant lui et poussant une petite voiture d'enfant, une lourde personne, venue sans doute du prochain voisinage et peu soucieuse de toilette ; car elle était vêtue sans façon d'un peignoir bleu à pois blancs et coiffée d'un chapeau de paille de jardin. Il l'atteignit et la reconnut. C'était Héloïse, c'était madame Donadieu.

— Ah ! c'est vous, mon cher ami, lui dit-elle gaiement, de sa voix ronde de commère, en arrêtant la petite voiture, pour donner au magistrat une virile poignée de main. Vous venez nous voir, à la bonne heure ! Le « père Dieu » se plaignait encore, ces jours-ci, de votre disparition.

— Il va bien? demanda Lescuyer.

— Oui, et vous allez l'oir tout à l'heure. Il fait des courses, de l'autre côté de l'eau, et il m'a donné rendez-vous ici...

Vous dînez avec nous, n'est-ce pas... J'ai un melon magnifique.

Chrétien accepta, et, comme il regardait le gros bébé qui dormait profondément dans le chariot d'osier :

— C'est vrai ! s'écria Héloïse, vous ne connaissez pas encore l'Ogre !

— L'Ogre?... répéta le magistrat avec un peu d'étonnement.

— Oui, nous l'appelons comme ça, à cause de son bon appétit..

LE SCULPTEUR S'AVANÇAIT GAILLARDEMENT...

C'est un gosse que nous avons adopté, depuis six mois... Vous savez quel regret c'était, pour le «père Dieu» et moi, de n'avoir pas d'enfant... On s'était rabattu sur les animaux. Vous vous rappelez ce pauvre Bonnet-à-poils. Après lui, nous avons eu toutes sortes de bêtes, des oiseaux, des chiens, que nous aimions comme des personnes... et nous en avons encore, bien sûr... Il y a trois ans, dans notre trou de campagne, à Montfort-l'Amaury, mon mari voulait m'acheter un âne, pour me promener en petite charrette... Je deviens si forte, c'est désolant !... Mais je n'ai pas voulu. Je lui ai dit :

» — Non, tu sais, Dieu, je te connais... Dans quinze jours, l'âne entrera dans la chambre, et tu le laisseras coucher sur la descente de lit...

» Alors, comme le patron répétait toujours :

» — C'est charmant, les bêtes ; mais ça ne vaut pas, tout de même, un bébé.

» Ma foi ! j'ai fini par dire :

» — Eh bien, adoptons-en un...

» Et, un beau jour, nous sommes allés, bras dessus bras dessous, aux Enfants-Trouvés, où il n'y a que l'embarras du choix ; Dieu a signé un tas de papiers, et on nous a donné l'Ogre. »

Elle contait la chose tout simplement, et ses yeux de franchise et de bonté allaient de Lescuyer à l'enfant endormi.

— Quels braves gens vous faites, Donadieu et vous ! murmura le magistrat, cruellement mordu au cœur par le souvenir de sa fille morte et du bâtard abandonné.

— Sexe masculin. Vingt et un mois. Sevré. Ah ! ce n'est pas long. On vous sert la chose comme une livre de beurre chez la fruitière... Mais, voyez-vous, j'ai eu là une riche idée. Le « père Dieu » est enchanté d'avoir ce moutard, et nous l'aimons déjà comme s'il était né à la ménagerie... Pauvre petit ! Est-ce possible qu'il y ait des parents assez dénaturés?...

Mais la bonne Héloïse s'arrêta brusquement, au milieu de sa réflexion, et ajouta d'un ton plus bas :

— Non, il ne faut maudire personne. C'est la faute de la misère.

Chrétien Lescuyer, songeant à son passé, sentit une chaleur de honte monter à ses joues. Soudain, Héloïse s'écria :

— Voilà le « père Dieu » qui s'amène.

La crinière et la moustache blanchies avant l'âge, mais le visage jeune et sanguin, toujours alerte et robuste, le sculpteur s'avançait gaillardement, à l'aise dans son veston bleu-marine, où flamboyait la rosette rouge.

— Te voilà donc, lâcheur ! dit-il, en serrant la main de Lescuyer. Mais je suis bête. Tu pourrais m'en dire autant... Enfin, tu viens dîner avec nous... C'est gentil, ça... Et tu as bien choisi ton jour ; car, demain, nous filons à la campagne pour tout l'automne... Sois le bienvenu, mon petit Chrétien.

Le « petit Chrétien » était un grave magistrat, un vieil homme en deuil, à la physionomie sévère, à face bilieuse. Mais Donadieu l'appelait toujours ainsi, par une touchante habitude de vieux camarade.

— Héloïse t'a déjà présenté l'Ogre? ajouta l'artiste, avec un tendre regard vers l'enfant qui dormait toujours.

— Oui, répondit Lescuyer, je sais tout et je vous reconnais bien là tous les deux.

— Bah ! bah ! dit Donadieu avec une brusquerie blagueuse où il y avait la pudeur de sa bonne action. Le beau mérite !... Les animaux à quatre pattes ne nous suffisaient plus, voilà la vérité. Il nous fallait un bipède à langage articulé. Et nous sommes servis, va ! Ce gaillard-là ne se fiche plus par terre que tous les quinze pas, et, pour lui faire dire « papa » ou « pipi », il n'y a pas besoin de lui presser un ressort dans le ventre, comme aux bébés de carton qu'on vend passage de l'Opéra... Mais j'ai une faim ! Dis donc, la mère, ajouta-t-il en s'adressant à sa femme, si tu allais exciter la cuisinière... Sept heures vont sonner, et il faut encore que tu descendes à la cave chercher, pour Chrétien, une bouteille de derrière les fagots... Va devant. Je brouetterai le jeune homme.

— Et j'achèterai un gâteau, dit Héloïse qui fila par la rue Michelet.

Ils la suivirent, sans se presser. Donadieu, tout en poussant la petite voiture, se souvint du deuil de son ami et fut pris d'un scrupule délicat.

— Mon pauvre Chrétien, je suis stupide, avec mes joies de papa improvisé... J'oubliais ta douleur... Tu ne m'en veux pas?...

— Peux-tu croire? fit Lescuyer, dissimulant son émotion.

Chez Donadieu, on ne se mit pas à table tout de suite. Pour pouvoir dîner tranquillement, on procéda d'abord au souper de l'Ogre, à sa toilette de nuit... Accoudés à la table où la bonne le faisait manger, ses parents adoptifs le contemplaient avec un rire muet, extasié. C'était vraiment un bel enfant, plein de santé, de force et de vie, empoignant déjà et maniant lui-même sa cuiller.

— L'enfance de Gargantua, fit Lescuyer en souriant

— Et tu verras, tout à l'heure, s'exclama le sculpteur, quand on déshabillera ce monsieur... Superbe ! il a le ventre de l'*Enfant à l'oie*... J'ai déjà fait une esquisse...

Enfin, l'Ogre couché, bercé, endormi, les trois amis attaquèrent le potage, et l'on causa. Héloïse, qui était bien du peuple et qui, en vieille grisette, ne lisait dans les feuilles que l'article « tribunaux » et les faits divers, parla tout de suite du crime de la veille.

— Eh bien ! monsieur le Juge?... Qu'est-ce que vous dites de l'affaire de la rue Cadet?

L'Avocat général n'en savait pas le premier mot. La grosse blonde s'en étonna.

— Comment? Les assassinats, c'est pourtant votre partie... Un crime effrayant ! Un commerçant, un marchand d'habits-galons, tué dans sa boutique, à sept heures du soir, au cœur de Paris, dans une rue pleine de monde ! Et d'un coup de pistolet, encore ! Et personne n'a rien vu, rien entendu... Et l'assassin s'en est allé tranquillement, avec l'argent volé... Mais c'est à faire dresser les cheveux sur la tête, et on ne parlait que de cela, ce matin, chez tous mes fournisseurs. Vous n'avez donc pas lu *le Petit Journal*?

— Elle a raison, insista Donadieu en bouffonnant. A quoi t'intéresseras-tu, si tu restes froid pour les assassins?... Des gens qui te font vivre, qui te donnent de l'ouvrage... Ton pain, quoi?

Alors Héloïse raconta le crime, commenta les détails connus. Sans doute, ce brocanteur n'était pas une victime bien intéressante. Quelque recéleur, quelque prêteur à la petite semaine, tué probablement par une de ses pratiques. Ce qui stupéfiait la brave femme, c'était l'audace du criminel.

— Bah ! dit Lescuyer. Je gagerais qu'il n'ira pas bien loin dans sa fuite et qu'on l'arrêtera bientôt, si les choses sont comme vous dites... Je devine de quelle espèce est le bandit. Un « cheval de retour », sur qui la police a l'œil ouvert, qui va dépenser ostensiblement son argent et se fera pincer... A l'heure où nous parlons, il est peut-être déjà au Dépôt.

— Ma foi, tant pis ! qu'on lui coupe le cou, conclut l'instinctive Héloïse. Avec des gueux pareils, il n'y aurait pas moyen de dormir tranquille.

Mais Donadieu, moins simpliste, n'était pas partisan de la peine de mort.

— Comme tu y vas ! Comme tu y vas ! dit-il à sa femme. Qu'on déporte ces canailles-là, qu'on nous en débarrasse, à merveille... Mais la guillotine?... Ah ! ma pauvre amie, on voit bien que tu n'as jamais vu cette horreur-là.

Et, en quelques phrases pittoresques, l'artiste conta que des camarades l'avaient une fois, entraîné jusqu'à la place de la Roquette. Là, dans le frisson du matin, il avait assisté à une exécution.

En été, un ciel très pur. Le gaz pâlissait mais il y avait une grosse étoile qui n'en finissait pas de s'éteindre. Crapuleuse, la foule. Des chansons, des cris, des sifflets. Tout ignoble. Rien d'imposant. Fini, l'échafaud pour haranguer le peuple. La machine posée à plat par terre. Une espèce de jeu de Siam, avec le trou pour jeter les boules et gagner un lapin. Et le bourreau? Un petit gros, très commun, un type pour placer du vin, en redingote d'entrepreneur... Seulement, quand on avait commandé : « Portez armes ! » et quand l'homme avait paru... Ah ! l'on pouvait vivre mille ans, ça ne s'oubliait pas !... Tout ce monde, toute cette force, l'armée, la magistrature, *et cætera*, contre ce malheureux, ligotté, ficelé ! La société entière, quoi ? contre un saucisson !... Non, c'était épouvantable ! C'était trop lâche !...

— Il faut pourtant que le crime soit châtié, dit le magistrat d'une voix triste et dure. Il y a là un devoir social.

Mais le sculpteur, plus sensible que raisonnable, n'en voulut pas convenir. Il s'enflamma, discuta, et si vivement qu'il laissa trois fois s'éteindre sa pipe. La peine de mort, un reste de barbarie. Les lois, si incomplètes, pleines de lacunes, n'avaient pas le droit d'être impitoyables à ce point-là. On jugeait un homme sur un fait, pas sur l'ensemble, sur le total de sa vie. Et certaines infamies n'étaient pas prévues par le Code, restaient impunies.

— Tiens ! dit-il avec feu. Cette idée-là m'a encore tourmenté quand nous sommes allés, avec ma femme, aux Enfants-Trouvés, pour en ramener ce pauvre petit... Pas jolis, tu sais, pour la plupart, les fils de l'Amour. Des scrofuleux, des syphilitiques, avec des plaies, des croûtes, quelques-uns la tête énorme et pleine d'eau. Un tas de saletés qui leur viennent des parents... Nous n'avons pas trouvé notre gros gaillard d'Ogre du premier coup, je te prie de le croire... Et puis, même pour ceux qui, physiquement, ne sont pas des ratés, des « faits-en-fiacre », quel début dans la vie ! Et quel avenir !... Qu'est-ce qui les attend au sortir de l'hospice? La misère, le plongeon dans la purée... Si j'apprenais demain que l'assassin du juif de la rue Cadet est un ancien abandonné et si j'étais du jury quand il passera aux Assises, oh ! ce que je lui collerais les circonstances atténuantes !... Eh bien, sais-tu à qui je pensais devant tous ces petits malheureux? Au gredin, au père, qui avait lâché la maman, une pauvre diablesse mise par lui dans l'embarras ; car c'est toujours la même histoire... Maintenant, mon magistrat, fouille ton Code. Sur la recherche de la paternité, *motus !*... Voyons, la main sur la conscience, est-ce de la justice? Et le misérable qui plante là une fille grosse ne devrait-il pas tâter un peu de la prison?

Blême, les yeux baissés, une main sur la nappe et roulant machinalement entre ses doigts le pied de son petit verre, Chrétien Lescuyer écoutait, malgré la congestion qui bourdonnait dans ses oreilles, les paroles, crucifiantes pour lui, du brave homme.

Cependant la conversation prit un autre tour et les mauvais souvenirs du magistrat se dissipèrent. Donadieu raconta sa journée. Il était allé, là-bas, du côté de l'avenue de Villiers, dans le quartier des artistes chic, des peintres à l'hôtel, et il avait, notamment, visité un ancien camarade, un portraitiste tout à fait lancé depuis quelques années, qui gagnait des sommes folles à peindre les juives à millions et les belles rastaquouères. L'honnête sculpteur était incapable d'envie. Pourtant il ne pouvait s'empêcher de comparer sa longue et dure carrière à la rapide fortune de ce malin, sans vrai talent, et — tant pis ! — il ne se gênait pas pour exercer, sur l'habile homme, sa verve gamine.

— Non, blaguait Donadieu, vous ne pouvez pas vous faire une idée du luxe de ce farceur de Verdal !... Dès l'antichambre un groom, en veste à trois rangs de boutons, tout à fait faubourg Saint-Germain... A preuve qu'il a retiré son doigt de son nez pour prendre ma carte et la porter au patron sur un plateau d'argent... Et l'escalier ! Intimidant, l'escalier ! Tout en chêne sculpté, monumental ! Il y en a un comme ça à l'Ambigu, dont le père noble monte les trois premières marches pour maudire de plus haut... J'ai trouvé Verdal en train de peindre un caniche noir à bracelet d'argent dans le portrait d'une belle madame de l'Équateur, dont le mari a été président d'une république pendant cinq heures et demie, juste le temps de barboter la caisse... Et, pour que la pauvre bête tînt la pose, le larbin qui l'accompagnait lui mettait, de minute en minute, un petit morceau de sucre sur le bout du nez... Verdal m'a très bien reçu à cause de l'Institut, où il aura le toupet de se présenter un de ces jours... Oh ! il a été très aimable, mais sans interrompre sa besogne... Dame, il en peint toute la journée, comme on tricote des bas, des portraits à dix mille balles, et il s'enrichit comme un marchand de cochons. On prétend qu'il a pris l'habitude de ne se moucher qu'après le coucher du soleil, parce que ça lui coûtait un louis, chaque fois qu'il posait sa palette pour sonner du cor de chasse dans son mouchoir... Oui, mes enfants, c'est à ce point-là!... Son dernier rhume de cerveau lui a fait perdre trois mille francs.

veiller tard, et où la fraîcheur de la nuit pénétrait par la croisée entr'ouverte, il se sentit bien disposé, se frotta les mains.

— J'ai bien fait de sortir, se dit-il. Il faudra que j'aille souvent, à l'avenir, chez ces braves Donadieu... Et je travaillerai, ce soir, une heure ou deux avec plaisir.

Pourtant, avant de s'atteler de nouveau à la besogne, il prit le *Temps*, que son valet de chambre avait posé sur l'in-quarto des *Coutumes du Cotentin*, fit sauter la bande, parcourut les dernières nouvelles.

XVI

Vers onze heures, M. Lescuyer quitta les Donadieu, encore tout amusé de l'entretien. Le ciel, purifié, montrait des étoiles ; l'atmosphère était moins accablante. C'était une de ces tièdes nuits de Paris où les cafés, grands ouverts, étincellent, où s'attardent les promeneurs, où le boutiquier prend le frais sur le trottoir, en bras de chemise, à cheval sur une chaise. Le magistrat revint lentement vers la place Royale, distrait par les tableaux populaires de la rue, partageant le bien-être du petit monde. Il flâna, goûta la belle soirée. Il était dans une de ses bonnes heures.

En entrant dans son cabinet, où sa lampe l'attendait, car il avait coutume de

Tout de suite, ce titre lui sauta aux yeux : *Le Crime de la rue Cadet. Arrestation de l'assassin.*

— Ah ! oui, songea-t-il avec un demi-sourire. L'affaire qui passionne tellement cette bonne Héloïse... On tient donc le coupable. Tant mieux... Voici, pour l'excellente femme, matière à commérer, demain, avec sa fruitière...

Et, distraitement, il se mit à lire.

« La population parisienne, disait le journal, à qui l'assassinat du brocanteur de la rue Cadet a causé une émotion assez vive, sera satisfaite d'apprendre que l'assassin a été arrêté aujourd'hui, moins de vingt-quatre heures après l'accomplissement de son crime.

» Nos lecteurs se rappellent qu'une reconnaissance du Mont-de-Piété, toute maculée de sang, avait été ramassée près du corps de la victime. C'était là une précieuse indication pour la police, qui se mit aussitôt à la recherche de l'individu dont cette reconnaissance portait le nom et qui — on le sait à présent — n'est autre que le coupable.

» C'est un nommé Chrétien Forgeat... »

Ici, Chrétien Lescuyer s'arrêta net, glacé d'un frisson soudain.

Chrétien Forgeat!... Mais *Forgeat*, c'était le nom de Perrinette, et *Chrétien*, c'était, le prénom qu'elle avait donné à son fils, après l'abandon, en souvenir de lui, Chrétien Lescuyer. *Chrétien Forgeat!* Ah ! il le connaissait bien, ce nom. Il l'avait assez souvent prononcé, écrit, répandu, jadis, quand il avait fait tant de vains efforts pour retrouver les traces de la mère et de l'enfant. Ce nom de baptême, *Chrétien*, est rare. Qu'il se trouvât accolé à ce nom de famille, *Forgeat*, ce ne pouvait être par hasard. Pas de doute possible. Il s'agissait du fils de Perrinette, du sien peut-être !... Et voilà maintenant qu'il retrouvait l'enfant perdu, et que c'était un assassin et un voleur, et que ce nom, qu'il avait crié à tous les échos, il le voyait par l'imagination flamboyer sur ce papier sanglant, ramassé près d'un cadavre et donnant la trace et la preuve d'un crime affreux !

Assommé par le coup, dans une sorte d'hébétude, le magistrat poursuivit sa lecture.

« On ne saurait trop louer, dans cette circonstance, l'habileté et la promptitude de la police. L'inspecteur Bosse, qui est spécialement chargé, comme on le sait, de la surveillance des garnis, connaissait de vue un Chrétien Forgeat, âgé de vingt-cinq ans environ, sorte de bohémien, ancien élève de la Colonie agricole du Plateau, et demeuré en relations avec plusieurs repris de justice ou individus suspects sortis comme lui de cet établissement pénitentiaire. Les soupçons se portaient donc tout naturellement sur ce jeune homme, dont le casier judiciaire est encore intact, à la vérité, mais qui n'a ni profession habituelle, ni moyens d'existence connus, et qui n'a exercé jusqu'à présent que des métiers de hasard, tels que ceux de camelot et de figurant.

» Dans la supposition — à présent confirmée — que Forgeat fût le coupable, on pouvait aisément reconstituer la scène du crime. Forgeat se serait présenté chez Soldmayer pour lui vendre cette reconnaissance du Mont-de-Piété et aurait tué le brocanteur au moment où celui-ci ouvrait son coffre-fort. Mais, dans sa précipitation à fuir, après ce crime d'une audace inouïe, commis dans une boutique ouverte et éclairée, et, pour ainsi dire, en pleine rue, l'assassin aurait laissé là son arme et le papier compromettant.

» Des agents se rendirent immédiatement à l'hôtel borgne du boulevard Rochechouart, où Chrétien Forgeat loge depuis plusieurs semaines. Mais le locataire ne rentra pas dans la nuit.

» Heureusement, par l'inspecteur Bosse, on avait le signalement exact du fugitif, qui, entre autres particularités, boite légèrement de la jambe gauche. C'est grâce à ces indications que l'agent de la sûreté Melon, dont nous avons si souvent à enregistrer les actes de hardiesse, a pu reconnaître et arrêter Forgeat, à la gare du Nord, au moment où il venait de prendre son billet pour Bruxelles et où il se disposait à monter dans le train de onze heures trente.

» L'assassin, sur qui l'on a trouvé une somme assez importante en or et en billets de banque, n'a pas fait de difficultés, d'ailleurs, pour avouer son crime. Il essaie seulement de nier la préméditation et prétend — ce qui semble bien invraisemblable — qu'il est entré chez Soldmayer sans arme et sans coupable dessein, et que c'est la seule vue d'un revolver placé dans le coffre-fort qui lui a brusquement inspiré la pensée de tuer le juif.

» Chrétien Forgeat a été écroué au Dépôt à deux heures. »

Cet article de journal, complétant le récit de madame Donadieu, non seulement évoquait devant l'esprit du magistrat le crime dans tous ses détails, mais lui permettait d'en deviner les causes et les origines ; car c'était une histoire banale et qu'il connaissait jusqu'à la satiété, celle de l'ancien jeune détenu, lâché dans la vie et devenant tour à tour vagabond, voleur, assassin. Maintes fois, dans sa carrière de juge, il avait eu à requérir contre de tels misérables ; mais, par une de ces inconséquences qui sont le fond même de l'homme, jamais il n'avait pensé, devant eux, à sa mauvaise action d'autrefois, jamais il ne s'était dit alors que l'enfant de la pauvre fille abandonnée par lui existait peut-être et était menacé du même sort que ces parias.

Il les revoyait par le souvenir, à présent, assis sur le banc des accusés, le dos rond et la tête basse, ceux que son doigt tendu, sortant de la manche rouge, montrait aux jurés d'un geste sévère, ceux qu'il accablait de sa dure parole, réclamant contre eux toute la rigueur des lois. Il en avait envoyé plusieurs en prison et au bagne. Contre l'un d'eux même, coupable d'assassinat et de vol, il avait obtenu la peine de mort. Et tout cela, sans une hésitation, sans un scrupule, la conscience tranquille. Vainement, pour cette espèce d'accusés, toujours la même excuse — l'absence de famille, d'éducation morale — était invoquée par les défenseurs. Dans ses répliques, orateur impitoyable, l'avocat général mettait les jurés en garde contre cette sensiblerie, s'attachant au seul fait, au crime commis, — l'accusé est-il coupable? oui ou non? — les adjurant de punir, au nom de la société qui doit se défendre et se venger.

Non, ce n'était pas possible ! Ce serait trop monstrueux ! Il n'était pas le père de cet assassin, de ce voleur, de ce bandit. La mère n'était qu'une fille, allons ! Et toutes les mauvaises raisons que s'était données jadis le jeune étudiant, pour abandonner sa maîtresse enceinte, le vieux magistrat, dont toute la vie, sauf cette faute, avait été pure et intègre, tâchait de se les rappeler, de s'en convaincre. Mais, brusquement, le remords de son ancienne lâcheté le mordait au cœur de nouveau, plus aigu, plus cruel que jamais ; et il était pris d'une honte, d'un dégoût de lui-même.

Fiévreux, congestionné, tout le corps souvent secoué d'un frisson, M. Lescuyer arpentait machinalement son cabinet. Vingt fois il avait pris et rejeté l'affreux journal, vingt fois relu le récit de cette arrestation et ce nom de Chrétien Forgeat, qui lui paraissait fulgurer sur le papier. Dans son égarement et dans sa détresse, stupéfait de l'événement, absorbé dans ses pensées et dans ses souvenirs, il ne s'apercevait pas que le temps fuyait, que l'aiguille de la pendule marquait deux heures. Enfin, brisé de fatigue, il s'assit devant sa table de travail, laissa tomber sa tête sur ses bras repliés, et, presque tout de suite, il s'endormit.

Alors il eut un rêve épouvantable.

C'était sur la place de la Roquette, un matin d'exécution, à l'heure où le gaz pâlit. Il était, lui, mêlé à la foule, mais au premier rang, derrière les soldats, et, par-dessus les épaulettes, il voyait, toute proche, la guillotine avec son trou rond, et, plus loin, la porte de la prison, fermée. Ce qu'avait dit Donadieu lui revint en mémoire : « Tous contre un seul. » Sur lui, sur la foule muette et immobile, planait la silencieuse atmosphère des songes.

Lentement, sans bruit, la porte de la prison s'ouvrit toute grande. Il ne vit pas d'abord le visage de l'homme garrotté, car le prêtre, qui marchait à reculons devant lui, le tenait étroitement embrassé, pour lui masquer la vue de la machine. Mais Chrétien Lescuyer fut étreint tout à coup, en pensant à ce visage caché, d'une angoisse atroce, et son cœur se mit à battre à gros coups. Il eut le pressentiment que, lorsqu'il verrait ce visage, ce serait pour lui quelque chose d'intolérable. Il voulut ne pas regarder, ferma les yeux pendant une seconde ; puis, cédant à un horrible désir de voir, de savoir, il les rouvrit.

La tête du condamné était déjà dans le trou de la guillotine ; mais le couteau ne tombait pas. Et Chrétien Lescuyer vit alors que ce jeune homme — car c'était un jeune homme — lui ressemblait comme un fils ressemble à son père ; que ce visage était pareil à son visage de jadis, et que les yeux, ces durs yeux noirs, qui étincelaient sous un unique sourcil, étaient fixés sur lui et le foudroyaient d'un atroce regard de haine.

Le magistrat se réveilla en criant d'épouvante, couvert de sueur, les membres brisés. Tout près de lui, sur la table, dans la lumière de la lampe, le journal était étendu.

Et pour le malheureux homme, la réalité était aussi affreuse que le cauchemar.

des politesses qui essayaient vainement de faire mentir la locution proverbiale : « gracieux comme une porte de prison ». En passant devant les cellules réservées aux prisonniers d'importance, M. Lescuyer s'arrêta et demanda au directeur du Dépôt, qui l'accompagnait dans sa visite :

— A propos... Et cet homme ?... Pour ce crime de la rue Cadet ?...

— Forgeat?... Il est ici, monsieur l'avocat général, au numéro 4... Ce n'est que demain ou après-demain qu'on le transportera à Mazas.

— Et... quelle est son attitude ?...

— Très accablée... J'ai idée que le gaillard ne donnera pas beaucoup de fil à retordre au juge d'instruction... Il est là, depuis hier, en compagnie d'un gardien et d'un « mouton », selon l'usage. Mais il n'a pas encore dit ouf... A peine a-t-il mangé sa soupe, ce matin... Si monsieur l'avocat général désire le voir ?... ajouta le directeur en faisant signe au porte-clefs qui le suivait.

Le geôlier se hâtait déjà et, pour ouvrir le numéro 4, fouillait bruyamment dans son trousseau. Mais le magistrat l'arrêta d'un geste :

— C'est inutile... Je regarderai seulement par le trou du judas.

Ce trou, tout petit, mais qui s'évase en forme d'entonnoir dans l'épaisseur du

XVII

Le lendemain, M. l'avocat général Lescuyer ne pouvait plus conserver le moindre doute. Ce Chrétien Forgeat, ce voleur et cet assassin, était bien son fils.

Dès le matin, le magistrat était allé au Dépôt, sous le prétexte de prendre quelques renseignements pour son grand ouvrage, et les geôliers de tous grades s'étaient naturellement empressés autour de lui, obséquieux, le képi à la main, avec bois de la porte, permet au curieux de voir tout l'intérieur de la cellule sans que ceux qui s'y trouvent puissent soupçonner qu'on les épie.

M. Lescuyer appliqua au trou son œil droit, et, dès le premier regard, l'effroyable certitude le foudroya. Ce prisonnier lui ressemblait, ce prisonnier était son fils.

Chrétien Forgeat était assis près d'une table à l'autre bout de laquelle le gardien et un homme portant le costume des détenus, faisaient tranquillement une partie de cartes. Tristement accoudé sur son poing fermé, le prisonnier leur tournait le dos et son visage se présentait de face à l'œil qui le considérait.

Le cœur battant à grosses secousses, la sueur de l'émotion aux reins, M. Lescuyer reconnut sur-le-champ ces traits accentués, ce teint charbonneux, ces yeux profondément enfoncés sous l'arcade épaisse et noire des sourcils. Le doute n'était pas possible. Ce captif était bien un Lescuyer, avait le type très caractérisé de la famille. Pris d'une sorte de fascination, le magistrat ne pouvait plus détourner ses regards de la figure de ce criminel. Il croyait se revoir lui-même quand il avait cet âge, quand il était l'amant de Perrinette. Et pourtant la ressemblance, bien qu'incontestable, n'était pas à ce point frappante.

TRISTEMENT ACCOUDÉ...

Au bout d'une longue minute seulement, il se rappela qui il était, où il était ; il put s'arracher à l'affreuse contemplation. Il lui fallut un effort pour dire aux gens de la prison qu'il désirait se retirer, et il s'aperçut alors que sa voix tremblait. Les corridors du Dépôt, tous les détours de ce sinistre logis sont heureusement fort sombres. L'avocat général put prendre congé des geôliers, qui le reconduisirent jusqu'au guichet, sans que personne remarquât sa pâleur et son visage bouleversé.

Il alla, machinalement, jusqu'au Palais de Justice, tout proche, s'y enferma dans son cabinet, reprit quelque empire sur lui-même, se dit : « Voyons... Du calme ! » envisagea l'horrible situation et se demanda : « Que faire? »

Tout d'abord, il examina les chances qui pouvaient rester à ce criminel de sauver sa tête. Elles étaient faibles. L'assassinat, suivi de vol, ne laissait guère de doute sur la préméditation. Commis dans une boutique ouverte, au cœur de Paris, presque sous les yeux des passants, il avait causé, dans l'opinion parisienne, une émotion profonde; ravivée, au moment du procès, elle serait très dangereuse pour l'accusé. Les jurés, souvent indulgents pour un acte sanglant que la passion excuse, sont presque toujours sans pitié quand le crime a le vol pour cause et pour but. Chrétien Forgeat, — en arrivant à cette conclusion, le magistrat eut tout le corps glacé par un grand frisson, — Chrétien Forgeat serait — selon toute probabilité — condamné à mort.

En vain M. Lescuyer essaya de se rassurer un peu, se dit et se répéta que la sentence mortelle était de plus en plus rarement prononcée, que le Chef de l'État usait largement de son droit de grâce, que le sang n'était pas souvent répandu, devant la Roquette. Non, il revenait toujours à cette évidence que le cas de ce Forgeat était détestable. Assassinat avec préméditation, suivi de vol. C'était, presque certainement, la peine de mort, la guillotine.

Cependant le vieux juge se souvenait de plus d'un criminel, aussi coupable que celui-là, et qui avait évité la peine capitale. Qu'avait-il fallu pour cela? Parfois bien peu de chose : le repentir de l'homme, sincère ou bien joué, un émouvant incident d'audience, la déposition d'un témoin à décharge excitant la compassion, une heureuse plaidoirie surtout.

Certes, les bons défenseurs ne manquaient pas, et M. Lescuyer connaissait, pour avoir lutté avec eux de logique et d'éloquence, tous les maîtres du barreau, tous les grands avocats d'assises. Ce serait une belle cause à plaider que le crime de la rue Cadet ; et déjà M. Lescuyer voulait, pour sauver la vie de l'accusé, l'action entraînante, la parole enflammée du vieux Péchaud, de l'orateur sans pareil pour séduire ses auditeurs, pour les remuer jusqu'aux entrailles, de cet homme naturellement pathétique, d'une sensibilité contagieuse, pleurant de vraies larmes, infatigable d'ailleurs, capable de parler trois, quatre heures de suite, et ne concluant, brusquement, que lorsqu'il voyait trembler les lèvres et se mouiller les yeux des jurés.

Oui, c'était Péchaud qu'il fallait. Et Péchaud était un ami de M. Lescuyer. Il saurait bien intéresser à cette affaire le vieux maître, qui n'avait eu à déplorer que deux condamnations à mort dans sa longue et glorieuse carrière, et qui triompherait, une fois de plus, dans cette cause presque désespérée, obtiendrait des circonstances atténuantes.

Oui. Mais lesquelles? Qu'est-ce qu'on pourrait bien dire pour diminuer l'horreur de ce crime? M. Lescuyer se le demanda avec angoisse. Et, d'abord, il fut impuissant à imaginer la moindre atténuation, la moindre excuse. Il ne savait qu'accuser, le vieil avocat Tant-Pis, tellement son esprit, après plus de vingt ans d'exercice, était plié à la gymnastique du réquisitoire. Mais il fit un effort, secoua ses vieilles habitudes. Si, il était possible, facile même, de plaider pour ce Forgeat. Un bâtard abandonné dès sa naissance, — hélas, par qui? — une conscience d'enfant contaminée, pervertie par le séjour des maisons de correction... Puis, se rappelant alors combien de fois il avait dédaigneusement rejeté de semblables excuses, invoquées devant lui par la défense, il se sentit envahir par un sentiment d'atroce et douloureuse ironie, eut horreur de lui-même, conçut le soupçon que toute sa vie de magistrat avait été consacrée à l'iniquité.

Et il les revit encore une fois, tous les criminels aux épaules voûtées par la crainte et la honte, qu'il avait écrasés de son éloquence vengeresse, qu'il avait envoyés au bagne, à l'échafaud. Contre tous ces malheureux, il n'avait prononcé que des paroles de colère et de malédiction, persuadé d'ailleurs qu'il accomplissait ainsi une fonction supérieure, un grand et utile devoir ! Et maintenant, c'était son fils — oui, le fils engendré par lui, il en était sûr — qui s'asseyait sur le banc d'infamie et contre qui il aurait lui-même a appeler la vindicte publique. Ce fils était devenu un voleur et un assassin, mais après quelle existence de tentations et de souffrances? Et qui donc la lui avait infligée, dès sa naissance, sinon l'homme égoïste et lâche qui avait abandonné une pauvre fille et qui, comme on jette à l'égout un petit chien nouveau-né, avait livré son enfant à toutes les aventures de la misère.

Allons, juge austère, magistrat implacable, mets ta robe écarlate à l'épitoge d'hermine et ta toque galonnée d'or ! Au devoir ! Brandis le glaive de la Loi, amoncelle les foudres sur ce front coupable ! Pour immoler ton fils, tu n'as pas la vertu de Brutus, mais l'ange de la Justice guide ton bras, nouvel Abraham, et la sécurité des citoyens, le pacte social, exigent que tu sois hypocrite et féroce et que tu demandes la tête de ce malfaiteur. Il te doit sa vie, son affreuse vie ! Qu'importe ! C'est ton rôle abominable, c'est ta fonction hideuse de réclamer sa mort. Laisse éclater toute ton éloquence, fais frémir les bourgeois du jury devant la description du crime. Maudis cet homme du large geste de ta manche rouge et envoie-le à l'échafaud. Après tout, il n'y aura que ta conscience qui saura lequel de vous deux est, au fond, le pire scélérat !

A partir de ce jour, chaque heure, chaque minute de la vie de M. Lescuyer fut empoisonnée par ces torturantes pensées. Elles le poursuivaient jusque dans ses rares sommeils et s'y exaspéraient en cauchemars. Mais, dans le naufrage moral de cet homme, une épave surnageait, le sentiment de sa responsabilité envers son bâtard.

Par le juge chargé d'instruire l'affaire et que l'Avocat général sut interroger adroitement, M. Lescuyer apprit toute la lamentable histoire de Chrétien Forgeat, la mort de Perrinette, le séjour du jeune détenu à la Colonie du Plateau, ses aventures dans la basse bohème de Paris. Et, de plus en plus, en songeant à la destinée de son malheureux fils, le magistrat se jugeait coupable.

L'émotion soulevée d'abord par ce tragique événement ne s'était pas calmée. C'était, décidément, une cause fameuse, et il ne semblait pas étrange que M. Lescuyer y prît un intérêt aussi vif et aussi persistant. Il sut ainsi que l'inculpé ne niait ni le meurtre ni le vol, — dont la reconnaissance du Mont-de-Piété ramassée dans le sang, près du corps de la victime, donnait une preuve accablante, — mais qu'il persistait à se défendre, énergiquement, et contre toute vraisemblance, d'avoir prémédité le crime.

Vainement le juge instructeur employa contre Chrétien Forgeat toutes ses ruses, lui tendit tous les pièges possibles. Celui-ci persistait dans ce système de défense, si médiocre qu'il fût, ne semblant pas, d'ailleurs, conserver l'espoir de convaincre personne, fort abattu, fort découragé et se disant résigné à mourir.

— Je vous le répète, répondait-il au juge qui le fatiguait et l'énervait par ses questions pressantes, j'étais venu là pour vendre cette reconnaissance et je n'ai songé à tuer le juif que lorqu'il a ouvert le coffre-fort et que j'ai vu ce revolver à côté du portefeuille et des sébiles pleines d'or... Oh ! je sais bien, vous ne me croyez pas, on ne me croira pas davantage à l'audience, et je serai très probablement guillotiné... Je veux bien ; j'en ai assez de la vie, elle n'est pas si drôle... Mais je ne peux pourtant pas me faire plus mauvais que je suis, et je vous dis les choses telles qu'elles sont, parce que c'est la vérité.

Le juge d'instruction, M. Courbemer, vieux praticien, aimant passionnément son métier, mais bon homme, finissait par admirer tant d'obstination, inclinait à croire presque à la sincérité du criminel.

Un matin qu'il se rendait à son cabinet, il rencontra M. Lescuyer dans la cour du Palais de Justice, et lui parla, le premier, de Forgeat.

— Puisque cette affaire vous intéresse, monsieur l'avocat général, je dois vous avouer que je suis au bout de mon rouleau et que je ne peux plus rien tirer de mon homme... Dans deux ou trois jours, je vais clore l'instruction et renvoyer le dossier à la Chambre des mises en accusation... Je prévois qu'aux assises ce Forgeat ne fera pas avaler au jury qu'il a tué le juif par impulsion soudaine. Mais, tout de même, c'est bien possible. Si ce garçon m'a trompé, il est très fort et il imite à merveille l'accent de la franchise. Vous l'avouerai-je? Je me sens disposé à l'indulgence à son égard... Et puis, un dernier témoignage que je viens de recueillir sur son compte, hier même, m'a encore impressionné favorablement.

— Et lequel, mon cher collègue? demanda Lescuyer qui écoutait avidement les paroles du vieux juge.

— Oh ! reprit celui-ci, c'est le témoignage d'une malheureuse créature d'une fille publique ou à peu près, chez qui Forgeat a passé une heure dans la soirée qui suivit son crime... Cette femme est venue spontanément déposer en sa faveur... Assurément je n'ai trouvé là qu'un renseignement sur la personne morale de Forgeat, un acte qui ne se rapporte pas à l'affaire... C'est pourtant une preuve que notre assassin a du bon et qu'il lui reste comme qui dirait une espèce de cœur... Mais il n'y a pas de secret pour vous, mon cher avocat général. Montez donc avec moi, vous lirez cette déposition... C'est fort curieux, je vous assure.

Les deux magistrats montèrent ensemble, par les escaliers compliqués, jusqu'au cabinet du juge d'instruction, chambre exiguë, basse de plafond, sommairement garnie du mobilier bureaucratique ; et, tandis que M. Courbemer, ayant entraîné son greffier près de la fenêtre, lui donnait des ordres à voix basse, l'avocat général, assis devant le dossier Forgeat, lut attentivement la déposition du dernier témoin.

— N'est-ce pas que c'est singulier? dit le vieux juge.

— En effet, répondit M. Lescuyer d'une voix troublée, vous avez raison. Il y a encore de bons instincts dans ce jeune homme... Mais je vous laisse à vos devoirs, mon cher ami. Adieu.

Et, après avoir serré la main de son collègue, M. Lescuyer sortit vivement, pour ne pas laisser voir l'émotion qui l'étreignait. Une fois dans le corridor, il écrivit aussitôt sur son calepin un nom et une adresse : « Louise Rameau, 22, rue des Vinaigriers ».

— Il faut que je voie cette femme, sans retard... que je lui parle, murmura-t-il.

XVIII

Oh ! que la journée est longue pour l'homme hanté par une idée fixe, toujours face à face avec le remords ! Elle s'achève cependant. Le valet de chambre apporte la grosse lampe de travail et la pose sur le bureau de M. Lescuyer, dans son logis de la place Royale.

— Allumez aussi les candélabres sur la cheminée, ordonne le magistrat, qui, d'un pas impatient, arpente son cabinet.

Puis il ajoute :

— Une dame... la personne chez qui je vous ai envoyé cet après-midi, se présentera sans doute dans un instant, vers neuf heures. Je la recevrai.

Et, quand le domestique est sorti, M. Lescuyer continue de marcher fiévreusement dans la vaste et sombre pièce, devant les rangées de vieux livres qu'il n'ouvre plus, devant la table encombrée d manuscrits auxquels il n'ajoute plus une ligne, devant le lourd encrier de bronze entouré de plumes sèches. Car, depuis deux mois que Chrétien Forgeat a été arrêté, M. Lescuyer est incapable de tout travail. Il ne peut plus penser qu'à cet assassin qui est à Mazas, qui sera bientôt jugé en Cour d'assises, et qui est son fils.

Le sauver ! Oui, il faut qu'il le sauve ! Seulement alors le magistrat croira, non pas absoute, mais en partie expiée du moins, la mauvaise action qu'il a commise autrefois et qui a empoisonné toute sa vie. Il veut sauver ce malheureux. Mais comment ? Bah ! tout s'arrangera. Il a la promesse de Péchaud, qui plaidera pour Forgeat ; et c'est lui-même qui occupera le siège du ministère public. Si le réquisitoire penche vers l'indulgence, l'accusé en sera quitte pour quelques années de travaux forcés.

Mais ici le marcheur, absorbé dans sa rêverie, tressaille douloureusement.

Au bagne ! Le beau triomphe ! Il enverra son fils au bagne ! Et il songe de nouveau qu'il est cause de tout, oui, lui, l'homme entouré d'estime et de respect, et que, si ce misérable enfant est devenu un criminel, c'est sa faute, à lui, le père sans entrailles ! Au bagne ! Quand son fils sera là-bas, à la Nouvelle, n'est-ce pas? il lui enverra sans doute de l'argent pour se procurer quelques petites douceurs à la cantine, pour s'acheter du tabac. Quelle dérision ! Mais, quand même il obtiendrait l'acquittement, quand il s'occuperait désormais de ce fils avec une constante sollicitude, quand il le ramènerait et le guiderait sur la route du bien, il réparerait à peine le mal qu'il a fait. Et cela même, cet acquittement, qui lui permettrait d'expier sa faute passée, il n'ose pas l'espérer, c'est presque impossible.

Mais le valet de chambre paraît sur le seuil de la porte.

— Cette dame que Monsieur attend est là.

Et, sur un signe de M. Lescuyer, la visiteuse est introduite.

C'est une jeune femme, — vingt-deux, vingt-trois ans, tout au plus, — qui serait jolie si elle n'avait pas l'air si inquiet et si triste. Bien que l'automne soit venu et qu'il fasse déjà très frais dans la soirée, elle est en taille, avec une robe d'été, une robe bleue à pois blancs, — sûrement parce qu'elle n'en a pas d'autres, — et un chapeau de paille jaune un peu tapageur, relevé d'un côté à la mousquetaire et orné d'une grosse botte de bleuets. La robe va bien, le chapeau a dû être joli. Au printemps dernier, cela devait faire un gentil costume de grisette ; mais il s'est usé, fané, il sera bientôt transformé en haillons de pauvresse.

La jeune femme s'avance timidement dans cette grande chambre, mal éclairée par la lampe et les candélabres. Craintive, elle lève les yeux sur ce monsieur tout en noir, qui se tient debout devant la cheminée et qui la regarde de ses yeux profonds et douloureux, qui ont l'air d'avoir pleuré. Il lui indique un siège, s'assied lui-même en face d'elle et commence à lui parler d'une voix lente et comme avec embarras.

— Je vous ai priée de passer chez moi et je vous remercie... mademoiselle... — il a hésité avant de dire ce mot, — d'avoir répondu sans retard à mon appel... Je suis un des juges de ce... — il hésite encore, — de Chrétien Forgeat... Mais ne craignez rien... Si j'ai voulu vous voir, si je désire entendre de votre propre bouche ce que vous êtes venue dire, de vous-même, sans y être obligée, au juge d'instruction, c'est que j'ai trouvé dans votre déposition, que j'ai lue, quelque chose de très favorable pour ce... pour ce malheureux. Ayez confiance en moi et ne doutez de mon indulgence ni pour vous ni pour celui à qui vous voulez être utile... En ce moment, je ne suis pas un magistrat, mais un homme qui, pour des raisons que je ne puis vous dire, voudrait épargner à Chrétien Forgeat, non seulement la mort, mais même une peine moins sévère. N'ayez pas de honte, parlez librement, contez-moi, dans tout le détail, ce qui s'est passé entre vous et lui pendant sa dernière soirée de liberté ; et, puisque vous avez

LA JEUNE FEMME S'AVANCE TIMIDEMENT

aussi pitié de cet homme, vous pourrez peut-être contribuer à son salut.

En écoutant M. Lescuyer, la jeune femme a baissé les yeux, elle a rougi de honte, et elle tord légèrement ses mains nues et croisées sur ses genoux. Toute sa personne exprime la confusion. Le magistrat, lui, la regarde attentivement, et son visage, ordinairement si sévère, se détend, ses sombres yeux s'attendrissent. Et, comme elle reste muette :

— Du courage, mon enfant, insiste-t-il. Je connais votre vie et je sais que vous êtes bien à plaindre... si toutefois vous avez dit vrai à monsieur Courbemer...

Cette parole de doute décide la jeune femme à parler. D'un faible geste de la main, elle proteste.

— Oh ! je le jure, monsieur, dit-elle d'une voix douce, mais saccadée, tremblante, et où l'on devine l'aridité de la bouche, je le jure, j'ai dit la vérité à ce monsieur du Palais de Justice, et je ne demande pas mieux que de vous tout répéter... C'est humiliant pour moi... Mais, bah ! pour le peu que je suis... Eh bien, monsieur, voilà ! Je m'appelle Louise Rameau, je suis brodeuse en soie... vous savez, brodeuse sur étoffe... et le métier ne serait pas très mauvais, si la mode était moins changeante... Il faut vous dire que, depuis l'âge de dix-huit ans, j'ai vécu avec un étudiant en médecine, qui était externe à Lariboisière, quand il a passé son doctorat... et j'ai de lui une petite fille, qui va sur ses trois ans et que la nourrice m'a seulement rendue au printemps dernier, parce que je ne pouvais plus payer ses mois. C'est Albert, dans le temps, qui m'a fait quitter ma famille ; mais nous nous aimions bien, nous vivions comme mari et femme, très gentils et très sages... Alors, voilà... Quand mon pauvre Albert fut reçu docteur, il ne lui restait plus rien de son petit patrimoine ; il avait plutôt quelques dettes, pas grand'chose, mais assez pour le gêner beaucoup... On lui proposa d'aller s'établir en Picardie, dans un pays où il n'y avait plus, à ce que l'on lui disait, qu'un vieux médecin qui se retirerait bientôt. Il accepta mais on l'avait trompé. Un autre médecin s'était déjà installé là-bas et avait pris toute la clientèle... Albert venait me voir à Paris, de temps en temps, et je m'apercevais bien qu'il était très tourmenté. Il me donnait de quoi payer la nourrice de la petite ; c'était tout ce qu'il pouvait faire, gagnant là-bas à peine de quoi vivre lui-même. Mais je travaillais, et nous pouvions espérer encore des jours meilleurs. Albert était si bon, si honnête !... « Ma pauvre Louise, me disait-il souvent, dès que l'avenir sera un peu moins noir, que j'aurai quelques centaines de francs devant moi, je t'épouserai. » Enfin, voilà qu'on lui offre, malheureusement, une place bien payée à bord d'un paquebot qui faisait le service de l'Amérique du Sud. Il voyait là le moyen de faire quelques économies, de payer ses dettes... Ce n'était que deux, trois ans à sacrifier... Il s'embarque, et, dès le premier voyage, il meurt de la fièvre jaune, à Rio-de-Janeiro.. Alors je suis restée toute seule, avec mon chagrin ; et la nourrice m'a renvoyé ma petite fille, au mois de mai dernier, juste au commencement de la morte saison... Oh ! l'affreux été que j'ai passé, à voir ma pauvre petite, mal nourrie, qui dépérissait. Des camarades, des voisines me disaient : « A votre place, je ne serais pas embarrassée, gentille comme vous êtes. » Mais je ne pouvais pas me décider... Oh ! je sais bien, une femme, à Paris, qui n'a d'autre ressource que son travail, ne peut guère finir autrement... N'importe, cela me faisait horreur, et j'aimais encore mieux pâtir et me priver de tout, à cause du souvenir de mon Albert...

Ici, elle s'arrêta, étreinte à la gorge par un sanglot. Assis en face d'elle, l'homme qui l'écoutait, accoudé sur le bras de son fauteuil, abritait ses yeux avec sa main, comme si la lumière du candélabre l'eût incommodé. Mais c'était pour dissimuler son émotion. Le navrant récit rappelait à M. Lescuyer une autre pauvre fille, demeurée seule au monde, comme celle-ci, avec un enfant à nourrir et à élever. Il songeait à Perrinette.

— Je vous demande pardon, monsieur, reprit Louise Rameau avec un grand effort, je vous demande bien pardon de vous dire toute mon histoire, qui n'a pas de rapport avec l'affaire... Mais ce que... pour ce qui me reste à vous raconter... je ne voudrais pas vous faire l'effet d'une trop vilaine femme...

Cachant toujours ses yeux dans une de ses mains, M. Lescuyer fit, de l'autre, un signe d'encouragement à la jeune femme, et lui dit d'une voix sourde :

— Allez toujours, ma pauvre enfant. Je sens que vous êtes sincère et je vous écoute, croyez-le bien, avec toute ma sympathie.

— Le temps passa tout de même, poursuivit la pauvre Louise. A force de me démener, je trouvais un peu de travail par-ci par-là, et je gagnais du pain — oh ! tout juste ! — pour ma petite et pour moi. Vers la fin du mois d'août, l'ouvrage reprend un peu, et même, mon ancienne patronne me donne une pièce de soie à broder, chez moi... De la très belle étoffe, qui valait au moins une soixantaine de francs... Un soir... J'avais presque fini, je devais rapporter la chose, le lendemain, à l'atelier, et toucher quinze francs... Un soir, je travaillais bien tranquille, quand la petite, qui dormait près de moi dans son berceau, se réveille en sursaut et se met à pousser des cris. En me levant brusquement, je heurte la table, ma lampe tombe, et tout le pétrole se répand sur la soie... En voilà un coup ! C'était moi, maintenant, qui devais trois louis à la patronne, et il n'y avait que vingt sous dans mon porte-monnaie... Alors, tout en berçant la petite pour la rendormir, j'ai été prise d'une espèce de fureur... Ah ! c'était comme ça !... Eh bien, tant pis ! je ferais la vie, comme les autres !... Et j'en aurais, des pièces de vingt francs, et tout de suite !... Et, dès que ma petite Clémence fut rendormie, je m'habillai et je sortis... Ma robe — la robe que vous me voyez, mon Dieu ! — n'était pas encore trop fanée, mon chapeau non plus ; j'avais des gants... Enfin, je n'étais pas « toc », comme me voilà... Tout près de chez moi, devant la gare de l'Est, à la terrasse d'un grand café, j'avais souvent vu des femmes assises, des femmes avec des toilettes voyantes et des panaches... J'allai là et je me fis servir un bock... Tout d'abord, la honte me saisit... Les femmes, autour de moi, criaient tout haut, comme des effrontées, disaient des mots sales... J'avais déjà envie de me sauver, quand un jeune homme, qui s'était assis à la table à côté de la mienne, sans que j'y fasse attention, tant j'étais bouleversée, me dit en rapprochant sa chaise :

» — Est-ce qu'on peut faire connaissance ?

» Et, comme je ne répondais pas, tout intimidée :

» — On n'est pas *frusqué*, me dit-il, mais n'ayez pas peur, on a de la galette et on peut se payer une nuit d'amour.

» Et je vis alors qu'il était pauvrement mis. Mais il continua :

» — Voulez-vous la preuve ?

» Et il tira de sa poche une poignée de pièces d'or... Excusez-moi, monsieur, c'est bien laid ce que je raconte... Mais quoi ?... J'étais désespérée, et cet accident du morceau de soie m'avait poussée à bout. Quand j'eus répondu à ce jeune homme que je voulais bien l'accompagner chez lui, il me dit :

» — Impossible.

» Puis, après avoir hésité, il me dit :

» — Je loge chez mes parents ; allons chez vous...

» Chez moi, dans ma chambre, il y avait ma petite fille. Mais la misère m'avait affolée ! J'étais venue là pour me vendre. Tant pis ! Je me vendrais !... Il se leva et m'offrit le bras, et je m'aperçus qu'il boitait... C'est à deux pas de là, la rue des Vinaigriers... Nous allions sans nous parler. Une fois, il me dit seulement :

» — On n'est pas beaucoup causeuse...

» De temps en temps, il me regardait et il me faisait un peu peur, avec ses yeux noirs et ses gros sourcils... Je montai la première, et quand il entra derrière moi, d'instinct, je mis un doigt sur ma bouche et je lui dis :

» — Chut, en lui montrant le berceau...

» Il le regarda, fit la moue, puis murmura :

» — Bah ! ça dort ferme, les bébés, et jeta son feutre sur la table...

» Mais alors... Oh ! alors, je sentis... oh ! monsieur, que j'ai honte !... Je sentis que... cet homme et moi... là... près de ma petite... c'était une chose impossible, tout à fait impossible... Mon cœur se creva, je fondis en larmes, et je me mis à supplier ce jeune homme de me laisser, de s'en aller, lui demandant pardon d'avoir dit oui, lui disant de retourner dans ce café, où il trouverait d'autres femmes, bien plus jolies que moi... Alors, lui, au lieu de se fâcher, me demanda pourquoi je changeais d'avis si brusquement et pourquoi je pleurais si fort... Et, comme il me parlait avec douceur, malgré son air sombre, j'eus confiance et je lui dis tout... Je lui montrai la soie tachée d'huile... Je lui contai mes malheurs, et que je n'avais jamais fait ce vilain métier, et que c'était la première fois, et à cause de ma petite fille... Il m'écouta silencieusement, la tête basse, regardant toujours le berceau, et, quand j'eus fini, il fouilla dans sa poche, en retira sa main pleine d'or, comme il avait fait au café, et la vidant sur la table, il dit à demi-voix :

» — Moi aussi, quand j'étais petit garçon, j'avais une mère qui m'aimait bien...

» J'étais stupéfaite, vous pensez... Je restai là sans en croire mes yeux, sans songer même à le remercier... Mais, quand il reprit son chapeau, comme pour partir... Oh ! j'étais si reconnaissante !... Je lui pris sa main pour la baiser... Mais il la

EN RETIRA SA MAIN PLEINE D'OR

retira violemment, la cacha sous le revers de sa veste et s'écria :

» — Ma main ! Me baiser la main ! Oh ! si vous saviez !...

» Puis il s'arrêta court, comme effrayé de ce qu'il venait de dire, il me jeta un dernier regard, — un regard si sombre, si effrayant ! — et il s'élança dehors... Et cet instant-là, monsieur, m'a laissé un tel souvenir qu'à cette heure où je vous parle, je vois encore frémir la porte violemment fermée par cet homme et j'entends décroître son pas boiteux dans l'escalier.

Tandis que Louise Rameau disait ces choses douloureuses, M. Lescuyer s'était affaissé dans son fauteuil, les coudes aux genoux, le visage dans les mains. Il était écrasé de remords et de honte.

Ainsi ce Chrétien Forgeat, ce vagabond, ce traîne-ruisseau, avait fait, pour cette femme rencontrée dans un mauvais lieu et pour cette enfant inconnue, ce que lui, jeune homme riche, heureux, élevé selon l'honneur, avait refusé jadis à celle qui avait charmé deux ans de sa vie et qui portait déjà dans ses entrailles le fruit de leurs caresses ! Ce voleur et ce meurtrier — qui était son fils — avait été plus pitoyable et meilleur que lui !

— Dès le lendemain, poursuivit Louise Rameau, j'allai payer à ma patronne le coupon de soie perdu et j'achetai pour ma fille et pour moi quelques petites choses dont nous avions besoin. Il me restait près de deux cents francs. C'était plusieurs semaines sans misère, et je bénissais toujours cet inconnu si généreux... Mais, le surlendemain, voilà que les voisines me racontent le crime de la rue Cadet — vous vous souvenez, on ne parlait que de cela — et me montrent *le Petit Journal*... On donnait le signalement du criminel... la jambe boiteuse, les gros sourcils noirs... et, tout de suite, je me rappelai son geste quand il m'avait retiré sa main, et je fus certaine que c'était l'assassin qui était venu chez moi... Un homme misérablement vêtu et qui jetait l'or par poignées... Oui, généreux comme un voleur !... C'était bien cela... Il n'y avait pas de doute... Tout d'abord, vous pensez bien, cela me fit un effet terrible. J'avais surtout horreur de cet argent qui me venait de lui. Il me semblait que, pour y avoir touché, j'aurais pour toujours du sang sur les mains ; et, sans plus réfléchir, je courus à l'église la plus voisine, à Saint-Laurent, et je jetai toutes les pièces d'or dans le tronc des pauvres... Rien qu'en pensant à ce Forgeat, — et je ne pensais qu'à lui, — j'étais prise d'un tremblement. La nuit, j'avais des cauchemars où je voyais s'animer et vivre les images qui représentaient le crime et qui pendaient alors à tous les kiosques des marchands de journaux... Pourtant, au bout de quelques jours, je me calmai un peu, et le souvenir de cet homme ne me causa plus autant d'épouvante. Je me rappelai surtout qu'il avait eu confiance en moi, qu'il avait eu pitié de moi. Je me dis que j'étais injuste et que ce qu'il avait fait, bien d'autres ne l'eussent pas fait... Combien d'hommes, racolés par une fille — car j'avais agi comme une fille — et la voyant tout à coup fondre en larmes et les supplier de s'en aller, auraient cru à un caprice stupide, à un coup de folie, et seraient partis en haussant les épaules. Lui, au contraire, m'avait écoutée sans ennui, avait senti que je disais vrai et m'avait largement secourue... Et je me dis alors que, malgré les crimes qu'il avait pu commettre, je restais, moi, son obligée ; et, tandis que tout le monde parlait de lui comme d'un monstre, et l'exécrait, et le maudissait, je me mis à penser à lui avec indulgence et douceur... Et puis, en lisant dans le journal tout ce qu'on disait du procès de Chrétien Forgeat, en songeant à tout ce monde de justice et de police qui s'acharnait après lui, qui fouillait dans son passé et qui n'allait y découvrir sans doute que des choses défavorables, je compris que c'était mon devoir, à moi qui lui avais inspiré une bonne action, de la faire connaître, afin de rendre ses juges un peu moins sévères. Il fallait, pour cela, avouer une heure bien honteuse de ma vie ; mais je n'avais pas d'autre moyen de lui prouver que je n'étais pas une ingrate... Et c'est pourquoi, monsieur, j'ai raconté au juge d'instruction ma rencontre avec Chrétien Forgeat ; c'est pourquoi, quand vous m'avez appelée en son nom, je suis accourue et je vous ai redit toute l'histoire ; c'est pourquoi je suis prête à la répéter encore devant la Cour d'assises... Je ne suis qu'une pauvre femme, mais mon cœur me dit que j'ai raison d'agir ainsi. Je ne veux plus me souvenir que cet homme est un coupable, mais seulement qu'il est malheureux ; et cela me semble juste que, le jour où tous l'accableront et répéteront qu'il a été méchant, il y ait quelqu'un qui se lève pour affirmer qu'une fois, du moins, il a été bon.

Louise se tait ; elle a tout dit. Mais, tout à coup, la pauvre femme stupéfaite voit le vieillard se lever et venir vers elle, les bras ouverts, le visage inondé et tout bouffi de larmes. Il lui prend les mains, l'attire contre sa poitrine et la baise tendrement sur le front.

— Mon enfant, ma pauvre enfant, lui dit-il à travers ses sanglots, sachez d'abord qu'à partir d'aujourd'hui je me charge de vous et de votre petite fille, et que vous ne connaîtrez plus la misère... Il est, en ce moment, un homme à qui votre instinct de bonté dicte son devoir et donne l'exemple, un homme dont tout l'orgueil est brisé, qui, comme vous, ne veut plus obéir qu'à son cœur et qui, pour sauver la tête de ce malheureux, avouera sa faute, lui aussi, et montrera toute sa honte.

XIX

A la lueur des globes de gaz, le Christ de la Cour d'assises souffre et saigne sur la muraille, tout au fond de la salle, parmi les boiseries sévères. Ce n'est pas pour bénir et pour pardonner qu'il ouvre les bras, ce corps blafard aux ombres noires, dont tous les muscles sont tendus par la douleur. De ses mains et de ses pieds troués, de la blessure béante de son flanc, ne coule aucun mystique effluve de consolation. L'accusé, innocent, lui aussi, — qui sait? — ne peut songer, devant cette impitoyable et tragique image, qu'à ce qu'il sera demain peut-être, un supplicié. Elle était absente du cœur de l'artiste qui peignit cette toile sombre, elle est absente de presque tous les cœurs, l'espérance d'une absolution divine, d'une innocence reconquise, d'un bonheur éternel promis au plus coupable des coupables. Alors, pourquoi le Christ dans les prétoires? S'il n'existe de justice qu'en ce monde, le souvenir de la plus fameuse des iniquités n'est-il pas ici d'une ironie atroce? Et, si c'est seulement pour rappeler sans cesse aux juges qu'ils sont sujets à l'erreur et qu'ils exercent le plus redoutable des pouvoirs, qu'on a installé près d'eux l'effigie du Juste cloué sur le gibet, pourquoi lui tournent-ils le dos?

Ils sont trois, sous le tableau farouche.

Au milieu, siège le président, gros vieillard à large face, absolument chauve et glabre, n'ayant plus d'autres poils que des sourcils gris, gaiement hérissés au-dessus de ses yeux clairs. Sur ses lèvres sensuelles, flotte toujours un sourire goguenard. C'est le conseiller Durousseau, célèbre par ses « mots », par ses espiègleries d'audience, par la grâce de gros chat paresseux qu'il déploie en jouant avec la tête d'un criminel. Très mondain, très répandu, habitué des grandes « premières », dînant presque tous les soirs en ville, M. Durousseau est traité, par la presse, de figure essentiellement parisienne. Quand il préside, il y a toujours, aux places réservées, des femmes du monde, des actrices, des gens de lettres. Un vaudevilliste de ses amis l'a surnommé « le seul président qui fasse de l'argent ». Bon jurisconsulte, ami des lettres, savant collectionneur de médailles, le conseiller Durousseau est d'ailleurs le plus galant homme du monde, et on l'étonnerait fort en lui disant qu'il y a quelque chose d'indécent et de cruel à cribler de facéties l'interrogatoire d'un misérable qu'il enverra tout à l'heure au bagne ou à l'échafaud.

Les deux assesseurs offrent des physionomies plus effacées. Ces personnages muets sont, à droite, un autre chauve, un maigre, celui-là, avec une barbe noire en pointe, ingrate figure à migraine ; et, à gauche, un vieux blond, très ridé, rose comme une pomme d'api, roulant ses yeux bleus de myope derrière des lunettes d'or.

Ces trois personnages, indolemment affaissés dans leurs fauteuils, étalent largement leurs manches rouges sur la table, paraissent excédés de fatigue et d'ennui.

L'affaire de la rue Cadet — dont les débats duraient depuis deux jours — n'avait pas présenté, en effet, tout l'intérêt dramatique qu'on en attendait : et l'audience de la veille avait trompé l'espérance des belles dames et des Parisiens de marque, venus là pour chercher une forte émotion. L'acte d'accusation, d'une longueur interminable, lu par un greffier à la voix endormante et monotone, n'avait fait que ressasser les faits vingt fois racontés déjà par les journaux, et l'interrogatoire de l'accusé n'avait pas été plus empoignant.

D'abord, la personne même de Chrétien Forgeat avait déçu tout le monde. Dans cet assassin capable de tuer presque en pleine rue de Paris, le public comptait admirer un premier rôle de Cour d'assises, un terrible bandit, vivant en outlaw, en libre sauvage, au milieu de la civilisation. Ce chétif boiteux, de pauvre mine et de modeste attitude, qui avouait son crime avec un repentir sincère, ne niant que la préméditation, et qui semblait désigné d'avance au châtiment, parut tout à fait médiocre. Son enfance piteuse et maltraitée, sa bonne conduite à la Colonie pénitentiaire, ses années de misère et de vagabondage, allons! tout cela était bien fade.

— Il nous la fait à la romance, avait dit à son voisin la superbe mademoiselle Lamour, des Variétés, celle qui montre tout ce qu'elle possède dans les pièces pornographiques.

Et les femmes du monde, qu'une curiosité malsaine et même un peu sadique avait amenées à la Cour d'assises, commençaient à bâiller derrière leurs mains gantées.

— Ce bon président nous a mystifiées, ma chère, quand il nous promettait un après-midi intéressant... Son assassin est tout ce qu'il y a de plus vulgaire... Nous aurions plutôt dû aller aux Aquarellistes.

Sentant son auditoire froid et distrait, M. Durousseau avait bien essayé de le dégeler par quelques farces. Dans son dialogue avec l'accusé, à qui il arrachait, par phrases brèves et sourdes, le récit du meurtre, M. le Président avait même trouvé l'occasion de placer deux calembours par à peu près, mais sans obtenir ses ordinaires effets d'hilarité.

On s'était ennuyé ferme pendant toute l'audience ; et le vaudevilliste, ami de M. Durousseau, avait résumé l'impression générale en déclarant avec chagrin :

— Ce pauvre Président !... Il n'y a pas à dire... C'est un four.

Aussi, le deuxième jour, ç'avait été une débandade ; et le désir d'entendre le réquisitoire de M. l'avocat général Lescuyer et la plaidoirie de Me Péchaud n'avait attiré, sur les bancs réservés, qu'un nombre restreint de curieux. On ne voyait plus, comme la veille, les jeunes stagiaires, robe flottante et toque sur l'oreille, conduire en faisant des grâces et installer galamment à leur place les élégantes invitées. Il n'y avait là, comme on dit au théâtre, qu'une demi-salle ; et, ne voyant devant lui — ou à peu près — que les jurés, les membres de la presse, quelques avocats, et, tout là-bas, le public populaire, les *afficionados* mal vêtus et malodorants de la Cour d'assises, M. le Président était d'assez maussade humeur. Entre les deux conseillers somnolents, il dirigeait avec nonchalance les dépositions qui se succédaient sans apporter, d'ailleurs, rien de bien nouveau aux faits de la cause, et, manquant à toutes ses habitudes, il ne se donnait même pas la peine de taquiner les témoins et de leur dire des impertinences.

Cependant, depuis le commencement du procès, tous les habitués du Palais avaient été frappés par la physionomie et l'attitude de M. Lescuyer. Assis à sa place, dans une sorte de cathèdre, à la gauche des membres de la Cour, le représentant du ministère public n'était pas une seule fois intervenu dans le débat. Jamais l'expression de son visage n'avait été plus triste et plus sombre. Les yeux baissés, il demeurait absolument impassible, comme absorbé dans une profonde méditation, et semblait ne prendre aucune part à ce qui se passait autour de lui.

— Qu'a donc monsieur l'avocat général? dit à voix basse, dans le groupe des robes noires qui attendaient les plaidoiries, un jeune avocat à son patron, Me Bégasse. Certes! monsieur Lescuyer ne nous montre jamais une figure bien folâtre, mais, aujourd'hui... voyez donc, mon cher maître... il est lugubre à faire peur... C'est singulier. Depuis le début de l'affaire, il n'a pas dit un mot, pas fait un mouvement, pas même levé les yeux... Est-ce qu'il est malade?

Me Bégasse, la langue la plus dangereuse du Palais, l'avocat qu'il faut prendre quand on tient moins à gagner son procès qu'à déshonorer son adversaire, ricana silencieusement dans sa barbe de faune.

— Mon cher petit, répondit-il à son secrétaire, si M. Lescuyer faisait partie de la Cour, je vous trouverais bien naïf de vous étonner de son immobilité, qui serait tout simplement du sommeil... Mais on ne dort pas à l'audience, dans la magistrature debout. Seulement, comme on annonce pour le mois prochain sa nomination de conseiller, il se peut que monsieur l'avocat général s'exerce... D'ailleurs, mon cher, nous sommes de mauvais plaisants... Voyez, il vient de changer de position.

En effet, M. Lescuyer avait tressailli et levé les yeux, en entendant cet ordre donné par le Président :

— Introduisez la fille Rameau.

Elle entra, décemment vêtue de noir, — car une main discrètement charitable, celle de M. Lescuyer, l'avait tirée de la misère, — elle entra, timide, effrayée même, la pauvre fille, par l'imposant appareil de la justice, mais sûre de son cœur et bien résolue à payer sa dette de reconnaissance à Chrétien Forgeat. Elle vint se placer à la barre, et, simplement, d'une voix tremblante, mais où vibrait l'accent de la vérité, elle dit comment ce meurtrier, un instant après son crime et les mains encore sanglantes, avait été généreux et bon pour une femme en pleurs et pour une enfant au berceau.

Quand elle était entrée, l'accusé, assis entre les deux rudes figures de soldats, avait regardé cette femme avec étonnement. D'abord il ne la reconnut pas. Tout à l'heure, il avait vu défiler là quelques-uns de ses compagnons de basse bohème, témoins à peu près inutiles, car aucun ne savait rien du crime, mais qui tous, plus ou moins souillés, comme lui, en ramassant leur pain dans le ruisseau, avaient, sans le vouloir, éclaboussé Chrétien de leur boue, en présence des juges. Que venait faire cette femme, à présent? D'où l'avait-on tirée? Qu'allait-elle encore dire contre lui? Qu'il était un errant du pavé, un vagabond sans métier connu? Parbleu, les hommes rouges le savaient de reste. Après ces deux longues audiences, le malheureux, fatigué, épuisé, attendait impatiemment la fin de son procès, le verdict, la sentence. A quoi bon, ce nouveau témoin, cette femme inconnue? Il était perdu, parbleu! il le savait bien. Personne ne pouvait donner la preuve qu'il était entré chez le juif sans intention criminelle, qu'il l'avait tué dans un coup de fureur. Il l'avait répété dix fois, on ne le croyait pas; et, quand il avait voulu lever la main pour jurer qu'il disait la vérité, le Président, le gros chauve, s'était fichu de lui et lui avait fait de mauvaises blagues. Qu'on le guillotine tout de suite! C'était bien plus simple. Et tout ce que pourrait dire cette femme n'y ferait ni chaud ni froid.

Mais lorsque, dès les premiers mots de la déposition, il reconnut la pauvre Louise, quand il l'entendit, si douce et si brave, raconter ce qu'il avait fait et supplier les juges de lui tenir compte de sa bonne action, une détente se produisit dans le désespoir de ce malheureux, et, laissant tomber sa tête dans ses mains, il se mit à sangloter.

Devant ce spectacle, sur son siège d'accusateur et vêtu de sa robe rouge, l'Avocat général eut besoin de raidir alors toute son énergie morale, afin de ne pas laisser éclater, lui aussi, les larmes qui l'étouffaient. Cet homme plein de douleur et de remords, cet homme qui s'était juré de faire une chose formidable et qui, dans un moment, reniant tout son passé et trahissant son devoir de juge, allait, pour sauver un coupable, s'infliger à lui-même un châtiment solennel, cet homme qui vivait l'heure la plus terrible de sa vie, sentit descendre dans son âme une profonde et consolante émotion. Oh! quel bonheur! Ce Chrétien, son fils, tombé si bas, n'était pas tout à fait un scélérat, et un reste de conscience palpitait encore en lui, puisqu'il comprenait et sentait la générosité de cette humble femme, puisqu'il pleurait devant cet acte de courage et de bonté.

La déposition de Louise Rameau fit sur l'auditoire une impression considérable. Quand elle dit comment elle avait connu l'accusé et comment elle l'avait mené chez elle, M. le Président, d'abord, crut bien à propos de risquer un mot égrillard. Mais le vieux Péchaud, le défenseur de Forgeat, levant sa tête blanche, intervint avec tact et calma, par quelques paroles paternelles, le trouble de Louise, qui put achever son pénible et touchant récit.

Lorsqu'elle eut fini, le jovial conseiller Durousseau n'éprouva plus le besoin de faire le bouffon ; il y eut même, lorsqu'elle se retira, un léger mouvement parmi les jurés, jusqu'alors impassibles, et deux d'entre eux se mouchèrent bruyamment.

Néanmoins l'incident, si émouvant qu'il fût, ne touchait pas au procès même, et la chance qui restait à l'accusé de sauver sa tête semblait encore bien douteuse. A l'interrogatoire il n'avait pas mal répondu. Les faits constatés par l'instruction confirmaient ses aveux ; il avait exprimé son repentir sans phrases, sans grimaces. Mais que le jury répondît négativement à la question de préméditation, c'était bien peu probable, à moins, pourtant, que Péchaud, ne se surpassât.

— Votre pronostic, voyons, cher maître, demandait à Me Bégasse son jeune secrétaire.

— Hum ! répondit le vieux routier. Péchaud va nous lâcher ses grands effets de mélo et tâcher de faire fonctionner la pompe aux larmes... L'accusé n'a pas d'antécédents judiciaires, sauf son séjour à la Colonie, qui, si l'on était raisonnable, devrait lui être compté plutôt comme circonstance atténuante... Qui sait? Il parviendra peut-être à retirer son cou de la lunette... Pourtant, il y a assassinat suivi de vol... Les propriétaires du jury n'aiment pas ça du tout, vous savez, mon petit... Et regardez-moi ce gros apoplectique, le troisième du second banc... En voilà un qui ne doit pas être commode à l'époque du terme... Si Péchaud arrache un pleur à ce vieux crocodile, et il en est capable, Forgeat en sera quitte pour vingt ans de travaux forcés... Mais, je le répète, assassinat suivi de vol, c'est toujours grave... Lescuyer, qui a quelquefois la dent très dure, peut tout gâter... Décidément, je renonce à faire le prophète, et tout dépend du réquisitoire... Justement, voici que monsieur l'avocat général se lève.

XX

Il venait de se lever, en effet, effrayant, la tête immobile, le corps raide et comme grandi par la robe rouge. Il fronçait plus sinistrement que jamais ses épais sourcils, et, avec le geste habituel de beaucoup d'orateurs au début d'un discours, il semblait s'arc-bouter aux doigts rigides de ses deux mains, appuyées devant lui sur les paperasses du dossier.

Et d'une voix dont, à force de volonté, il réprimait le tremblement, l'avocat général parla en ces termes :

« Messieurs les jurés,
« Messieurs de la Cour,

» La tâche d'un accusateur public a été rarement plus facile que dans la circonstance présente. De son propre aveu, l'homme que voici a tué un autre homme pour le dépouiller de ce qu'il possédait. Il prétend, contre toute vraisemblance, n'avoir pas mûri d'avance la pensée de son crime et avoir cédé, quand il l'a commis, à une tentation irrésistible et soudaine ; mais je suis sûr que vous n'en croyez rien. La déposition de cette jeune femme, que vous avez entendue en dernier lieu et qui vous a laissé une sensation touchante, semblerait prouver que, dans l'âme obscure de Chrétien Forgeat, tous les bons sentiments ne sont pas éteints. On peut encore invoquer en sa faveur son enfance abandonnée, son séjour, dès le plus jeune âge, dans l'atmosphère corruptrice d'un établissement pénitentiaire, et ce souvenir que, pendant plusieurs années de misère, il a résisté à ses mauvais conseils. Dans quelques instants, le défenseur de Chrétien Forgeat fera valoir ces atténuations et tâchera d'obtenir tout ce qu'il pourra de votre sensibilité. Je ne dois, moi, m'adresser qu'à votre justice, je ne dois voir et savoir qu'une chose, c'est que l'accusé est un voleur et un assassin ; et, au nom du respect de la propriété, qui, seul, permet aux hommes de vivre paisiblement en société, au nom du respect encore plus sacré de la vie humaine, c'est mon devoir de vous dire, à vous, les jurés : « Il faut condamner », et à vous, les juges : « Il faut punir ».

» Ce devoir, je l'ai exercé, pendant une vie déjà longue, avec une entière tranquillité de conscience, et je ne me suis, jusqu'ici, jamais levé de ce siège sans être convaincu que mes paroles, si sévères qu'elles fussent, étaient bienfaisantes pour l'humanité et utiles à la défense sociale. Quand un crime me paraissait certain, j'ai toujours, sans hésitation, demandé qu'il fût expié selon toute la rigueur des lois, exigé qu'on fît un exemple. Mais, aujourd'hui, vous voyez en moi un homme très malheureux, dont la conscience est torturée par le doute, dont le cœur est déchiré par le remords, un homme qui ne se sent plus le droit de requérir contre ce criminel, et qui va même implorer votre pitié pour lui.

Devant cette extraordinaire déclaration, un long murmure courut parmi l'auditoire. Quel scandale ! C'était le monde renversé. M. le président Durousseau, stupéfait absolument, comprit qu'il devait intervenir. Mais l'événement était trop sérieux pour le plaisant personnage. Il n'y avait pas là matière à calembredaines ; et, dans son trouble, il ne put que balbutier :

— De telles paroles !... Monsieur l'avocat général, je vous en prie... expliquez-vous.

Mais M. Lescuyer étendit une main vers le vieillard :

— Vous comprendrez tous dans un instant, dit-il avec un accent à la fois plein de douceur et d'autorité, vous comprendrez et vous excuserez, j'en suis sûr, ma conduite et mes discours ; car j'agis d'après l'ordre d'une morale supérieure. Demain, j'aurai dépouillé cette robe ; et, si je ne l'ai pas fait plus tôt, si je ne suis pas déjà au banc de la défense, implorant votre miséricorde pour l'accusé, c'est que l'honneur et la nature m'ont ordonné de rester encore un jour à cette place et d'user de mon droit pour la dernière fois. Rassurez-vous, vous qui craignez le scandale. L'action que je vais faire a peu de chance de se reproduire, elle ne trouvera pas d'imitateurs ; mais, j'en ai le ferme espoir, personne parmi vous, magistrats intègres, ni parmi vous, honnêtes gens du jury, personne n'aura le courage de me la reprocher... Et maintenant, prononça l'Avocat général d'une voix vibrante, regardez ce criminel sur le banc d'abjection... et regardez-moi, oui, moi, qui ai la redoutable mission de vous demander sa tête... Eh bien, cet homme... je ne le sais que depuis que la main de la justice s'est abattue sur lui... c'est l'enfant d'une femme que j'ai, dans ma jeunesse, lâchement et méchamment abandonnée, c'est un bâtard que j'ai livré à la misère et au crime !... Ce Chrétien Forgeat, c'est mon fils !...

Une profonde rumeur fit encore explosion. Mais obéissant à la parole impérieuse, de M. Lescuyer, les membres de la Cour, les jurés, les avocats, les assistants, tous avaient déjà confronté, comparé du regard les visages du juge et du criminel ; et la constatation de leur ressemblance, dont nul ne se fût avisé auparavant, souleva un nouveau murmure. L'accusé, d'un mouvement instinctif, s'était mis tout droit, et, retenu aux deux bras par les gardes, il tendait le corps en avant et regardait, avec ses yeux agrandis d'une sorte d'épouvante, cet homme rouge qui venait de l'appeler son fils.

Quant au Président, il était éperdu. Que faire? Suspendre la séance? Il en eut la vague intention ; et, à demi levé de son fauteuil, portant la main vers sa toque posée sur la table, il essaya de trouver une phrase :

— Monsieur l'avocat général semblant indisposé...

Mais celui-ci, d'un geste souverain, l'interrompit :

— Non, monsieur le Président, ne croyez pas que je sois frappé de démence. Faites comme tous ceux qui sont ici. Regardez cet homme, regardez-moi, et rendez-vous à l'évidence... La mère de ce malheureux s'appelait Forgeat. Ce Chrétien Forgeat, voleur et assassin, est mon fils naturel, à moi, Chrétien Lescuyer, avocat général à la Cour de Paris... Une fille-mère que son amant abandonne, un enfant qui n'a pas demandé à naître et que son père livre au hasard, c'est chose permise, ou, du moins, que la loi veut ignorer. Mais moi qui l'ai faite, cette action, et qui suis, aujourd'hui, cruellement frappé par ses conséquences, je comprends que c'est un crime, et je veux l'expier, me châtier moi-même et m'offrir en exemple à ceux qui l'ont commis comme moi et qui vivent dans l'impunité. La confession publique que je viens de faire ne me suffit pas. Je reconnaîtrai, dès demain, Chrétien Forgeat pour mon fils. Si vous l'envoyez à l'échafaud, je serai le père d'un décapité; si vous l'envoyez au bagne, je serai le père d'un forçat. Sa honte est mon œuvre.

VOILA LE COUPABLE !

Je réclame une part de son infamie. Bien plus, je me considère comme responsable de tout son passé, et j'estime que je devrais, en bonne équité, être atteint comme lui, dans ma vie ou dans ma liberté. Car tout le mal qu'il a fait est arrivé par ma faute, par ma très grande faute. Car, tandis qu'oubliant mon acte d'égoïsme et de lâcheté, je montais vers les hauteurs sociales, environné de respect et d'honneur, ce pauvre enfant, mon enfant !... perdait sa mère, et, comme l'acte d'accusation vous l'a dit sèchement, roulait à la rue, aux prisons d'enfants, enfin aux bas-fonds de Paris, sans cesse exposé aux pires suggestions de la misère et de la faim. Qui donc a fait de lui un enfant sans famille et sans culture morale? Moi. Qui donc l'a jeté, dès sa naissance, loin des leçons utiles et des salutaires exemples? C'est moi, toujours moi. C'est parce que je me suis dérobé au plus simple des devoirs, que dis-je, c'est parce que je n'ai pas cédé au plus élémentaire des instincts, que Chrétien Forgeat a été toute sa vie un vagabond, un détenu, un être à jamais suspect et flétri, et qu'il a fini par devenir un malfaiteur. Ces affreuses vérités, ah ! comme elles ont fulguré dans ma conscience, le jour où j'ai appris, en même temps, l'existence et le crime de mon malheureux fils ! Mais la Providence ne m'a pas rappelé vainement, par ce coup terrible, que j'avais été un père sans cœur et sans entrailles. C'est elle qui me guide et qui m'inspire, en ce moment où je trahis la loi pour obéir à la nature, où je crie grâce au lieu de demander justice, où je tâche d'essuyer, avec la robe rouge du juge, le sang versé par le meurtrier, où, laissant enfin éclater mes remords et mes larmes, je me montre à tous et je déclare à voix bien haute : Voilà le coupable !

Suffoquant, le visage ruisselant de pleurs, les deux poings crispés sur sa poitrine, l'Avocat général s'arrêta.

Maintenant, l'assemblée était muette, haletante ; et le Président lui-même, subjugué par cette éloquence douloureuse, ne songeait plus à interrompre l'orateur. L'accusé, tête basse, pleurait.

— Aurez-vous pitié, messieurs les jurés, reprit M. Lescuyer avec un grand effort, aurez-vous pitié du père et du fils? Penserez-vous... ah ! devant votre émotion, j'ose concevoir cette espérance, et vous m'en voyez tout tremblant... penserez-vous que l'heure a sonné pour vous de blâmer la dureté des lois qui défendent de rechercher le père du bâtard abandonné et qui enrôlent d'avance l'enfant maudit dans l'armée du mal?

» Ces lois, ces lois cruelles, j'ai passé ma vie — insensé ! oh ! l'insensé et le coupable que j'étais ! — à les croire nécessaires et à en réclamer la stricte application. Aujourd'hui, je ne sais plus que me repentir, pleurer et supplier ! Je ne sais plus que vous promettre, si vous me rendez ce fils lamentable et ensanglanté, de veiller sur lui, de le guider vers la rédemption, de ranimer sans cesse de mon souffle le dernier tison de bien et d'honneur qui brûle encore dans cette âme obscure ! Je ne sais plus que vous montrer l'image de ce crucifié dont la divine parole désarmait les cœurs pleins de colère et de vengeance et faisait tomber les pierres des mains furieuses et déjà levées pour lapider une fragile créature ! Pour la dernière fois que j'occupe ce siège de justicier, j'abandonne l'accusation, messieurs les jurés, et je réclame de vous, en joignant les mains, un acte de clémence... Grâce, grâce pour moi, et grâce pour ce malheureux !... Je vous la demande au nom de la pensée pour laquelle il est mort et qui, tôt ou tard, sera victorieuse du mal dans l'humanité, pensée sublime, pensée de miséricorde et d'amour, qui nous enseigne que la pitié est une justice plus haute que toutes les justices !

Il se tut. Une émotion, silencieuse, mais angoissante et chargée de sanglots, planait sur tous les auditeurs. Et les deux coupables, le père et le fils, le juge et l'accusé, l'un à sa place d'honneur, l'autre à sa place d'infamie, tous deux prostrés, écroulés, se voilant la face avec les mains, gardaient la même attitude, faisaient le même geste de désespoir.

Le Président — un homme pas méchant au fond — était ému, lui aussi ; et, pour le moment, il ne songeait pas, mais pas du tout, à faire de l'esprit. Néanmoins, il était inquiet, mécontent de lui. Il se reprochait de n'avoir pas eu le courage d'endiguer le torrent du discours de M. Lescuyer. Cette confession publique, jetée là en coup de théâtre, le choquait vivement. Pouvait-il permettre que le ministère public, en présence de preuves et d'aveux accablants pour l'accusé, trahît ainsi son devoir? Qu'en penseraient le Premier Président, le Garde des Sceaux, toute la magistrature? Comment jugerait-on sa conduite dans cette affaire ? Ne l'accuserait-on pas d'avoir manqué de présence d'esprit et de fermeté? Et, d'autre part, M. le conseiller Durousseau était plein de compassion pour son malheureux collègue et ne pouvait s'empêcher de souhaiter au procès une solution aussi bénigne que possible.

Très troublé, il voulut, d'abord, gagner du temps.

— Après l'incident si inattendu qui vient de se produire, dit-il d'une voix hésitante, la Cour jugera sans doute convenable de suspendre l'audience et de se retirer dans le cabinet du Président, afin d'examiner s'il n'y aurait pas lieu de renvoyer la cause à une autre session.

Mais, comme les deux assesseurs opinaient déjà, Me Péchaud dressa de nouveau sa tête vénérable. Le vieux tacticien de Cour d'assises, à qui venait d'être soudainement expliquée l'insistance de son ami Lescuyer à réclamer son concours dans l'affaire Forgeat, et qui, d'ailleurs, partageait l'émotion générale, ne voulait pas, dans l'intérêt de l'accusé, la laisser, un seul instant, refroidir.

Avec les grandes et simples façons qui donnaient tant d'autorité à sa parole, il sut intimider la Cour. On ne pouvait, selon lui, ajourner l'affaire sans un manquement aux formes qu'il considérait comme extrêmement grave et dont il se réservait, le cas échéant, de prendre acte. Le ministère public avait toujours le droit absolu de renoncer à l'accusation ; et, dans l'espèce, c'était précisément parce que l'incident était favorable à l'accusé, qu'il devait avoir, d'après toutes les traditions, son plein et immédiat effet. Me Péchaud demandait donc que les débats poursuivissent leurs cours.

Et le Président — point fâché du tout qu'on lui tendît cette perche — fit une retraite honorable devant les exigences du défenseur et lui donna la parole pour prononcer sa plaidoirie.

Mais l'habile homme se garda bien de plaider. Il eût fallu pour cela rappeler les faits mêmes de la cause, le meurtre du juif, l'or et les billets ramassés dans le sang, alors que le crime était presque oublié, noyé, pour ainsi dire, dans l'événement pathétique qui venait d'éclater en plein prétoire. Le vieil avocat tenait là ses jurés tout palpitants et encore bouleversés moins par les paroles de M. Lescuyer que par son action. Pour les maintenir dans cet état exceptionnel et ne point donner à leur émotion le temps de se dissiper, Péchaud fit à son ami un sacrifice très méritoire et ne profita pas d'une si belle occasion de déployer son éloquence. Il se contenta d'évoquer, en

ALORS M. LESCUYER MIT LES DEUX MAINS...

quelques phrases enflammées, la vie de paria du fils, l'héroïque repentir du père, et conclut brusquement par un dernier et touchant appel à la clémence.

C'était bataille gagnée. Le jury, après une délibération très courte, rendit un verdict négatif sur toutes les questions.

Chrétien Forgeat était acquitté.

Quand le jeune homme, ramené par ses gardes, entendit le Président lire la sentence de délivrance et ordonner qu'on le mît immédiatement en liberté, il eut un éblouissement, chancela et tourna ses regards stupéfaits vers l'homme debout et vêtu de rouge qui était son père et qui venait de le sauver. Ce n'était donc pas un rêve? On lui faisait grâce, on allait le lâcher, il pourrait s'en aller tout droit devant lui? Du plus profond de sa poitrine, ce cri s'échappa :

— Comment?... C'est bien vrai... je suis libre?

Mais, peu d'instants après, quand il sortit du greffe, où l'on venait de remplir les dernières formalités pour la levée de l'écrou, et qu'il se trouva dans la grande salle du Palais, presque déserte à cette heure tardive, il vit de nouveau surgir devant lui son sauveur, qui avait dépouillé pour la dernière fois sa robe de juge et qui guettait la sortie du prisonnier. Instinctivement Chrétien recula, tout confus, ayant honte de lui-même.

Alors M. Lescuyer mit les deux mains sur les épaules du jeune homme.

— Non, mon fils, lui dit-il d'une voix tremblante, non, vous n'êtes pas libre. Que feriez-vous d'une liberté qui n'ouvre devant vos pas que les mauvais chemins? Désormais vous appartenez à votre père, à un père qui fut bien coupable envers vous, sans doute, mais qui vient de vous prouver, n'est-ce pas? qu'il savait réparer ses fautes... Oui, vous m'appartenez, vous êtes le prisonnier de votre père. Jamais je ne vous parlerai du passé. Pour rebrousser route et marcher vers le bien, vous n'avez qu'à vous appuyer fermement sur moi ; et, quand les remords vous seront trop douloureux, je vous ouvrirai les bras, malheureux enfant, comme je le fais aujourd'hui, pour vous bercer et vous endormir.

Dans la grande salle où l'on n'attendait plus que le départ des deux attardés pour éteindre le gaz, un vieux gardien du Palais promenait sa faction. C'était un ancien gendarme, peu sensible et plein de respect pour la magistrature. Il avait assisté, par désœuvrement, au début du procès, avait vu Chrétien Forgeat, et il venait d'apprendre l'acquittement, sans plus de détails. Or, ce dur cerveau de gendarme n'était pas satisfait du résultat et se demandait avec mauvaise humeur comment le jury avait pu rendre un si absurde verdict.

Impatienté par ces deux causeurs qui allaient probablement lui faire manger sa soupe froide, il s'approcha d'eux ; — et cet homme de hiérarchie et d'autorité fut asphyxié d'étonnement, à l'aspect d'un avocat général serrant sur son cœur cet assassin acquitté, qui sanglotait.

XXI

Accosté au quai du Havre, le paquebot géant va lever l'ancre pour les mers du Sud; et, malgré la boue et la brume d'hiver, sur l'affiche collée à la baraque en planches de l'armateur, les noms des villes du Pacifique, — Valparaiso, Santiago, Arequipa, Guayaquil, — bizarres et sonores comme des cris de perroquets, évoquent les paysages tropicaux, les côtes dévorées de soleil. C'est la minute, toujours solennelle, du départ. Énormes et trapues, les deux cheminées du grand vapeur répandent à gros bouillons une épaisse et noire fumée qui se déchire et se disperse parmi les mâtures environnantes. Le capitaine, coiffé de la casquette galonnée d'or, les mains dans les poches du lourd pardessus qui lui descend jusqu'aux bottes, est debout près de la coupée et assiste, impassible, aux dernières poignées de main, aux dernières accolades des voyageurs et des gens qui vont quitter le bord. Tout à l'heure, on retirera le pont-volant, et, sur la passerelle, le timonier, vêtu de toile cirée des pieds à la tête, déjà se tient à la barre et n'attend plus qu'un signe pour commander à la machine : « En avant... doucement. » Par intervalles, la voix rauque de la sirène pousse des gémissements lugubres

On va partir.

A cause du mauvais temps et de l'atmosphère humide et froide, la plateforme, sur le roufle, est presque déserte. Quatre passagers seulement y sont montés, tandis que les autres restent sur le pont, près du bordage, pour envoyer aux êtres chers dont ils se séparent, à la foule massée sur le quai, à la vieille Europe, le suprême adieu des mouchoirs.

Quels sont ces quatre voyageurs qui s'isolent ainsi, là-haut, dans le brouillard?

Cet homme, debout, près de la balustrade, c'est l'ancien magistrat, c'est Chrétien Lescuyer qui abandonne son pays pour toujours ; et, non loin de lui, assis sur la banquette, ce jeune homme triste et cette jeune femme pensive qui tient une petite fille sur ses genoux, c'est Chrétien Forgeat, c'est Louise Rameau et son enfant.

Sous leurs sombres costumes de voyage, ils forment un groupe mélancolique, et M. Lescuyer enveloppe d'un regard mouillé de pitié les trois créatures meurtries qu'il a adoptées et qu'il entraîne dans son exil. Oui, ce miséreux qui glissa dans le crime, cette pauvre fille qui côtoya la prostitution et cette enfant bâtarde, voilà désormais sa famille. Cet homme, transformé par la douleur, se sent aujourd'hui un cœur paternel pour tous les malheureux, il les absout de toutes leurs fautes ; et, quant à ceux-ci, il veut les sauver tout à fait. Il part avec eux, il les emmène n'importe où, ailleurs, loin des témoins et des souvenirs de leur affreuse jeunesse, là où ils pourront oublier le passé et entreprendre une existence nouvelle.

Chrétien Lescuyer avait pris cette résolution au lendemain même du jour où il arracha son fils des mains de la justice. Car l'audience scandaleuse, le verdict obtenu du jury dans un coup d'attendrissement, furent, en général, blâmés par l'opinion et jugés avec une sévérité toute particulière dans le milieu judiciaire. Le magistrat ne reçut d'aucun de ses collègues la moindre marque de sympathie ; et, quand il apporta sa démission au Procureur général, il fut accueilli avec une sécheresse qui ne le surprit pas, mais qui l'éclaira sur les sentiments de répulsion que nourrirait pour lui, à l'avenir, notre société aux trois quarts composée d'hypocrites et de pharisiens. Seuls, Donadieu et son excellente femme étaient tout de suite accourus chez Lescuyer, s'étaient jetés à son cou et lui avaient apporté, dans cette chaude embrassade, l'approbation des braves gens. Mais ses vieux amis — cœurs simples pourtant, et prêts à toutes les indulgences — n'osèrent même pas lui demander, par discrétion, sans doute, quelle part de sa vie il voulait consacrer à son fils.

— Même ceux-ci, les meilleurs, se dit l'ancien juge, ne supporteraient pas, en voyant ce malheureux enfant, la pensée de ce qu'il a fait. Jamais ils ne consentiront à l'admettre auprès d'eux, à l'aimer un peu... Allons ! il n'y a qu'une solution possible... m'expatrier avec lui.

Chrétien Forgeat, depuis le procès, vivait chez son père. Très triste, presque incrédule encore devant la réalité, n'acceptant qu'avec crainte l'extraordinaire changement de sa destinée et s'en trouvant indigne, gêné dans ses vêtements neufs et confortables, intimidé par le vaste logis, le lit aux draps frais, la table abondante, il restait silencieux presque toujours ; mais, devant ce vieillard dont les yeux sévères s'adoucissaient en le regardant, ce jeune homme — né pour être bon — sentait son cœur se dilater, s'épanouir, dans une tiède atmosphère de reconnaissance.

Il accueillit avec transport l'idée d'une émigration.

— Oh ! oui... Bien loin, où l'on ne saura rien, où je ne ferai plus horreur à personne, où vous n'aurez pas à rougir de moi !... Oui, avec vous, où vous voudrez !... Bien loin, au bout du monde !...

Quand le départ fut ainsi résolu, ce fut une grande satisfaction pour M. Lescuyer. Il réalisa sa fortune, fit ses préparatifs de voyage. Déjà il s'oubliait en rêves consolants, se voyant, dans un pays neuf, auprès de son fils réhabilité par le travail, marié, fondant une famille. Mais alors un scrupule le tourmenta. Chrétien pouvait-il prendre une femme sans lui confesser sa honte? Non, c'eût été une improbité. Et soudain M. Lescuyer se souvint de Louise Rameau, qu'il faisait vivre, d'ailleurs, et dont, avant de quitter l'Europe, il avait bien l'intention d'assurer l'avenir. Celle-là n'avait dans le cœur, pour Chrétien Forgeat, que gratitude et pardon. Elle était, comme lui, l'humble femme, une naufragée de la vie ; mais deux épaves suffisent pour construire un radeau, et, souvent, c'est le salut. Avec un éclair de joie dans les yeux, Louise accepta sans hésitation de suivre les émigrants, et, en apprenant qu'elle les accompagnerait, Chrétien Forgeat, pour la première fois depuis son procès, eut un pâle sourire de bonheur.

. . . .

. . . .

Debout sur le roufle, frileusement drapé dans son carrick de voyage, Chrétien Lescuyer regarde les pavés noirs du quai où gisent de lourds anneaux de fer, les vieilles façades revêtues d'ardoises imbriquées, les gens qui stationnent dans la boue en attendant le départ du bateau, les porte-faix en haillons apportant les derniers colis. Tout cela est sombre, sale et triste. Hélas ! c'est encore un peu de la France, à qui Chrétien Lescuyer dit adieu ; et son cœur se serre douloureusement.

Mais voici que, sous les pieds du voyageur, le plancher a tressailli. Aux premiers efforts de la machine, tout l'énorme bâtiment craque et gémit. A l'arrière, l'hélice soulève un grand bruit d'eau qui bouillonne. Tout doucement, le navire se détache, s'éloigne du vieux quai de pierre grise. Il est de toutes parts environné d'eau, à présent ; il a gagné le milieu du bassin; et là-bas les maisons commencent à défiler avec lenteur.

On est parti.

Chrétien Lescuyer se retourne alors vers ses compagnons d'exil. Ceux-ci partent sans regret, n'ont pas même un regard pour le rivage, pour cette patrie où ils n'ont fait que souffrir. La fillette, sur les genoux de Louise, vient d'abandonner une de ses petites mains à Forgeat, qui sourit à la mère et à l'enfant. Ces trois malheureux sont faits pour se soutenir, se consoler, s'aimer, et le groupe qu'ils forment est déjà familial. Et Chrétien Lescuyer songe avec douceur que Dieu pardonne et que le temps et l'éloignement permettent d'oublier.

Cependant le steamer, qui prend de la vitesse, a dépassé la jetée et le sémaphore, et voici qu'il se cabre sur la première lame de fond. Le vent s'est levé, frais et rude ; il entraîne et bouleverse le brouillard, où passent et repassent les mouettes blanches au vol intrépide ; il tord, il échevèle l'écume grise sur la crête des vagues de plomb. Voici que, là-haut, dans les nuées, apparaissent un deux, trois îlots de ciel bleu, puis d'autres, d'autres encore.

C'est le retour du beau temps. La brume se dissipe, tout s'éclaire. Enfin, dispersant les dernières nuées, le soleil brille, éclatant et royal. Maintenant les lames sont toutes vertes, la houle s'éparpille en gouttes argentées ; et le navire, qui emporte les émigrants, le navire qui roule et qui tangue, mais qui va toujours droit devant lui, s'élance, ardent, souple et joyeux, sur la mer couleur d'espérance.

FIN

Paris. = Imprimerie L. Pochy, 117, Rue Vieille-du-Temple.

www.ingramcontent.com/pod-product-compliance
Lightning Source LLC
LaVergne TN
LVHW020324230826
846091LV00003B/760

* 9 7 8 2 3 2 9 2 8 8 5 6 7 *